Scherz Krimi

Spannung mit Niveau

Von Dorothy Sayers sind lieferbar:

Der Fall Harrison
Feuerwerk
Die Katze im Sack
Lord Peters schwerster Fall
Der Mann, der Bescheid wußte
Eines natürlichen Todes
Der Tote in der Badewanne

Dorothy Sayers

Lord Peters schwerster Fall

Scherz

Bern - München - Wien

Einzig berechtigte Übertragung aus dem Englischen
Titel des Originals: »Clouds of Witness«
Schutzumschlag von Heinz Looser
Foto: Thomas Cugini

6. Auflage 1984, ISBN 3-502-50910-7

Gesamtherstellung: Ebner Ulm

1

Lord Peter Wimsey lag im Hotel *Meurice* im Bett und dehnte wohlig seine Glieder. Nach den Anstrengungen, die ihm die Aufklärung des Battersea-Falles bereitet hatte, war er dem Rat Sir Julian Frekes gefolgt und hatte Ferien gemacht. Er hatte es plötzlich nicht mehr ausgehalten, jeden Morgen in seiner Londoner Wohnung am Piccadilly mit dem Blick auf den Greenpark zu frühstücken, und war sich klargeworden, daß es für einen Mann von dreiunddreißig Jahren keine ausreichende Beschäftigung ist, Erstausgaben bei Buchversteigerungen zu ergattern, und die Verbrechen der Londoner Unterwelt waren ihm zuwider. Kurz entschlossen war er in die Wildnis von Korsika geflüchtet und hatte in drei Monaten keinen Brief, keine Zeitung, kein Telegramm angeschaut. Er war in den Bergen herumgestreift, hatte aus sicherer Entfernung die wilde Schönheit der korsischen Bauernmädchen bewundert und die Blutrache an ihrer Quelle studiert: unter solchen Umständen war Mord geradezu liebenswert. Bunter, sein Kammerdiener und Hilfsspürhund, hatte großmütig auf alle Vornehmheit verzichtet und zugelassen, daß sein Herr schmutzig und unrasiert umherlief.

Nun aber rief Lord Peter die Stimme des Blutes. Mit Bunter war er in einem schauerlichen Zug nach Paris zurückgefahren. Die Herbstsonne fiel gedämpft durch die Vorhänge des Hotelzimmers, ließ die Silberverschlüsse der Flaschen auf dem Toilettentisch aufleuchten und die Umrisse eines Lampenschirms und eines Telefons erkennen. Das Geräusch von fließendem Wasser verkündete, daß Bunter die Badewanne vollaufen ließ und Seife, Badesalz, den riesigen Badeschwamm sowie eine jener wunderbaren langstieligen Badebürsten, mit denen man so herrlich den Rücken bearbeiten kann, bereitlegte. »Das Leben«, philosophierte Lord Peter schläfrig, »besteht aus Gegensätzen: Korsika ... Paris ... London ... Guten Morgen, Bunter.«

»Guten Morgen, Mylord. Das Bad ist bereit.«

Zu seinem Erstaunen sah er, daß Bunter sorgfältig das Reise-Necessaire packte und die Koffer, die er am Abend nur flüchtig geöffnet hatte, mit Anhängeschildern versehen reisefertig dastanden.

»Was soll das heißen, Bunter? Sie wissen doch, daß wir vierzehn Tage hierbleiben.«

»Verzeihung, Mylord«, erwiderte Bunter ehrerbietig, »aber nachdem ich die *Times* gelesen habe, konnte ich nicht daran zweifeln, daß Eure Lordschaft nach *Riddlesdale* zu fahren wünschen.«

»Nach *Riddlesdale!*« rief Lord Peter. »Was ist passiert?«
Statt einer Antwort reichte ihm Bunter die Zeitung, die so gefaltet war, daß die Schlagzeile ins Auge fiel:
UNTERSUCHUNG IN RIDDLESDALE: HERZOG VON DENVER UNTER MORDVERDACHT VERHAFTET!
»Ich nahm an, daß Eure Lordschaft hinfahren wollen«, erklärte Bunter, »und so habe ich mir erlaubt . . .«
Lord Peter unterbrach: »Wann geht der nächste Zug?«
»Ich bitte um Verzeihung, Mylord, aber ich glaubte, Eure Lordschaft würden den schnellsten Weg wählen, und so habe ich mir erlaubt, zwei Plätze in der 11-Uhr-30-Maschine zu buchen.«
Lord Peter warf einen Blick auf seine Uhr. »Schon zehn«, sagte er. »Das haben Sie gut gemacht! Mein armer Bruder unter Mordverdacht verhaftet. Das wird dem alten Knaben höchst peinlich sein. Aber man sollte trotzdem frühstücken.«
»Sehr wohl, Mylord. In der Zeitung steht ein ausführlicher Bericht über die Untersuchung.«
»So? Wer bearbeitet denn den Fall?«
»Mr. Parker, Mylord.«
»Parker! Das ist gut! Wie sieht's aus, Bunter?«
»Ich glaube, die Untersuchung wird interessante Ergebnisse zeitigen. Es gibt einige sehr aufschlußreiche Punkte.«
»Vom kriminalistischen Standpunkt aus ist der Fall ja bestimmt sehr interessant«, erwiderte Seine Lordschaft und ließ sich vergnügt am Frühstückstisch nieder, »aber für meinen Bruder ist es doch verdammt unangenehm. Meinen Sie nicht auch?«
»Wahrscheinlich, Mylord.«
Lord Peter widmete sich der Zeitung: »In Riddlesdale in Nord-Yorkshire wurde heute die Untersuchungsverhandlung über den Tod des Hauptmanns Denis Cathcart durchgeführt. Die Leiche des Hauptmanns war am Donnerstagmorgen um drei Uhr vor der Tür zum Jagdhaus des Herzogs von Denver aufgefunden worden. Aus Zeugenaussagen geht hervor, daß Cathcart am vorhergehenden Abend einen Streit mit dem Herzog von Denver hatte und später in einem Dickicht in der Nähe des Hauses erschossen worden war. Ein dem Herzog gehörender Revolver wurde in der Nähe des Tatortes gefunden. Der Herzog von Denver wurde unter Mordanklage gestellt. Lady Mary Wimsey, die Schwester des Herzogs, die mit dem Ermordeten verlobt war, brach nach der Zeugenvernehmung zusammen. Die Herzogin von Denver war bei der Untersuchungsverhandlung zugegen. Ausführlicher Bericht Seite 12.«

Armer Gerald, dachte Lord Peter, als er Seite 12 aufschlug, und arme Mary. Ich möchte wissen, ob sie sich aus dem Burschen wirklich etwas gemacht hat.
Der ausführliche Bericht begann mit einer Beschreibung des Dörfchens Riddlesdale, in dessen Nähe der Herzog vor kurzem ein kleines Jagdhaus für die Saison gemietet hatte. Als das Unglück geschah, hielt sich der Herzog dort mit einigen Gästen auf. In Abwesenheit der Herzogin hatte Lady Mary die Rolle der Gastgeberin übernommen. Die Gäste waren Oberst Marchbanks und Frau, Frederick Arbuthnot, Mr. und Mrs. Pettigrew-Robinson und der dahingeschiedene Hauptmann Denis Cathcart.
Als erster Zeuge wurde der Herzog von Denver vernommen. Er gab an, die Leiche entdeckt zu haben, als er das Haus am 1. Oktober um drei Uhr morgens durch die Wintergartentür betreten wollte: Er sei mit dem Fuß gegen etwas gestoßen und habe im Schein der Taschenlampe zu seinen Füßen die Leiche von Denis Cathcart erblickt. Er habe sie sofort auf den Rücken gedreht und festgestellt, daß Cathcart eine Schußwunde in der Brust hatte und tot war. Noch während er über die Leiche gebeugt war, habe er aus dem Wintergarten einen Schrei vernommen und Lady Mary schreckerstarrt stehen sehen. Sie sei herausgekommen und habe geschrien: »Mein Gott, Gerald, du hast ihn umgebracht!«
Der Vorsitzende: »Überraschte Sie dieser Ausruf?«
Der Herzog: »Natürlich. Ich war völlig verwirrt. Ich glaube, daß ich zu ihr sagte: ›Schau nicht hin‹, und daß sie ausrief: ›Mein Gott, das ist ja Denis!‹ Ich schickte Mary hinauf, um alle im Haus zu wecken.«
Der Vorsitzende: »Fanden Sie es nicht überraschend, daß Lady Mary Wimsey im Wintergarten war?«
Der Herzog: »Wie ich schon sagte, war ich so erstaunt, daß ich gar nicht darüber nachdachte.«
Der Vorsitzende: »Entsinnen Sie sich, was sie anhatte?«
Der Herzog: »Ich glaube, sie hatte einen Mantel an.«
Der Vorsitzende: »Soviel ich weiß, war Lady Mary mit dem Verstorbenen verlobt?«
Der Herzog: »Ja.«
Der Vorsitzende: »Kannten Sie ihn gut?«
Der Herzog: »Sein Vater war ein alter Freund meines Vaters, seine Eltern sind beide tot. Er lebte meist im Ausland. Ich hatte ihn zufällig im Kriege getroffen, und 1919 besuchte er uns in Denver. Anfang dieses Jahres hat er sich mit meiner Schwester verlobt.«

Der Vorsitzende: »Mit Ihrer Einwilligung?«
Der Herzog: »Ja, natürlich.«
Der Vorsitzende: »Was für ein Mensch war Hauptmann Cathcart?«
Der Herzog: »Er war ein Herr und führte ein Herrenleben mit allem, was dazu gehört. Ich weiß nicht, was er gemacht hat, ehe er 1914 in die Armee eintrat. Wahrscheinlich lebte er von seinem Vermögen, sein Vater war sehr wohlhabend. Cathcart war ein Meisterschütze, hervorragender Sportsmann. Bis zu jenem Abend hatte ich nie etwas Nachteiliges über ihn gehört.«
Der Vorsitzende: »Ich muß Sie bitten, genau zu sagen, was Sie dem Verstorbenen zur Last legen.«
Der Herzog: »Ich beschuldige ihn nicht gerade. Ein alter Freund von mir deutete etwas an. Ich hielt es für ein Mißverständnis und ging geradewegs zu Cathcart. Zu meinem Erstaunen bestritt er gar nichts. Daraufhin gerieten wir beide in Wut. Er sagte, ich solle mich zum Teufel scheren, und rannte aus dem Haus.«
Der Vorsitzende: »Würden Sie mir den Verlauf des Streites eingehend, soweit Sie sich erinnern, schildern?«
Der Herzog: »Es war so: Wir waren den ganzen Tag auf der Jagd im Moor gewesen und hatten deshalb früh zu Abend gegessen. Gegen halb zehn fanden wir es an der Zeit, schlafen zu gehen. Meine Schwester und Mrs. Pettigrew-Robinson gingen schon nach oben, während wir noch eine letzte Partie im Billardzimmer spielten. Da kam Fleming, mein Diener, mit der Post. Bis zum Dorf sind es nämlich vier Kilometer, und so bekommen wir unsere Briefe immer erst am Abend. Halt, nein, ich war zu der Zeit nicht im Billardzimmer, ich schloß gerade das Waffenzimmer ab. Fleming brachte mir einen Brief von einem alten Freund, den ich jahrelang nicht mehr gesehen habe, Tom Freeborn, wir waren zusammen auf der Universität. Er schrieb mir, er habe in Ägypten die Verlobungsanzeige meiner Schwester gelesen.«
Der Vorsitzende: »In Ägypten?«
Der Herzog: »Ja, er ist in Ägypten. Deshalb hatte er auch so lange nicht geschrieben. Er ist Ingenieur, irgendwo bei den Nilquellen. Er schrieb, ich möchte es ihm nicht übelnehmen, daß er sich in so delikate Dinge einmische, aber ob ich eigentlich über Cathcart Bescheid wisse. Er habe ihn während des Krieges in Paris kennengelernt, wo Cathcart vom Falschspiel gelebt habe. Er behauptete, er könne es beschwören, und gab Einzelheiten von einem Skandal in einem französischen Spielklub an. Er meinte, ich würde ihm – Freeborn

natürlich – sicher mit Freuden den Kopf abreißen, weil er seine Nase ungefragt in fremde Angelegenheiten stecke, doch habe er Cathcarts Foto in der Zeitung gesehen und fände, ich müsse Bescheid wissen.«

Der Vorsitzende: »Überraschte Sie dieser Brief?«

Der Herzog: »Ich konnte es nicht fassen. Wenn es nicht mein alter Freund Freeborn gewesen wäre, hätte ich den Wisch sofort ins Feuer geworfen. Dennoch wußte ich nicht, was ich davon halten sollte. Ich meine, andererseits ist Tom Freeborn nicht der Mann, der so leicht falsche Beschuldigungen aufstellt.«

Der Vorsitzende: »Was taten Sie?«

Der Herzog: »Je länger ich darüber nachdachte, desto weniger gefiel mir die ganze Sache. Ich ging nach oben und klopfte an Cathcarts Tür. Er knurrte: ›Was ist los?‹ oder ›Wer, zum Teufel, ist da?‹ oder so etwas Ähnliches, und ich trat ein. Ich legte also los: ›Ich habe einen Brief bekommen, der mir gar nicht gefällt, und ich hielt es für das beste, ihn dir gleich zu bringen und die Sache aufzuklären. Er ist von einem alten Studienfreund von mir, einem sehr anständigen Kerl. Er sagt, er hätte dich in Paris kennengelernt.‹ ›Paris!‹ sagte Cathcart erstaunlich grob, ›Paris! Zum Teufel noch mal, warum willst du ausgerechnet jetzt mit mir über Paris sprechen?‹ Ich bat ihn, um Mißverständnisse gar nicht erst aufkommen zu lassen, einen andern Ton anzuschlagen. Cathcart erwiderte darauf: ›Was willst du eigentlich? Spuck's aus und scher dich dann um Gottes willen ins Bett!‹ Das wollte ich auch und sagte geradewegs: ›Der Mann behauptet, er habe dich in Paris kennengelernt, und du habest dort vom Falschspiel gelebt.‹ Ich dachte, er würde explodieren vor Wut, aber er sagte bloß: ›Na und?‹ ›Na und?‹ wiederholte ich. ›Soll ich das einfach glauben, ohne Beweis?‹ Da sagte er etwas Sonderbares: ›Was man von andern glaubt, spielt überhaupt keine Rolle, nur das, was man von ihnen weiß.‹ Ich fragte ihn, ob das etwa heißen solle, daß er es zugebe. ›Wozu soll ich es abstreiten?‹ erwiderte er. ›Du mußt selbst wissen, was du glauben willst. Kein Mensch kann das Gegenteil beweisen.‹ Und plötzlich sprang er auf, warf fast den Tisch um und schrie: ›Es ist mir völlig egal, was du denkst oder tust, wenn du jetzt nur verschwindest! Laß mich allein, um alles in der Welt!‹ ›Komm‹, meinte ich beruhigend, ›du brauchst nicht gleich aus der Haut zu fahren. Ich sage ja nicht, daß ich es glaube, ich halte es viel eher für ein Mißverständnis. Aber du bist immerhin mit Mary verlobt, und ich kann so etwas doch nicht hinnehmen, ohne mich darum zu kümmern, oder?‹ Daraufhin sagte er: ›Oh, wenn dir das Sorgen macht, das ist vorbei!‹ ›Was?‹ fragte ich. Er antwortete: ›Unsere Verlobung ist aufgelöst.‹ ›Aber ich habe doch erst gestern noch mit Mary darüber gesprochen!‹ rief ich, und er sagte bloß: ›Ich habe es ihr noch nicht gesagt.‹ ›Verdammt!‹ schrie ich, ›das ist doch eine Unverschämtheit! Was fällt dir ein? Scher dich aus dem Haus! Einen Schweinehund wie dich will ich nicht länger hier haben.‹ ›Das werde ich auch‹, rief er, stürmte aus dem Zimmer, rannte die Treppe hinunter und schmetterte die Tür hinter sich zu!«

Der Vorsitzende: »Was taten Sie daraufhin?«

Der Herzog: »Ich lief in mein Schlafzimmer, dessen Fenster über dem Wintergarten liegt, und schrie hinter ihm her, er solle kein Idiot sein. Es goß in Strömen, und es war tierisch kalt. Er kam nicht zurück, und so befahl ich Fleming, den Wintergarten nicht abzuschließen, und ging zu Bett.«

Der Vorsitzende: »Wie erklären Sie sein Verhalten?«

Der Herzog: »Überhaupt nicht. Ich war völlig verdattert. Er muß von dem Brief irgendwie Wind bekommen haben und wußte, daß sein Spiel verloren war.«

Der Vorsitzende: »Haben Sie jemandem von der Sache erzählt?«

Der Herzog: »Nein. Ich wollte es überschlafen.«

Der Vorsitzende: »Sie haben also nichts mehr in der Angelegenheit unternommen?«

Der Herzog: »Nein. Ich war zu wütend. Außerdem dachte ich, er würde es sich bald anders überlegen – es war ein Sauwetter, und er hatte nur den Smoking an.«

Der Vorsitzende: »Sie gingen also ruhig zu Bett und sahen den Verschiedenen nicht mehr?«

Der Herzog: »Nicht, bis ich um drei Uhr morgens vor dem Wintergarten über seine Leiche stolperte.«

Der Vorsitzende: »Ah ja. Würden Sie uns nun bitte sagen, wieso Sie zu dieser Zeit vor dem Haus waren?«

Der Herzog (zögernd): »Ich konnte nicht schlafen. Ich wollte ein wenig spazierengehen.«

Der Vorsitzende: »Um drei Uhr morgens?«

Der Herzog: »Ja.« Und wie auf eine plötzliche Eingebung fügte er hinzu: »Meine Frau war nämlich nicht da.«

Der Vorsitzende: »Um wieviel Uhr verließen Sie Ihr Schlafzimmer?«

Der Herzog: »Das wird um halb drei gewesen sein.«

Der Vorsitzende: »Durch welche Tür gingen Sie hinaus?«

Der Herzog: »Durch die Wintergartentür.«
Der Vorsitzende: »Und die Leiche lag noch nicht da, als Sie das Haus verließen?«
Der Herzog: »Nein!«
Der Vorsitzende: »Sie hätten sie sehen müssen?«
Der Herzog: »Natürlich. Ich hätte über sie hinwegsteigen müssen.«
Der Vorsitzende: »Wo sind Sie hingegangen? Erklären Sie das, bitte, genau!«
Der Herzog: »Nur so ein bißchen in die Gegend.«
Der Vorsitzende: »Sie haben keinen Schuß gehört?«
Der Herzog: »Nein.«
Der Vorsitzende: »Waren Sie sehr weit vom Wintergarten und dem Dickicht entfernt?«
Der Herzog: »Ja, doch, ich war wohl etwas weiter fort. Vermutlich habe ich deshalb nichts gehört.«
Der Vorsitzende: »Weiter als einen halben Kilometer?«
Der Herzog: »Das ist gut möglich. Ich bin rasch gegangen, weil es so kalt war.«
Der Vorsitzende: »Aber wenn Sie sich über einen halben Kilometer vom Haus entfernt haben, müssen Sie doch den Garten verlassen haben?«
Der Herzog: »Ja. Das habe ich wohl auch. Ja, ich bin ein bißchen zum Moor gegangen.«
Der Vorsitzende: »Können Sie uns den Brief zeigen, den Mr. Freeborn Ihnen geschrieben hat?«
Der Herzog: »Gern, wenn ich ihn finden kann. Ich dachte, ich hätte ihn in die Tasche gesteckt, aber ich konnte ihn schon nicht finden, als der Herr von Scotland Yard ihn sehen wollte.«
Der Vorsitzende: »Könnten Sie ihn versehentlich vernichtet haben?«
Der Herzog: »Nein, ich bin sicher ... eh ...« Hier hielt der Zeuge inne, wurde rot und geriet sichtlich in Verlegenheit. »Jetzt fällt mir ein, ich habe ihn vernichtet.«
Der Vorsitzende: »Das ist höchst bedauerlich. Wieso fällt Ihnen das jetzt erst ein?«
Der Herzog: »Ich hatte es völlig vergessen, aber jetzt erinnere ich mich. Ich fürchte, er ist nicht mehr da.«
Der Vorsitzende: »Haben Sie den Umschlag noch?«
Der Zeuge schüttelte den Kopf.
Der Vorsitzende: »Das heißt, Sie können nicht beweisen, daß Sie

diesen Brief erhalten haben?«
Der Herzog: »Nein, es sei denn, daß Fleming sich erinnert.«
Der Vorsitzende: »Aha! Zweifellos können wir es auf diese Art feststellen. Ich danke Ihnen. Ich bitte Lady Mary Wimsey.«
Die vornehme Dame, die bis zum Morgen des tragischen Ereignisses am 1. Oktober die Verlobte des Verschiedenen gewesen war, erregte bei ihrem Erscheinen allgemeines Mitgefühl. Ihre sonst so rosigen Wangen waren leichenblaß, und wie sie blond und schlank vor dem Vorsitzenden stand, schien sie von Kummer überwältigt zu sein. Sie war ganz in Schwarz gekleidet und machte ihre Aussage so leise, daß sie kaum zu verstehen war.
Der Vorsitzende drückte sein Beileid aus und fragte: »Wie lange waren Sie mit dem Verschiedenen verlobt?«
Zeugin: »Ungefähr acht Monate.«
Der Vorsitzende: »Sie haben Hauptmann Cathcart natürlich häufig gesehen? Hat er Ihnen von seiner Vergangenheit erzählt?«
Zeugin: »Nicht sehr viel. Wir schätzten keine gegenseitigen Vertraulichkeiten. Wir haben meist über allgemeine Dinge, die uns beide interessierten, gesprochen.«
Der Vorsitzende: »Hatten Sie je den Eindruck, daß Hauptmann Cathcart Sorgen hatte?«
Zeugin: »Eigentlich nur in den letzten Tagen schien er nervös.«
Der Vorsitzende: »Hat er Ihnen von Paris erzählt?«
Zeugin: »Er erzählte vom Theater. Er kannte Paris sehr gut. Ich war im Februar mit Freunden dort, und da hat er uns Paris gezeigt. Das war kurz nach unserer Verlobung.«
Der Vorsitzende: »Hat er vom Kartenspielen gesprochen?«
Zeugin: »Ich entsinne mich nicht.«
Der Vorsitzende: »Bezüglich Ihrer Heirat – waren schon irgendwelche finanziellen Regelungen getroffen worden?«
Zeugin: »Ich glaube nicht. Das Datum stand noch gar nicht fest.«
Der Vorsitzende: »Schien er genügend Geld zu haben?«
Zeugin: »Ich glaube. Ich habe nicht darauf geachtet.«
Der Vorsitzende: »War er von Natur aus heiter?«
Zeugin: »Er war sehr launenhaft, jeden Tag anderer Stimmung.«
Der Vorsitzende: »Sie hörten von Ihrem Bruder, was der Verstorbene bezüglich einer Lösung des Verlöbnisses gesagt hat. Hatten Sie davon eine Ahnung?«
Zeugin: »Nicht die leiseste.«
Der Vorsitzende: »Haben Sie eine Erklärung dafür?«
Zeugin: »In keiner Weise.«

Der Vorsitzende: »Sie hatten keinen Streit miteinander?«
Zeugin: »Nein.«
Der Vorsitzende: »Soweit Ihnen bekannt war, waren Sie am Mittwoch abend noch mit dem Verstorbenen verlobt und hatten die Absicht, in Kürze zu heiraten?«
Zeugin: »Gewiß, natürlich.«
Der Vorsitzende: »Er war nicht der Mensch, der dazu neigte, seinem Leben gewaltsam ein Ende zu bereiten?«
Zeugin: »Daran habe ich nie gedacht ... Doch, das könnte sein. Das würde alles erklären, nicht wahr?«
Der Vorsitzende: »Und jetzt, Lady Mary, lassen Sie sich ruhig Zeit, und erzählen Sie uns, bitte, genau, was Sie von Mittwoch abend bis Donnerstag morgen gesehen und gehört haben.«
Zeugin: »Ich begab mich mit Mrs. Marchbanks und Mrs. Pettigrew-Robinson gegen halb zehn nach oben, um ins Bett zu gehen. Die Herren blieben noch unten. Denis schien mir anders als sonst. Als die Post kam, war ich nicht mehr unten. Ich ging sofort in mein Zimmer, es liegt an der Rückseite des Hauses. Gegen zehn Uhr hörte ich Mr. Pettigrew-Robinson heraufkommen: Mr. und Mrs. Pettigrew-Robinson hatten das Zimmer neben mir. Einige der Herren kamen mit ihm, meinen Bruder hörte ich jedoch nicht. Um Viertel nach zehn hörte ich zwei Herren laut im Flur sprechen. Jemand lief hinunter und schmetterte die Haustür zu. Dann hörte ich Schritte im Gang und schließlich, daß mein Bruder seine Zimmertür schloß. Darauf ging ich zu Bett.«
Der Vorsitzende: »Was geschah dann?«
Zeugin: »Ich wachte um drei Uhr nachts auf.«
Der Vorsitzende: »Wodurch erwachten Sie?«
Zeugin: »Ich hörte einen Schuß.«
Der Vorsitzende: »Sie waren nicht schon vorher wach?«
Zeugin: »Vielleicht war ich im Halbschlaf. Ich hörte ihn sehr deutlich. Ich war sicher, einen Schuß gehört zu haben. Ich lauschte ein paar Minuten und ging dann nach unten.«
Der Vorsitzende: »Warum weckten Sie nicht Ihren Bruder oder einen der anderen Herren?«
Zeugin: »Warum sollte ich? Ich dachte, es wären Wilderer, und um diese Zeit wollte ich keine unnötige Aufregung hervorrufen.«
Der Vorsitzende: »Klang es, als sei der Schuß in der Nähe des Hauses gefallen?«
Zeugin: »Ich glaube, ja. Es ist schwer zu sagen: Wenn man davon wach wird, kommt es einem besonders laut vor.«

Der Vorsitzende: »Er schien nicht im Haus selbst oder im Wintergarten gefallen zu sein?«
Zeugin: »Nein, es war draußen.«
Der Vorsitzende: »Sie gingen also allein hinunter. Das war sehr mutig, Lady Mary. Sind Sie sofort gegangen?«
Zeugin: »Nein, nicht sofort. Ich überlegte einen Augenblick. Dann zog ich feste Schuhe über, nahm einen warmen Mantel und setzte eine Wollmütze auf. Es mochten fünf Minuten seit dem Schuß vergangen sein, bevor ich mein Schlafzimmer verließ. Ich ging hinunter und durch das Billardzimmer in den Wintergarten.«
Der Vorsitzende: »Warum nahmen Sie diesen Weg?«
Zeugin: »Weil es schneller geht, als wenn man die Riegel an der Haustür beiseite schieben muß.«
Hier wurde den Geschworenen eine Skizze des Jagdhauses *Riddlesdale* übergeben. Es war ein zweistöckiges, im ländlichen Stil gebautes Haus. Der gegenwärtige Eigentümer, Mr. Walter Montague, hatte es dem Herzog von Denver für die Jagdsaison vermietet.
Die Zeugin fuhr fort: »Als ich an die Wintergartentür kam, sah ich einen Mann über etwas auf dem Boden gebeugt. Als er aufsah, erkannte ich erstaunt meinen Bruder.«
Der Vorsitzende: »Der Herzog sagte uns, daß Sie, als Sie ihn erblickten, aufschrien: ›Mein Gott! Du hast ihn umgebracht!‹ Können Sie uns diesen Ausruf erklären?«
Zeugin: »Ich dachte, mein Bruder hätte den Einbrecher in Notwehr erschossen – soweit ich überhaupt gedacht habe.«
Der Vorsitzende: »Natürlich. Wußten Sie, daß der Herzog einen Revolver besaß?«
Zeugin: »Ja.«
Der Vorsitzende: »Was taten Sie dann?«
Zeugin: »Mein Bruder schickte mich nach oben, um Hilfe zu holen. Ich klopfte Mr. Arbuthnot und Mr. und Mrs. Pettigrew heraus. Dann fühlte ich mich plötzlich sehr schwach, ging in mein Schlafzimmer und nahm etwas Riechsalz.«
Der Vorsitzende: »Allein?«
Zeugin: »Ja, alle rannten herum und schrien. Ich konnte es nicht ertragen ... ich ...« Hier brach die Zeugin, die bis jetzt ihre Aussage sehr gefaßt, wenn auch sehr leise gemacht hatte, plötzlich zusammen und mußte aus dem Saal geführt werden.
Als nächster Zeuge wurde James Fleming, der Kammerdiener, aufgerufen. Er erinnerte sich, die Briefe am Mittwoch abend um 21 Uhr 5 aus Riddlesdale geholt zu haben. Er hatte dem Herzog drei

oder vier Briefe in das Waffenzimmer gebracht. Doch entsann er sich nicht, ob einer eine ägyptische Briefmarke gehabt habe. Er sammle keine Briefmarken, sein Steckenpferd seien Autogramme.
Danach sagte Frederick Arbuthnot folgendes aus: Kurz vor zehn Uhr sei er mit den übrigen hinauf und zu Bett gegangen. Einige Zeit später habe er Denver allein nach oben kommen hören. Dann habe er im Nebenzimmer und auf dem Gang laute Stimmen und eine erregte Auseinandersetzung gehört. Danach sei jemand zur Treppe gestürmt. Er habe den Kopf aus seinem Zimmer gesteckt und Denver im Gang gesehen. Er habe gefragt: ›Hallo, Denver, was ist denn das für ein Krach?‹ Die Antwort des Herzogs habe er nicht verstanden. Denver sei in sein Schlafzimmer gestürmt und habe zum Fenster hinausgeschrien: ›Sei doch kein Idiot, Menschenskind!‹ Das habe zwar sehr wütend geklungen, doch habe er dem keine Bedeutung beigemessen. Man könne mit Denver leicht Krach bekommen, ernst würde es aber nie. Cathcart habe er erst vor kurzem kennengelernt und nichts Nachteiliges über ihn erfahren. Gemocht habe er ihn nicht, aber er wisse, wie gesagt, nichts Nachteiliges über ihn. Um Gottes willen, er habe nie gehört, daß Cathcart falschspiele. Er forsche nie nach, ob jemand beim Kartenspiel betrügt, so etwas erwarte man doch nicht.
Der Vorsitzende: »Haben Sie in der Nacht sonst etwas gehört?«
Der Zeuge: »Nichts, bis die arme Mary an meine Tür klopfte. Da bin ich hinuntergegangen und sah, daß Denver im Wintergarten Cathcarts Kopf säuberte. Wir hielten es für richtig, aus seinem Gesicht den Sand und den Schmutz zu entfernen, verstehen Sie?«
Der Vorsitzende: »Sie haben keinen Schuß gehört?«
Der Zeuge: »Nein, ich habe einen sehr festen Schlaf.«
Oberst Marchbanks und dessen Frau schliefen über dem sogenannten Arbeitszimmer, das in Wirklichkeit eher eine Art Rauchzimmer ist. Beide sagten das gleiche aus über eine Unterhaltung, die sie gegen halb zwölf Uhr miteinander gehabt hatten. Mrs. Marchbanks sei noch aufgeblieben, um einige Briefe zu schreiben, nachdem der Oberst schon zu Bett gegangen war. Sie hätten Stimmen vernommen, und jemand sei herumgelaufen, aber sie hätten sich nicht darum gekümmert. Es sei nichts Ungewöhnliches, daß ein Gast herumlaufe und Lärm mache. Als letztes habe er, der Oberst, gesagt: »Komm doch ins Bett, Liebling, es ist schon halb zwölf und morgen brechen wir früh auf. Du bist sonst nicht in Form.« Er habe das gesagt, weil seine Frau eine eifrige Jägerin sei und es darin mit jedem Mann aufnehme. Sie habe geantwortet: »Ich

komme gleich.« Er habe gesagt: »Du bist die einzige, die noch Licht hat, alle andern liegen schon im Bett.« Seine Frau habe erwidert: »Nein, der Herzog ist noch auf, ich höre ihn im Studierzimmer.« Er, der Oberst, habe dann gelauscht und ihn ebenfalls gehört. Beide hätten den Herzog nicht mehr nach oben kommen hören. Sie hätten keinerlei Geräusch in der Nacht vernommen.
Mr. Pettigrew-Robinson schien seine Aussage nur sehr widerstrebend zu machen. Er und seine Frau seien um zehn Uhr zu Bett gegangen. Sie hätten den Krach mit Cathcart gehört. Da er gefürchtet habe, es könnte etwas Schlimmes passieren, habe er die Tür geöffnet, und da habe er den Herzog sagen hören: »Wenn du es wagst, noch ein Wort mit meiner Schwester zu sprechen, schlage ich dir sämtliche Knochen kaputt.« Cathcart sei die Treppe hinuntergerannt, und der Herzog sei puterrot im Gesicht gewesen. Er habe ihn, Mr. Pettigrew, nicht gesehen, habe aber ein paar Worte zu Mr. Arbuthnot gesagt und sei dann in sein Schlafzimmer gestürmt. Mr. Pettigrew sei in den Gang getreten und habe zu Mr. Arbuthnot gesagt: »Was ist denn los, Arbuthnot?« Mr. Arbuthnot habe ihm aber nur sehr grob die Tür vor der Nase zugeschlagen. Dann sei er zur Tür des Herzogs gegangen und habe gefragt: »Was ist denn los, Denver?« Der Herzog sei aus seinem Zimmer gekommen und, ohne ihn zu beachten, zur Treppe gegangen. Er habe gehört, daß er Fleming beauftragte, die Tür des Wintergartens nicht zu verschließen, da Mr. Cathcart ausgegangen sei. Der Herzog sei dann wieder in sein Zimmer gegangen, und er, Mr. Pettigrew, habe versucht, ihn aufzuhalten, und wieder gefragt: »Was ist denn los, Denver?« Ohne zu antworten, habe der Herzog die Tür zugeschmettert. Später aber, um halb zwölf, habe er gehört, daß der Herzog seine Tür öffnete und auf den Gang ging. Ob sich die Schritte nach unten entfernten, habe er nicht wahrnehmen können. Das Badezimmer und die Toilette seien in der Nähe seines Zimmers, und wenn jemand hineingegangen wäre, hätte er es wohl hören müssen. Er habe die Schritte nicht zurückkommen hören. Seine Reiseuhr habe zwölf geschlagen, bevor er eingeschlafen sei. Es sei kein Zweifel möglich, daß er die Schlafzimmertür des Herzogs gehört habe, da diese auf besondere Weise knarre.
Mrs. Pettigrew-Robinson bestätigte die Aussagen ihres Mannes. Sie habe sich über die Störungen am Abend geärgert, da sie ihretwegen keine Ruhe finden konnte. Schließlich sei sie gegen halb elf eingeschlafen, und ihr Mann habe sie eine Stunde später geweckt und ihr von den Schritten auf dem Gang erzählt. Infolge all dieser

Störungen habe sie in der Nacht nur ein paar Stunden lang richtig schlafen können. Gegen zwei Uhr sei sie wieder aufgewacht und dann hellwach geblieben, bis Lady Mary Alarm geschlagen habe. Sie könne schwören, daß sie in der Nacht keinen Schuß gehört habe. Ihr Zimmer liege ebenso wie das von Lady Mary an der Rückseite des Hauses, während sich der Wintergarten an der Vorderseite befinde. Sie sei gewöhnt, bei offenem Fenster zu schlafen. Auf die Frage des Vorsitzenden antwortete Mrs. Pettigrew, sie sei nicht der Ansicht gewesen, daß zwischen Lady Mary Wimsey und dem Verstorbenen tiefe Liebe geherrscht habe. Sie seien eher kühl miteinander gewesen, aber das sei ja heutzutage üblich. Sie habe nie von Streitigkeiten gehört.

Miss Lydia Cathcart, die eiligst aus London herbeigerufen worden war, sagte als nächste aus. Sie sei die Tante des verstorbenen Hauptmanns und die einzige noch lebende Verwandte. Denis habe sie, seit er das Erbe seines Vaters angetreten habe, nur noch selten gesehen. Er habe stets mit seinen Freunden in Paris zusammengelebt, die gar nicht nach ihrem Geschmack gewesen wären.

»Mein Bruder und ich haben uns nie gut vertragen«, erklärte Miss Cathcart, »und er hatte meinen Neffen bis zu dessen achtzehntem Lebensjahr im Ausland erziehen lassen. Ich fürchte, daß Denis' Neigungen stets recht französisch gewesen sind. Nach dem Tod meines Bruders besuchte Denis auf dessen Wunsch hin die Universität Cambridge. Ich war Testamentsvollstreckerin und sein Vormund, bis Denis großjährig wurde. Ich weiß nicht, wieso mein Bruder, nachdem er mich sein ganzes Leben lang ignoriert hatte, gerade mir diese Verantwortung auflud, aber ich wollte mich ihr auch nicht entziehen. Mein Haus stand Denis in den Universitätsferien stets zur Verfügung, aber im allgemeinen zog er es vor, seine reichen Freunde zu besuchen; an ihre Namen kann ich mich nicht erinnern. Als Denis einundzwanzig Jahre alt war, trat er das Erbe an, das ihm ein Einkommen von zehntausend Pfund im Jahr brachte. Ich glaube, das Vermögen war im Ausland angelegt. Ich erbte einen gewissen Betrag in meiner Eigenschaft als Testamentsvollstreckerin; diesen legte ich sofort in guten soliden britischen Papieren an. Was Denis mit seinem Geld gemacht hat, weiß ich nicht. Es würde mich nicht wundern, wenn er wirklich beim Spiel betrogen hat, denn ich habe gehört, daß die Leute, mit denen er in Paris verkehrte, höchst fragwürdig waren. Ich habe keinen von ihnen kennengelernt, ich bin nie in Frankreich gewesen.«

Als nächster Zeuge wurde John Hardraw, der Jagdhüter, vernommen. Er bewohne mit seiner Frau ein Häuschen am Tor des Jagdhauses *Riddlesdale*. Der Garten, der ungefähr zwanzig Morgen groß ist, sei an dieser Stelle von einem starken Bretterzaun umgeben. Das Tor sei nachts verschlossen. Hardraw erklärte, er habe am Mittwoch abend etwa zehn Minuten vor zwölf einen Schuß gehört, der in der Nähe seines Häuschens abgefeuert worden sei. Hinter dem Häuschen befinde sich eine Schonung von etwa zehn Morgen. Dort trieben sich zuweilen Wilddiebe herum, die seien hauptsächlich hinter Hasen her. Er sei mit seinem Gewehr in jene Richtung gegangen, habe aber niemanden gesehen. Seine Uhr habe eins gezeigt, als er ins Haus zurückkehrte.

Der Vorsitzende: »Haben Sie einen Schuß abgegeben?«

Zeuge: »Nein.«

Der Vorsitzende: »Sie haben in der Nacht Ihr Haus nicht noch einmal verlassen?«

Zeuge: »Nein.«

Der Vorsitzende: »Sie haben keine anderen Schüsse gehört?«

Zeuge: »Nur den einen. Aber ich bin sofort nach meiner Rückkehr eingeschlafen und wurde erst vom Chauffeur geweckt, der den Arzt holte. Das wird etwa Viertel nach drei gewesen sein.«

Der Vorsitzende: »Es ist doch nicht anzunehmen, daß Wilddiebe in solcher Nähe Ihres Hauses Schüsse abgeben?«

Zeuge: »Nein. Wilddiebe tauchen gewöhnlich im anderen Teil der Schonung, nach dem Moor zu, auf.«

Dr. Thorpe, der Arzt, erklärte, zum Verstorbenen gerufen worden zu sein. Er wohne in Stapley, etwa fünfundzwanzig Kilometer entfernt. In Riddlesdale selbst gebe es keinen Arzt. Der Chauffeur habe ihn um Viertel vor vier herausgeklopft. Sie seien um halb fünf in *Riddlesdale* eingetroffen. Der Verstorbene sei um diese Zeit schon drei bis vier Stunden tot gewesen. Eine Kugel habe die Lunge durchbohrt, und der Tod sei durch Blutverlust und Ersticken eingetreten. Cathcart sei wahrscheinlich nicht sofort tot gewesen, sondern habe noch eine Weile mit dem Tod gekämpft. Bei der Autopsie habe er festgestellt, daß die Kugel an einer Rippe abgeprallt war. Es habe sich kein Hinweis ergeben, ob die Wunde auf Selbstmord beruhe oder ob der Schuß von fremder Hand aus nächster Nähe abgegeben wurde.

Inspektor Craikes aus Stapley sagte aus, er sei mit Dr. Thorpe im Wagen zurückgefahren. Er habe die Leiche gesehen, die zwischen der Wintergartentür und dem überdeckten Brunnen auf dem Rücken gelegen habe. Bei Tagesanbruch habe er das Haus und das

Gelände abgesucht. Er habe auf dem ganzen zum Wintergarten führenden Weg Blutspuren gefunden, desgleichen Spuren im Sand, als sei dort ein Körper geschleift worden. Dieser Weg zweige vom Hauptweg ab, der vom Tor zur Haustür führt. Dort, wo die beiden Wege sich treffen, beginne ein Dickicht, das sich zu beiden Seiten des Weges bis zum Tor und zum Häuschen des Jagdhüters erstrecke. Die Blutspuren führten zu einer kleinen Lichtung in der Mitte des Dickichts, ungefähr auf halbem Wege zwischen dem Haus und dem Tor. Dort habe der Inspektor eine große Blutlache gefunden, ein mit Blut getränktes Taschentuch und einen Revolver. Das Taschentuch habe das Monogramm D. C. getragen, der Revolver sei eine kleine Waffe, amerikanisches Modell, und habe keine Spuren aufgewiesen. Die Wintergartentür habe bei der Ankunft des Inspektors offengestanden, der Schlüssel innen gesteckt. Der Verstorbene habe Smoking und Lackschuhe getragen, sei aber ohne Hut und Mantel gewesen. Die Kleidung sei durchnäßt und nicht nur stark mit Blut befleckt, sondern auch total beschmutzt gewesen. In der Tasche habe man ein Zigarettenetui und ein kleines Taschenmesser gefunden. Das Zimmer des Verstorbenen sei nach Papieren und so weiter durchsucht worden, doch sei nichts zutage gekommen, was zur Aufklärung beitragen könnte.

Nun wurde der Herzog von Denver wieder vernommen.

Der Vorsitzende: »Ich möchte Sie fragen, ob Sie je im Besitz des Verstorbenen einen Revolver gesehen haben?«

Der Herzog: »Nicht seit dem Krieg.«

Der Vorsitzende: »Sie wissen nicht, ob er einen Revolver bei sich zu führen pflegte?«

Der Herzog: »Ich habe keine Ahnung.«

Der Vorsitzende: »Vermutlich wissen Sie nicht, wem dieser Revolver hier gehören könnte?«

Der Herzog, höchst überrascht: »Er gehört mir. Er lag in meiner Schreibtischschublade im Arbeitszimmer. Woher haben Sie ihn?«

Der Vorsitzende: »Sind Sie ganz sicher?«

Der Herzog: »Bestimmt. Ich habe ihn erst neulich noch gesehen, als ich Fotos von Mary für Cathcart suchte, und ich erinnere mich noch, daß ich sagte, er würde rostig, wenn er dort so herumliege. Da ist ja auch ein Rostfleck!«

Der Vorsitzende: »War er geladen?«

Der Herzog: »Um Gottes willen, nein! Ich weiß eigentlich nicht, wieso er dort lag. Ich hatte ihn unter alten Militärsachen gefunden, wahrscheinlich unter meinen Jagdwaffen, als ich im August in

Riddlesdale war. Ich glaube, die Patronen lagen daneben.«
Der Vorsitzende: »War die Schublade verschlossen?«
Der Herzog: »Ja, aber der Schlüssel steckte. Meine Frau sagt immer, ich sei zu sorglos.«
Der Vorsitzende: »Wußte jemand, daß der Revolver dort lag?«
Der Herzog: »Ich glaube, Fleming wußte es. Ich wüßte nicht, wer sonst noch.«
Inspektor Parker von Scotland Yard hatte, da er erst Freitag eingetroffen war, noch keine genaue Untersuchung vornehmen können. Aufgrund gewisser Spuren glaube er jedoch, daß außer jenen, die die Entdeckung gemacht hatten, noch eine weitere Person oder mehrere am Schauplatz der Tragödie gewesen seien. Er wolle aber zur Zeit nicht mehr darüber aussagen.
Der Vorsitzende faßte daraufhin die Ergebnisse chronologisch zusammen. Um zehn Uhr oder kurz danach habe ein Streit zwischen dem Verstorbenen und dem Herzog stattgefunden, wonach der Verstorbene das Haus verlassen habe. Gemäß der Aussage von Mr. Pettigrew-Robinson sei der Herzog um halb zwölf Uhr hinuntergegangen, und laut Aussage von Oberst Marchbanks sei er kurz danach im Arbeitszimmer auf und ab gelaufen, in dem Zimmer, in dem der Revolver aufbewahrt wurde. Der Herzog habe unter Eid ausgesagt, daß er sein Schlafzimmer nicht vor halb drei Uhr morgens verlassen habe. Die Geschworenen müßten bedenken, welche Bedeutung diesen einander widersprechenden Aussagen beizulegen sei. Dann die in der Nacht gehörten Schüsse: Der Jagdhüter hatte erklärt, zehn Minuten vor zwölf einen Schuß gehört zu haben, er habe aber angenommen, daß er von Wilddieben abgefeuert worden sei. Tatsächlich sei es vielleicht möglich, daß sich dort Wilddiebe herumgetrieben hätten. Die Erklärung Lady Marys, sie habe den Schuß gegen drei Uhr morgens gehört, stehe im Widerspruch zur Feststellung des Arztes bei seinem Eintreffen in *Riddlesdale* gegen halb fünf, daß der Tod bereits vor drei bis vier Stunden eingetreten sei. Man müsse auch bedenken, daß Cathcart nach Dr. Thorpes Meinung nicht sofort tot gewesen sei. Wenn diese Annahme stimme, müßte der Tod zwischen elf und zwölf Uhr eingetreten sein, und so könnte die Todesursache sehr wohl der Schuß gewesen sein, den der Jagdhüter gehört hatte. In diesem Falle müßte man sich aber immer noch fragen, was es für eine Bewandtnis mit dem Schuß habe, durch den Lady Mary Wimsey geweckt worden war. Es sei jedoch nicht ganz auszuschließen, daß Wilddiebe diesen Schuß abgegeben hätten.

Als nächstes sei die Leiche des Verstorbenen zu bedenken, die vom Herzog von Denver gegen drei Uhr morgens vor der Tür des kleinen Wintergartens in der Nähe des bedeckten Brunnens gefunden worden sei. Nach amtlicher Feststellung sei es ziemlich sicher, daß der Schuß in dem etwa sieben Minuten vom Haus entfernten Gebüsch abgefeuert und der Körper des Verstorbenen von jener Stelle zum Haus geschleppt wurde. Der Verstorbene sei zweifellos an einer Schußwunde in der Lunge verschieden. Die Geschworenen müßten erwägen, ob der Schuß von eigener Hand oder von der einer anderen Person abgegeben worden sei. Wenn das letztere der Fall sein sollte, müßte geklärt werden, ob es sich um einen Unfall handeln könne, ob der Schuß in Selbstverteidigung oder vorsätzlich abgegeben worden sei. Hinsichtlich eines Selbstmordes müsse bedacht werden, was über den Charakter und die Verhältnisse des Verstorbenen bekannt sei.
Der Verstorbene sei ein kräftiger, gesunder junger Mann gewesen, in anscheinend besten Vermögensverhältnissen. Er habe bedeutende Kriegsverdienste aufzuweisen und sei bei seinen Freunden und Bekannten beliebt gewesen. Der Herzog von Denver habe so viel von ihm gehalten, daß er der Verlobung seiner Schwester mit dem Verstorbenen zugestimmt habe. Gemäß den Aussagen habe zwischen den Verlobten das beste Einvernehmen geherrscht, wenn sie sich auch nicht gerade wie Verliebte benommen hätten. Der Herzog habe versichert, daß der Verstorbene ihm am Mittwoch abend erklärt habe, er wolle die Verlobung rückgängig machen. Glaubten die Geschworenen, daß der Verstorbene ohne eine Erklärung seiner Braut gegenüber, ohne Hinterlassung eines Abschiedsbriefes aus dem Haus rennen und sich erschießen würde? Dann sei die Anschuldigung zu bedenken, die der Herzog seiner Aussage nach dem Verstorbenen ins Gesicht geschleudert hatte; er habe ihn beschuldigt, ein Falschspieler zu sein. In den Gesellschaftskreisen, denen die beteiligten Persönlichkeiten angehörten, werde Falschspiel für schändlicher gehalten als Mord oder Ehebruch. Die Möglichkeit bestehe, daß allein eine solche Erwähnung, ob begründet oder nicht, einen Ehrenmann veranlassen könne, sich umzubringen. Aber sei der Verstorbene ein Ehrenmann gewesen? Der Verstorbene sei in Frankreich erzogen worden, und die französischen Ehrbegriffe seien ganz andere als die britischen. Leider sei der erwähnte Brief, der Einzelheiten zu dieser Beschuldigung geben könnte, nicht mehr vorhanden. Ferner müßten sich die Geschworenen fragen, ob nicht ein Selbstmord im allgemeinen durch einen Schuß in den

Kopf begangen werde. Dann müsse man sich fragen, wie der Verstorbene zu dem Revolver gekommen sei. Und schließlich müsse gefragt werden, wer im Falle eines Selbstmordes den Körper zum Haus geschleppt hatte und warum der Betreffende das unter großer Mühe getan hatte, statt die Hausbewohner zu wecken und Hilfe herbeizuholen.

Wenn die Geschworenen Selbstmord ausschließen, wäre an einen Unglücksfall, an Totschlag oder Mord zu denken. Käme ein Unglücksfall in Frage, so müsse man bedenken, ob der Verstorbene oder sonst jemand an dem Abend den Revolver des Herzogs an sich genommen habe, ferner, ob die Waffe, während sie untersucht oder gereinigt wurde, unversehens losgegangen sein und den Verstorbenen getroffen haben könnte. Die Geschworenen müßten dann auf Tod durch Unglücksfall erkennen. Doch wie könnte man in diesem Fall das Verhalten der Person, wer sie auch sei, erklären, die den Körper zum Haus geschleppt hatte?

Dann erläuterte der Vorsitzende das Gesetz über Totschlag. Er erklärte den Geschworenen, daß keine Worte, so beleidigend oder drohend sie auch wären, eine Entschuldigung dafür seien, einen Menschen zu töten, und daß bei Erkennung von Totschlag der Zusammenstoß spontan und unreflektiert erfolgt sein muß. Glaubten die Geschworenen zum Beispiel, daß der Herzog das Haus verlassen habe, um seinen Gast zu veranlassen, zurückzukehren und bei ihm zu übernachten, und daß der Verstorbene daraufhin mit Drohungen oder gar Tätlichkeiten geantwortet habe? Wäre das der Fall und der Herzog hätte, da er im Besitz einer Waffe war, den Verstorbenen in Selbstverteidigung erschossen, dann würde es sich um Totschlag handeln. Dann allerdings müsse man sich fragen, wieso der Herzog mit einer Schußwaffe in der Hand dem Verstorbenen gefolgt sei. Auch stünde diese Annahme in direktem Widerspruch zur Aussage des Herzogs.

Schließlich müsse man überlegen, ob genügend Anzeichen von Haß vorhanden seien, um eine Anklage auf Mord zu erheben. Die Geschworenen müßten sich fragen, ob irgendeine Person ein Motiv, die Mittel und die Gelegenheit gehabt hätte, den Verstorbenen zu ermorden. Man müsse überlegen, ob aus dem Verhalten der betreffenden Person und aus weiteren Indizien genügend Gründe zur Annahme vorlägen, daß der Betreffende einen Mord verübte. Wenn die Geschworenen glaubten, daß es solch einen Menschen gäbe und daß sein Verhalten irgendwie verdächtig oder geheimnisvoll wäre oder daß er bewußt Spuren verwischt habe, die mit dem

Fall zusammenhingen, oder (der Vorsitzende betonte das nachdrücklich und blickte dabei dem Herzog starr ins Gesicht) falsche Spuren hergestellt habe, die zur Täuschung oder Irreführung dienen könnten, dann würden diese Umstände genügen, um die betreffende Persönlichkeit zu verdächtigen. In diesem Falle müßten die Geschworenen Mordanklage erheben und erwägen, ob die Person, die den Verstorbenen zur Wintergartentür geschleppt hatte, dies mit der Absicht tat, den Körper in den Brunnen zu werfen, der, wie Inspektor Craikes erklärt hatte, sich dicht bei der Stelle befand, an der die Leiche gefunden wurde. Wenn die Geschworenen zur Ansicht gelangten, der Verstorbene sei ermordet worden, aber aufgrund der Beweise keine bestimmte Person anklagen wollten, müßten sie Mordanklage gegen Unbekannt erheben. Wenn sie aber glaubten, eine bestimmte Person könnte des Mordes bezichtigt werden, dann dürfte keine Rücksicht auf Persönlichkeit oder Stellung sie hindern, ihre Pflicht zu erfüllen.
Aufgrund dieser Winke erkannten die Geschworenen nach kurzer Beratung auf Mordanklage gegen Gerald, Herzog von Denver.

2

Viele Leute halten das Frühstück für die beste Mahlzeit des Tages. Andere, weniger robuste sind der Meinung, es sei die schlechteste und das Sonntagsfrühstück am allerschlimmsten. Die im Jagdhaus *Riddlesdale* am Frühstückstisch Versammelten schienen, nach ihren Gesichtern zu urteilen, der letztgenannten Ansicht zu sein. Der einzige der Anwesenden, der weder mißgestimmt noch verlegen zu sein schien, war Freddy Arbuthnot, der sich schweigsam bemühte, die Gräten aus einem Stück Bückling zu entfernen. Ein so minderer Fisch auf dem Frühstückstisch der Herzogin ließ darauf schließen, daß der Haushalt völlig durcheinandergeraten war.
Die Herzogin von Denver schenkte selbst den Kaffee ein, was eine ihrer unangenehmen Gewohnheiten war, denn jedem Verspäteten wurde dadurch sein Vergehen um so peinlicher bewußt. Die Herzogin, eine Dame mit langem Hals und stolzer Haltung, trug ihr Haar ebenso streng, wie sie ihre Kinder erzog. Sie geriet nie in Verlegenheit und ließ ihren Ärger, den sie allerdings nie aussprach, ihre Mitmenschen empfindlich spüren.
Oberst Marchbanks saß neben seiner Frau. Das Paar hatte nichts

Schönes an sich außer einer phlegmatischen Liebe zueinander. Mrs. Marchbanks war nicht gerade mißgestimmt, aber die Anwesenheit der Herzogin machte sie verlegen, weil sie kein Mitgefühl für sie aufbringen konnte.

Mrs. Pettigrew-Robinson war nicht nur verärgert, sie war empört. Von ihrer frühesten Kindheit an hatte sie es für falsch gehalten, über irgend etwas nachzudenken, was ungehörig war – wie etwa Mord. Sie bereute es, in Abwesenheit der Herzogin nach *Riddlesdale* gekommen zu sein. Sie hatte Lady Mary nie gemocht und hielt sie für ein recht bedenkliches Beispiel der heutigen modernen weiblichen Jugend. Dazu kam, daß Lady Mary eine höchst ungehörige Beziehung zu einem Bolschewisten gehabt hatte, als sie im Krieg in einem Londoner Lazarett Verwundete pflegte. Ebensowenig hatte Mrs. Pettigrew den Hauptmann Denis Cathcart geschätzt; sie mochte so auffallend schöne junge Männer nicht. Da es aber der Wunsch ihres Mannes gewesen war, nach *Riddlesdale* zu gehen, war es ihre Pflicht gewesen, ihn zu begleiten.

Mr. Pettigrew war ganz einfach verstimmt, weil der Beamte von Scotland Yard seine Hilfe bei der Durchsuchung des Hauses und des Geländes nach Spuren abgelehnt hatte. Als älterer Mann mit einiger Erfahrung in diesen Dingen (Mr. Pettigrew war ehrenamtlicher Friedensrichter) hatte er sich zur Verfügung gestellt, war aber abgewiesen worden.

Die allgemeine Mißstimmung und Verlegenheit wurde noch erhöht durch die Anwesenheit Inspektor Parkers, eines ruhigen jungen Mannes in einem Tweedanzug, der am Tischende neben Mr. Murbles, dem Anwalt, saß und ein Currygericht aß. Dieser Mensch war am Freitag aus London gekommen, hatte die örtliche Polizei kritisiert und einen Standpunkt vertreten, der dem von Inspektor Craikes völlig entgegengesetzt war. Er hatte bei der Untersuchungsverhandlung Informationen unterdrückt, durch die, objektiv betrachtet, die Verhaftung des Herzogs vielleicht hätte vermieden werden können. Er hatte die ganze unselige Jagdgesellschaft zurückgehalten mit der Begründung, daß er jeden einzelnen nochmals verhören und beobachten wolle, so daß sie diesen ganzen grauenhaften Sonntag über jämmerlich zusammenhocken mußten. Und um allem die Krone aufzusetzen, hatte sich auch noch herausgestellt, daß er ein Freund von Lord Peter Wimsey war.

Der ältliche Mr. Murbles, der einen schwachen Magen hatte, war Donnerstag nacht eiligst aus London angereist. Er hatte festgestellt, daß man die Voruntersuchung in höchst ungeeigneter Weise geführt hatte. Zudem war sein Klient sehr widerspenstig gewesen. Die ganze Zeit hatte er versucht, Sir Impey Biggs, seinen berühmten Kollegen, zu erreichen, der aber übers Wochenende ohne Hinterlassung einer Adresse fortgefahren war.

»Möchte jemand in die Kirche?« fragte die Herzogin.

»Theodore und ich würden gerne gehen«, antwortete Mrs. Pettigrew, »wenn es nicht zuviel Umstände macht.«

»Keineswegs. Sie fahren mit mir im Wagen«, erklärte die Herzogin feierlich.

»Sie wollen in die Kirche gehen?« fragte Freddy Arbuthnot. »Wird es nicht peinlich sein, angestarrt zu werden?«

»Das macht mir nichts, Freddy«, erwiderte die Herzogin. Aus ihrer Stimme klang leichter Vorwurf.

»Was ist denn Ihre Ansicht, Mr. Murbles?« erkundigte sie sich dann.

»Ihre Absicht ist höchst anerkennenswert«, antwortete der Anwalt und rührte seinen Kaffee um, »aber Mr. Arbuthnot hat recht, wenn er meint, daß Sie in eine unangenehme Situation geraten könnten. Ich bin ein aufrichtiger Christ, aber ich glaube nicht, daß unsere Religion verlangt, in einer peinlichen Situation aufzufallen.«

»Wie Helen richtig sagte«, erwiderte Mrs. Marchbanks, »macht das nichts. Es hat ja niemand Grund, sich zu schämen. Es ist ein stupider Irrtum begangen worden, und ich sehe nicht ein, warum man nicht in die Kirche gehen sollte.«

»Du hast recht, meine Liebe«, stimmte ihr der Oberst herzlich zu. »Wir könnten es so einrichten, daß wir gerade zur Predigt hinkommen. Ich würde das für gut halten. Es zeigt, daß wir von Denvers Unschuld überzeugt sind.«

»Du vergißt, Liebster«, entgegnete seine Frau, »daß ich der armen Mary versprochen habe, bei ihr zu bleiben.«

»Natürlich, das habe ich ganz vergessen«, sagte der Oberst. »Wie geht es ihr denn?«

»Sie hat sehr schlecht geschlafen, die arme Kleine«, erklärte die Herzogin. »Vielleicht wird sie jetzt ein bißchen schlafen können. Es ist ein entsetzlicher Schlag für sie.«

»Der sich als Segen erweisen kann«, bemerkte Mrs. Pettigrew.

»Liebling!« rief ihr Mann bestürzt.

»Ich bin neugierig, wann wir etwas von Sir Impey hören werden«, warf Oberst Marchbanks ein.

»Ja, wirklich«, stöhnte Mr. Murbles. »Ich hoffe sehr, daß er seinen Einfluß auf den Herzog ausüben wird.«

»Natürlich«, sagte Mrs. Pettigrew, »er muß reden! Das ist er sich

und uns schuldig. Er muß sagen, was er um diese Zeit unterwegs gemacht hat. Und wenn er es nicht sagt, muß man es herausbekommen. Dazu sind doch Kriminalbeamte da!«
»Das ist deren undankbare Aufgabe«, mischte sich Inspektor Parker ein. Er hatte lange geschwiegen, jetzt zuckten alle zusammen.
»Sehr schön«, sagte Mrs. Marchbanks, »ich erwarte, daß Sie es im Nu aufklären. Vielleicht kennen Sie schon lange den wirklichen Mör – ich meine, den Übeltäter.«
»Noch nicht«, erwiderte Parker. »Aber ich will mein Bestes tun, ihn zu erwischen. Außerdem werde ich wahrscheinlich Hilfe erhalten«, fügte er grinsend hinzu.
»Von wem?« erkundigte sich Mr. Pettigrew.
»Von Mylords Bruder.«
»Peter?« fragte die Herzogin. »Mr. Parker will sich über unseren Amateurdetektiv lustigmachen!«
»Keineswegs«, widersprach Parker. »Wimsey wäre einer der besten Detektive Englands, wenn er nicht so faul wäre. Leider konnte ich ihn noch nicht erreichen.«
»Ich habe nach Ajaccio telegrafiert, postlagernd«, erklärte Mr. Murbles, »aber ich weiß nicht, ob er sich nach Post erkundigt. Er hat nicht gesagt, wann er zurückkehrt.«
»Er ist ein verrückter Kauz«, sagte Freddy taktlos, »aber er sollte hier sein. Ich wollte sagen, wenn dem guten Denver etwas passieren sollte, ist er doch das Familienoberhaupt, nicht wahr, bis Denvers Sprößling großjährig ist.«
In dem Schweigen, das dieser Bemerkung folgte, hörte man deutlich, wie ein Spazierstock in einen Schirmständer gestellt wurde.
Die Tür wurde aufgerissen. »Guten Morgen, meine Lieben«, rief der Ankömmling fröhlich. »Wie geht's? Guten Morgen, Helen! Oberst, Sie schulden mir seit September vorigen Jahres zwei Shilling. Guten Morgen, Mrs. Marchbanks, guten Morgen, Mrs. Pettigrew. Mr. Murbles, wie finden Sie dieses scheußliche Wetter? Du brauchst nicht aufzustehen, Freddy, ich will dich nicht stören. Parker, alter Freund, du bist wirklich zuverlässig! Stets zur Stelle! Habt ihr schon gefrühstückt? Ich wollte eigentlich früher aufstehen, aber ich habe so geschnarcht, daß es Bunter nicht übers Herz brachte, mich zu wecken. Ich wäre beinahe schon in der Nacht hereingeplatzt, aber wir sind erst um zwei Uhr angekommen, und ich kann mir denken, daß ihr nicht sehr begeistert gewesen wärt. Na, was sagen Sie dazu, Oberst? Mit dem Flugzeug von Paris nach London, dann eine gute Straße bis Northallerton, danach nur noch

Saustraßen und gerade vor Riddlesdale eine Reifenpanne. Und in der Kneipe ein verdammt schlechtes Bett. Ich hoffte, ich würde noch zu den Würstchen zurecht kommen. Wie? Sonntagmorgen gibt's bei einer englischen Familie keine Würstchen? Großer Gott, wie weit ist es mit uns gekommen, Oberst! Helen, diesmal sitzt Gerald aber schön in der Tinte. Du hättest ihn nicht allein lassen dürfen, das weißt du doch, er gerät dann immer in eine Patsche. Ich habe einen Mordshunger, ich bin seit drei Tagen unterwegs. Freddy, gib mir den Toast. Wie bitte, Mrs. Marchbanks? O ja, Korsika war wunderbar, schwarzäugige Burschen, jeder einen Dolch im Gürtel, und bildhübsche Mädchen. Bunter hatte eine richtige Liebesgeschichte mit der Wirtstochter in einem Dorf. Er ist ein empfindsamer alter Bursche, man würde ihm das gar nicht zutrauen. Großer Gott, hab' ich einen Hunger! Helen, ich wollte dir eigentlich in Paris schicke Crêpe-de-Chine-Wäsche kaufen, aber da der gute Parker mir die Sache mit den Blutflecken wegzunehmen drohte, haben wir schleunigst unsere Siebensachen gepackt.«

Mrs. Pettigrew erhob sich. »Theodore, ich glaube, wir sollten uns für die Kirche fertigmachen.«

»Ich werde den Wagen bestellen«, sagte die Herzogin. »Peter, ich freue mich riesig, daß du da bist. Daß du keine Adresse hinterlassen hattest, war höchst unangenehm. Läute, wenn du etwas willst. Es ist schade, daß du nicht noch mit Gerald sprechen konntest.«

»Oh, das macht nichts«, erwiderte Lord Peter vergnügt, »ich werde ihn im Gefängnis besuchen. Es ist sehr gut, wenn die Verbrechen in der Familie bleiben, das erleichtert vieles. Die arme Mary tut mir leid. Wie geht es ihr?«

»Sie darf heute nicht gestört werden«, erklärte die Herzogin energisch.

»Ich denke nicht daran«, sagte Lord Peter. »Parker und ich werden uns allein amüsieren. Er wird mir erst mal diese Fußspuren zeigen. Ich hoffe, daß noch nicht alle verwischt sind, wie steht's damit, alter Freund?«

»Nein«, antwortete Parker, »die meisten habe ich mit Blumentöpfen zugedeckt.«

»Reich mir doch mal das Brot und erzähl mir alles«, sagte Lord Peter.

Nach dem Aufbruch der Kirchgänger entstand eine gemütliche Atmosphäre. Mrs. Marchbanks ging nach oben, um Mary von Peters Ankunft zu verständigen, und der Oberst steckte sich eine dicke Zigarre an. Freddy erhob sich, räkelte sich, zog einen Klubsessel zum Kamin und machte sich's bequem, die Füße gegen das Gitter gestemmt, während Parker sich noch eine Tasse Kaffee einschenkte.

»Du wirst ja die Zeitungen gelesen haben«, sagte er.

»Ich habe den Bericht über die Untersuchungsverhandlungen gelesen«, erwiderte Lord Peter. »Nimm's mir nicht übel, aber ihr habt alles schön durcheinandergebracht.«

»Es war eine Schande«, erklärte Mr. Murbles, »einfach eine Schande. Der Vorsitzende hat sich höchst ungehörig benommen. Und was will man von blöden Bauern wie diesen Geschworenen schon erwarten! Was für Einzelheiten dabei herausgekommen sind! Wenn ich früher hätte hier sein können . . .«

»Ich fürchte, daß das alles zum Teil mein Fehler war, Wimsey«, sagte Parker bedauernd. »Craikes scheint ziemlich wütend auf mich zu sein. Der Polizeipräsident von Stapley hat uns über seinen Kopf hinweg zugezogen, und als die Nachricht kam, bin ich zu meinem Chef gelaufen und habe ihn gebeten, mir den Fall zu übertragen, da ich mir sagte, wenn es irgendwelche Schwierigkeiten gibt, könnte ich das ebensogut wie ein anderer in Ordnung bringen. Ich mußte aber noch eine Scheckfälscher-Affäre zu Ende führen, und so konnte ich erst den Nachtzug nehmen. Als ich am Freitag ankam, waren Craikes und der Vorsitzende sich bereits einig und hatten die Verhandlung für den nächsten Morgen angesetzt. Sie haben ihre blödsinnigen Beweise so dramatisch wie möglich vorgebracht. Ich hatte nur Zeit, flüchtig das Gelände zu inspizieren, das durch Craikes und seine Trabanten leider zertrampelt ist, und so konnte ich vor Gericht nichts machen.«

»Sei nicht traurig«, sagte Wimsey. »Ich mache dir keine Vorwürfe. Außerdem wird die Jagd nur aufregender.«

»Wir sind bei den respektablen Gerichtsleuten nicht sehr beliebt«, erklärte Freddy. »Aufgeblasene Aristokraten und unmoralische Franzosen! Zu schade, Peter, daß du Miss Lydia Cathcart versäumt hast, du hättest dich in sie verliebt. Sie hat die Leiche mit nach London genommen.«

»An der Leiche war wohl nichts Besonderes?«

»Nein«, antwortete Parker, »die Autopsie wurde korrekt vorgenommen. Er hatte einen Schuß in der Lunge.«

»Ich glaube nicht an Selbstmord«, warf Freddy ein, »er hat sich bestimmt nicht umgebracht. Ich habe nichts gesagt, da ich die Geschichte des guten Denver nicht auf den Kopf stellen wollte, aber daß Cathcart durchgedreht haben sollte, glaube ich nicht.«

»Was meinst du damit?« fragte Peter.
»Weißt du, mein Lieber, ich bin mit Cathcart hinaufgegangen. Ich war sehr schlechter Laune, denn ich hatte den ganzen Tag nur danebengeschossen. Außerdem hatte ich gegen den Oberst die Wette verloren, wieviel Zehen die Küchenkatze hat, und ich sagte zu Cathcart, es sei eine verdammte Welt oder irgend so etwas. ›Gar nicht‹, widersprach er, ›die Welt ist wunderbar. Ich werde morgen mit Mary den Hochzeitstermin festlegen, und dann gehen wir nach Paris, wo man noch etwas von der Liebe versteht.‹ Darauf ging er pfeifend in sein Zimmer.«
Parker blickte ernst drein. Oberst Marchbanks räusperte sich: »Cathcart war ein Mensch, bei dem man nie wußte, woran man war. Er ist eben in Frankreich erzogen. Kein echter Engländer. Bei ihm ging es immer rauf und runter, auf und ab! Sehr traurig! Der arme Kerl! Na, Peter, ich hoffe, daß Sie und Mr. Parker was herausfinden werden. Wir dürfen es nicht zulassen, daß der arme Denver im Gefängnis sitzt. Höchst unangenehm für ihn! Der arme Kerl, und dabei ist dieses Jahr die Jagd so wunderbar. Na, ich nehme an, Sie werden eine Inspektionstour machen wollen, Mr. Parker. Wie wär's mit einer Partie Billard, Freddy?«
»Gern«, antwortete Freddy, »aber Sie müssen mir hundert vorgeben, Oberst.«
»Blödsinn«, erwiderte der alte Kämpe gutgelaunt, »Sie spielen doch ausgezeichnet.«
Nachdem sich Mr. Murbles verabschiedet hatte, sahen Wimsey und Parker einander über den Frühstückstisch an.
»Wimsey«, sagte der Inspektor, »ich weiß nicht, ob es richtig von mir war, herzukommen. Wenn du meinst –«
»Hör mal, alter Freund, wir wollen alle Sentimentalität beiseite lassen. Wir werden den Fall bearbeiten wie jeden anderen. Sollte etwas Peinliches herauskommen, so ist es mir lieber, wenn du dabei bist, als wenn ein anderer hier herumschnüffelt. Es ist ein ganz ungewöhnlich hübscher kleiner Fall, der seine Meriten hat, und ich werde einige Anstrengung darauf verwenden.«
»Wenn du also wirklich meinst –«
»Lieber Charles«, unterbrach ihn Peter, »wenn du nicht schon hier wärst, hätte ich dich angerufen. Machen wir uns an die Arbeit! Natürlich gehe ich von der Voraussetzung aus, daß der gute Gerald es nicht getan hat.«
»Gut!« sagte Parker. »Wo sollen wir anfangen?«
Peter überlegte. »Am besten in Cathcarts Schlafzimmer.«

Das Schlafzimmer war klein. Das Fenster lag über der Haustür. Das Bett stand an der rechten Wand, der Toilettentisch vor dem Fenster, an der linken Wand war der Kamin, davor ein Sessel, daneben ein kleiner Schreibtisch.

»Nichts ist angerührt worden«, erklärte Parker. »Soviel Verstand hatte Craikes immerhin.«

»Sehr schön«, erwiderte Lord Peter. »Gerald sagt, daß Cathcart, als er ihn als Gauner bezeichnete, aufsprang und fast den Tisch umwarf. Das war also der Schreibtisch, und Cathcart saß in dem Sessel: jawohl, er hat den Sessel heftig zurückgestoßen und dabei den Teppich verschoben, siehst du? Was hat er wohl getan? Er hat nicht gelesen, denn es ist nirgends ein Buch, und wir wissen, daß er aus dem Zimmer gestürmt ist und nie mehr zurückkam. Hat er geschrieben? Nein, das Löschblatt ist unberührt . . .«

»Er hätte mit Bleistift schreiben können«, warf Parker ein.

»Das schon, alter Miesmacher! Aber wenn er das getan hätte, hätte er den Bogen in die Tasche stecken müssen, als Gerald hereinkam, denn hier ist kein Papier. Und bei der Leiche hat man auch kein Papier gefunden. Also hat er nicht geschrieben.«

»Er hätte das Papier auch unterwegs wegwerfen können«, erwiderte Parker. »Ich habe noch nicht das ganze Gelände abgesucht. Aber wenn der Schuß, den Hardraw um zehn vor zwölf hörte, der richtige war, hätten wir bei vorsichtiger Schätzung anderthalb Stunden, von denen man nichts weiß.«

»Gut. Sagen wir also, es sind keine Zeichen dafür vorhanden, daß er geschrieben hat. Einverstanden?« Lord Peter zog eine Lupe aus der Tasche und untersuchte sorgfältig den Sessel, ehe er sich schließlich hineinsetzte.

»Das nützt nicht viel«, sagte er. »Aber jedenfalls saß Cathcart da, wo ich jetzt sitze. Er hat nicht geschrieben. Bist du ganz sicher, daß hier nichts angerührt worden ist?«

»Ganz sicher.«

»Dann hat er auch nicht geraucht.«

»Wieso nicht? Er könnte den Stummel ins Kaminfeuer geworfen haben, als Denver hereinkam.«

»Keine Zigarette«, widersprach Peter, »oder wir hätten irgendwo Spuren gefunden, auf dem Boden oder im Kamin. Zigarettenasche fliegt ja überall herum. Aber eine Zigarre! Er hätte eine Zigarre rauchen können, ohne eine Spur zu hinterlassen. Ich hoffe, daß er es nicht getan hat.«

»Warum?«

»Weil ich wünschte, daß Geralds Aussage wenigstens in einigen Punkten wahr ist. Ein nervöser Mensch gibt sich nicht vor dem Schlafengehen dem delikaten Vergnügen einer Zigarre hin und behandelt die Asche mit so peinlicher Vorsicht. Wenn andererseits Freddy recht hat und Cathcart sich glücklich und selig fühlte, dann wäre eine Zigarre gerade das Richtige gewesen.«

»Meinst du, daß Mr. Arbuthnot das erfunden haben könnte?« fragte Parker nachdenklich. »Das glaube ich nicht.«

»Richtig«, stimmte Lord Peter zu. »Ich kenne Freddy schon von klein an, der tut keiner Fliege was zuleid. Außerdem hat er gar nicht den Verstand, sich irgendeine Geschichte auszudenken. Aber es irritiert mich, daß auch Gerald nicht genug Verstand hat, die dramatische Szene zwischen sich und Cathcart zu erfinden.«

»Andererseits«, erwiderte Parker, »wenn wir für einen Augenblick annehmen, daß er Cathcart erschossen hat, wäre es naheliegend für ihn, die Geschichte zu erfinden. Ich meine, wenn etwas Wichtiges auf dem Spiel steht, ist es erstaunlich, wie das den Verstand schärft. Und da die Geschichte so phantastisch ist, läßt sie auf einen ungeübten Märchenerzähler schließen.«

»Richtig. Also Cathcart saß hier . . .«

»Das sagt dein Bruder.«

»Zum Teufel mit dir, ich sage, daß er hier saß, oder zumindest saß hier jemand, das erkennt man noch an den eingedrückten Kissen.«

»Das hätte im Laufe des Tages gewesen sein können.«

»Quatsch, alle waren den ganzen Tag draußen. Ich sage dir, daß Cathcart hier saß, und . . . oh, schau mal her!« Er starrte in den Kamin. »Das sind ja verbrannte Papierreste, Charles.«

»Ich weiß. Ich war gestern zunächst schrecklich aufgeregt darüber. aber dann habe ich festgestellt, daß das auch in den andern Zimmern der Fall ist. Wenn die Gäste den Tag über draußen sind, läßt man das Feuer in den Schlafzimmern ausgehen und zündet es erst eine Stunde vor dem Abendessen wieder an. Das Personal hier besteht nur aus der Köchin, einem Dienstmädchen und Fleming, und die haben natürlich eine Menge zu tun mit so vielen Gästen.«

Lord Peter nahm die verkohlten Papierreste in die Hand. »Leider kann ich dir nicht widersprechen«, sagte er traurig, »das ist ein Stück der *Morning Post,* du wirst also recht haben. Wir können wohl nur annehmen, daß Cathcart hier saß und nichts tat. Leider bringt uns das nicht weiter.« Er trat zum Toilettentisch.

»Die Schildpattgarnitur gefällt mir«, sagte er, »und dieses Parfum,

Baiser du soir, wirklich sehr gut. Ich kannte es noch nicht, ich muß Bunter darauf aufmerksam machen! Auch eine schöne Maniküregarnitur. Ich liebe ja Sauberkeit und so weiter, aber Cathcart war ein Mann, der stets ein bißchen zu gepflegt aussah. Armer Teufel! Und jetzt wird er in London in Golder's Green begraben. Ich bin ihm überhaupt nur ein- oder zweimal begegnet. Er machte den Eindruck, als wisse er alles, was es zu wissen gibt. Ich war ziemlich überrascht, daß sich Mary für ihn interessierte, doch ich kenne meine Schwester ja nur wenig. Sie ist fünf Jahre jünger als ich. Als der Krieg ausbrach, hatte sie die Schule gerade hinter sich und besuchte ein Internat in Paris. Ich ging an die Front, während sie von Paris zurückkam und in London Krankenschwester wurde und so weiter, so habe ich sie nur selten zu sehen bekommen. Damals begeisterte sie sich für eine neue Weltordnung und ließ sich mit einem Burschen ein, einem Pazifisten, der ziemlich verdächtig war, und so hatten wir uns nur wenig zu sagen. Dann wurde ich krank, wie du weißt, Barbara ließ mich sitzen, und da zerbrach ich mir nicht den Kopf über die Herzensangelegenheiten meiner Mitmenschen. Danach habe ich mich mit dem Attenbury-Diamantenfall beschäftigt. Das Resultat von all dem ist, daß ich fast gar nichts über meine eigene Schwester weiß. Aber es sieht so aus, als hätte sich ihr Geschmack für Männer geändert. Meine Mutter jedenfalls fand Cathcart charmant. Das heißt also, daß er auf Frauen wirkte. Ein Mann kann das ja nicht beurteilen, aber meine Mutter hat im allgemeinen recht. Wo sind eigentlich seine Papiere?«

»Er hatte sehr wenige bei sich«, antwortete Parker. »Ein Scheckbuch einer Londoner Depositenkasse, aber es ist neu und wenig aufschlußreich. Offensichtlich hat er in England nur ein kleines Bankkonto gehabt. Die meisten Schecks benutzte er für Barabhebungen, ein paar waren auf Hotels und Schneider ausgestellt.«

»Hatte er kein Kontobuch?«

»Anscheinend hat er all seine wichtigen Papiere in Paris. Er hatte dort eine Wohnung, irgendwo an der Seine. Wir haben uns schon mit der Pariser Polizei in Verbindung gesetzt. In London hatte er im Hotel *Albany* ein Zimmer. Ich habe bereits Auftrag gegeben, es verschlossen zu halten, bis ich hinkomme. Ich wollte morgen nach London fahren.«

»Ja, tu das. Und die Brieftasche?«

»Hier. Ungefähr dreißig Pfund in Noten, die Karte eines Weinhändlers und eine Rechnung für ein Paar Reithosen.«

»Keine Korrespondenz?«

»Ich habe mich natürlich bei den Dienstboten nach seiner Post erkundigt und hörte, daß er oft Briefe erhalten hat, aber nie einen herumliegen ließ. Auch konnten sie mir nicht viel über die Briefe sagen, die er selbst schrieb, weil alle abgehenden Briefe in den Postsack geworfen werden, der geschlossen auf die Post gebracht und erst dort geöffnet wird; oder die Briefe werden dem Briefträger mitgegeben, wenn er vorbeikommt. Aber die Leute sind der Ansicht, daß Cathcart nicht viel geschrieben hat. Das Dienstmädchen sagte mir, sie habe nie etwas im Papierkorb gefunden.«

»Also das hilft uns auch nicht weiter. Einen Moment! Da ist seine Füllfeder. Sehr schön, echtes Gold. Keine Tinte drin. Das nutzt also auch nichts. Übrigens sehe ich keinen Bleistift rumliegen. Ich glaube mehr und mehr, daß deine Annahme, er habe Briefe geschrieben, nicht stimmt.«

»Ich habe gar nichts angenommen«, erwiderte Parker sanft, »und ich glaube, du hast recht.«

Lord Peter sah den Kleiderschrank durch und betrachtete die paar Bücher auf dem Nachttisch: *»La Rôtisserie de la Reine Pédauque, L'Anneau d'Améthyste, South Wind, Chronique d'un Cadet de Coutras, Manon Lescaut.* Hm! Gibt es sonst noch etwas Interessantes in dem Zimmer?«

»Ich glaube nicht. Wo möchtest du jetzt hin?«

»In die andern Zimmer, zunächst mal in das von Gerald. Helen ist in der Kirche. Schauen wir es uns an. Natürlich ist es inzwischen in Ordnung gebracht worden, also für Nachforschungen völlig ruiniert, nicht wahr?«

»Ich fürchte, ja«, antwortete Parker. »Ich konnte ja die Herzogin nicht aus ihrem Schlafzimmer verbannen.«

»Nein. Also hier ist das Fenster, aus dem Gerald Cathcart nachgerufen hat. Im Kamin ist natürlich nichts mehr, inzwischen ist dort wieder Feuer gemacht worden. Ich möchte nur wissen, was Gerald mit diesem Brief gemacht hat. Den von Freeborn meine ich.«

»Kein Mensch hat darüber ein Wort aus ihm herausbringen können«, sagte Parker. »Der alte Murbles hat es sehr schwer mit ihm gehabt. Der Herzog behauptet steif und fest, er habe den Brief vernichtet. Murbles sagt, daß das geradezu lächerlich sei. Und damit hat er recht. Wenn der Herzog etwas gegen den Verlobten seiner Schwester unternehmen wollte, hätte er in seinem Zorn doch gerade auf dieses Beweisstück besonderen Wert gelegt.«

»Gerald ist ein netter, ordentlicher, anständiger, wohlerzogener Oxford-Mann, aber leider ein furchtbarer Esel.«

»Wenn er den Brief hat, warum zeigt er ihn nicht?«
»Ja, warum nicht? Briefe von alten Studienfreunden in Ägypten sind ja im allgemeinen nicht kompromittierend.«
»Du meinst doch nicht etwa«, fragte Parker tastend, »daß dieser Freeborn in seinem Brief vielleicht eine alte Affäre erwähnte, von der die Herzogin nichts erfahren darf?«
Lord Peter überlegte, während er eine Reihe Schuhe betrachtete. »Das ist eine Idee«, sagte er schließlich. »Er hatte einige, ziemlich harmlose, aber Helen würde ein großes Theater daraus machen.« Er pfiff nachdenklich. »Doch wenn es an den Galgen geht . . .«
»Glaubst du, Wimsey, daß dein Bruder im Ernst an den Galgen denkt?«
»Ich glaube, daß Murbles ihm das offen gesagt hat.«
»Kann er sich wirklich vorstellen, daß man einen englischen Hocharistokraten aufgrund eines Indizienbeweises wegen Mordes hängen würde?«
Lord Peter dachte einen Augenblick darüber nach. »Phantasie ist nicht Geralds Stärke. Aber ich glaube, daß man auch Hocharistokraten hängt. Die werden doch wohl nicht mehr im Tower geköpft?«
»Das werde ich feststellen«, sagte Parker, »doch weiß ich bestimmt, daß Earl Ferres 1760 gehängt wurde.«
»Das werden wir Gerald erzählen. Wir müssen ihn dazu bringen, die Angelegenheit ernst zu nehmen. Welche Stiefel hatte er Mittwoch nacht an?«
»Die hier«, antwortete Parker, »diese Idioten haben sie aber geputzt.«
»So«, sagte Lord Peter bitter. »Hm! Schwere hohe Schnürstiefel. Die kann man so fest schnüren, daß einem das Blut zu Kopf steigt.«
»Gamaschen hatte er auch an«, erklärte Parker, »diese.«
»Ziemlich umfangreiche Vorbereitungen für einen Spaziergang im Garten. Aber du wolltest ja gerade sagen, daß es in der Nacht geregnet hat. Ich muß mich bei Helen erkundigen, ob Gerald an Schlaflosigkeit litt.«
»Das habe ich schon getan. Sie sagte, im allgemeinen nicht, doch ab und zu hätte er Zahnschmerzen, das mache ihn dann ruhelos.«
»Also ich würde in einer so kalten feuchten Nacht keinen Hund aus dem Haus jagen. Gehen wir nach unten!«
Sie gingen durch das Billardzimmer, wo der Oberst gerade einen fabelhaften Ball landete, in den Wintergarten.

Lord Peter betrachtete düster die Chrysanthemen und die Kästen mit Hyazinthenzwiebeln. »Die blöden Blumen sehen verdammt gepflegt aus«, knurrte er. »Hast du zugelassen, daß der Gärtner jeden Tag hier hereintrampelt und die Blumen begießt?«
»Ja«, antwortete Parker entschuldigend. »Doch hatte er strikten Befehl, nur auf diese Matte zu treten.«
»Gut. Heb sie hoch, und dann wollen wir uns an die Arbeit machen.« Mit der Lupe vor den Augen kroch er vorsichtig auf dem Boden herum. »Die sind wohl alle hier durchgegangen, nehme ich an«, sagte er.
»Ja«, bestätigte Parker. »Ich habe die meisten Spuren identifiziert. Man ist rein- und rausgegangen. Diese hier sind vom Herzog, er kam von draußen rein. Dort ist er über die Leiche gestolpert.« Parker hatte die Tür zum Garten geöffnet und einige davorliegende Matten hochgehoben. In dem groben Sand zeichneten sich Blutspuren ab. »Er kniete neben der Leiche nieder, hier sind die Eindrücke seiner Knie und Fußspitzen, dann ging er durch den Wintergarten ins Haus. Er hinterließ eine deutlich sichtbare Spur von schwarzem Dreck und Sand an der Tür.«
Lord Peter kauerte behutsam neben den Spuren nieder. »Ein Glück, daß hier weicher Sand ist«, murmelte er.
»Ja, besonders an dieser Stelle. Der Gärtner hat mir erzählt, daß der Sand immer zertrampelt ist, weil er hier durchgehen muß, um die Gießkannen am Brunnen zu füllen. Dieses Jahr sei der Sand so schmutzig gewesen, daß er neu aufgeschüttet wurde.«
»Schade, daß sie nicht den ganzen Weg aufgeschüttet haben, wenn sie schon mal dabei waren«, knurrte Lord Peter, der auf einem schmalen Stück Sackleinwand balancierte und mühsam das Gleichgewicht hielt. »Aber auf jeden Fall entlastet das den guten Gerald. Hier, direkt bei der Schwelle, ist ein Frauenfuß in einem derben Schuh, das wird wohl Lady Mary gewesen sein, und dort wieder, direkt beim Brunnen. Sie kam heraus, um die Leiche zu betrachten.«
An der Außenwand des Wintergartens standen Regale für kleinere Pflanzen, darunter befand sich ein feuchtes schmales Beet, in dem einige Kakteen und Farnkräuter wuchsen, die von einer Reihe großer Chrysanthemen in Töpfen verdeckt waren.
»Was hast du denn?« erkundigte sich Parker, der seinen Freund in diesen grünen Winkel starren sah.
»Wer hat hier etwas hingestellt?« fragte Lord Peter. Zwischen den Kakteen war die Spur eines rechteckigen Gegenstandes erkennbar, die Ecken zeichneten sich klar ab. Dieser Gegenstand war durch die

Blumentöpfe verdeckt gewesen. »Ein Glück, daß Geralds Gärtner nicht einer der Übereifrigen ist, die den Kakteen auch im Herbst keine Ruhe lassen«, sagte Lord Peter. »Kannst du die Spur vermessen?«

Parker tat es und verkündete: »Achtundsiebzig auf sechzehn. Es muß etwas ziemlich Schweres gewesen sein, es ist tief eingesunken und hat die Pflanzen rundherum geknickt. Ob es ein Balken war?«

»Das glaube ich nicht«, meinte Lord Peter. »An der einen Seite ist die Einbuchtung tiefer. Ich stelle mir vor, daß es irgendein sperriger Gegenstand war, der an die Glaswand gelehnt wurde. Meiner Ansicht nach war es ein Handkoffer.«

»Ein Handkoffer!« rief Parker. »Wieso ein Handkoffer?«

»Ja, wieso? Vermutlich hat er nicht lange hier gestanden, bei Tag hätte man ihn zu leicht sehen können. Aber jemand könnte ihn dort hingestellt haben, als er überrascht wurde, sagen wir, um drei Uhr morgens, um nicht damit gesehen zu werden ...«

»Und dann wurde er wieder weggenommen?«

»Wahrscheinlich ziemlich bald. Jedenfalls vor Tagesanbruch, denn selbst Craikes wäre es kaum gelungen, ihn zu übersehen.«

»Vielleicht war es das Köfferchen des Doktors?«

»Kaum, oder der Doktor müßte ein Idiot sein. Warum sollte er sein Köfferchen an einen feuchten, schmutzigen Platz stellen, wenn er es nach allen Gesetzen der Vernunft bequem neben dem Toten abstellen konnte? Nein. Falls nicht Craikes oder der Gärtner Sachen herumstehen ließen, wurde dieses Ding Mittwoch nacht von Gerald oder von Cathcart oder, ich vermute, von Mary dort abgestellt. Von keinem anderen könnte man annehmen, daß er etwas zu verbergen gehabt hätte.«

»Doch«, widersprach Parker, »von einem.«

»Und der wäre?«

»Der Große Unbekannte.«

»Wer ist es?«

Statt einer Antwort trat Mr. Parker stolz zu einem von Holz eingefaßten Beet, das sorgfältig mit Matten bedeckt war. Die legte er beiseite, und mit der Geste eines Würdenträgers, der ein Denkmal enthüllt, deutete er auf eine V-förmige Reihe von Fußspuren. »Die gehören niemandem! Das heißt, jemandem, von dem wir bisher noch nichts gehört oder gesehen haben.«

»Hurra!« rief Peter. »Das wollen wir uns mal anschauen. Schuhnummer 45, schiefe Absätze, ein Flicken auf der linken Sohle. Kommt von dem Teil des Weges, wo der Sand festgetreten ist und keine Spuren zeigt. Diese Spuren führen zur Leiche, hierhin, wo die Blutlache ist. Merkwürdig, nicht wahr? Also jedenfalls ist der Unbekannte bis hierher gekommen, hier ist eine deutliche Spur. Wollte er Cathcart in den Brunnen werfen? Er hört ein Geräusch, dreht sich um, rennt auf Zehenspitzen in das Dickicht!«

»Ja«, stimmte Parker zu, »und die Spuren landen auf einem der Graspfade im Wäldchen und verschwinden dort.«

»Hm! Die wollen wir später verfolgen. Wo sind sie aber hergekommen?«

Gemeinsam folgten die Freunde dem vom Haus wegführenden Weg. Außer vor dem Wintergarten war der Sand alt und festgetreten und wies nur leichte Spuren auf, da es in den letzten Tagen geregnet hatte. Parker konnte Wimsey jedoch versichern, daß dort vorher Schleifspuren und Blutflecken gewesen waren.

»Was für Blutflecken? Verwischte oder Blutstropfen?«

»Hauptsächlich verwischte. Auch waren auf dem ganzen Weg Kieselsteine beiseite geschoben ... Aber hier ist etwas ganz Merkwürdiges!«

Deutlich war in der Erde eines Blumenbeets der Abdruck einer männlichen Hand erkennbar, die Finger deuteten zum Haus hin. Auf dem Weg waren im Sand zwei lange Furchen zu sehen, und auf dem Grasstreifen zwischen Weg und Beet waren deutlich sichtbare Blutspuren; das Gras war geknickt und zertreten.

»Der arme Teufel!« murmelte Peter. »Hier machte er den verzweifelten Versuch, sich aufzurichten. Jetzt ist klar, woher das Blut an der Wintergartentür kommt. Was für ein Monstrum muß der gewesen sein, der den Halbtoten herumschleppte!«

Ein paar Meter weiter mündete der Weg in den Hauptweg ein, der von Bäumen gesäumt war, dahinter befand sich ein Dickicht. An der Wegmündung waren weitere deutliche Spuren erkennbar, die nach etwa zwanzig Metern in das Dickicht führten. Ein großer Baum war hier einst gefällt worden, wodurch eine kleine Lichtung entstanden war, in deren Mitte eine Zeltbahn ausgebreitet lag. Die Luft war schwer vom Geruch von Pilzen und moderndem Laub.

»Das ist der Schauplatz der Tragödie«, verkündete Parker kurz und schlug die Zeltbahn zurück.

Lord Peter blickte traurig auf den Boden. Der sich windende Körper des zusammenbrechenden Mannes hatte das Laub aufgewühlt und in dem feuchten Grund tiefe Spuren hinterlassen. An einer Stelle zeigte die dunklere Färbung der Erde, daß sich dort eine große

Blutlache befunden hatte, und die gelben Blätter einer spanischen Pappel waren rostbraun gefleckt, aber nicht vom Herbst.
»Hier hat man das Taschentuch und den Revolver gefunden«, erklärte Parker. »Ich habe nach Fingerabdrücken gesucht, aber der Regen und der Schlamm hatten schon alles verwischt.«
Wimsey zog seine Lupe hervor, legte sich auf den Boden und kroch langsam die Stelle ab; Parker folgte ihm schweigend.
»Er ist einige Zeit auf und ab gegangen«, erklärte Lord Peter. »Er hat nicht geraucht. Er hat offensichtlich über etwas nachgegrübelt oder auf jemanden gewartet ... Was ist denn das? Da haben wir wieder unsere Schuhnummer 45, der Mann muß von der anderen Seite zwischen den Bäumen hervorgekommen sein! Keine Anzeichen eines Kampfes. Das ist merkwürdig! Cathcart wurde doch aus nächster Nähe erschossen, nicht wahr?«
»Ja, sein Hemd war versengt.«
»Hm. Warum ist er stehengeblieben?«
»Ich stelle mir vor«, meinte Parker, »daß er mit Schuhnummer 45 eine Verabredung hatte, den Betreffenden kannte und gegen den Mann kein Mißtrauen hegte.«
»Dann war also die Unterredung freundlich, wenigstens von Cathcarts Seite aus. Aber was ist mit dem Revolver? Wie kam Schuhnummer 45 zu Geralds Revolver?«
»Die Wintergartentür stand offen«, sagte Parker.
»Niemand außer Gerald und Fleming wußte das«, erwiderte Lord Peter. »Du willst mir doch nicht sagen, daß der Mann hier ins Haus eindrang, ins Arbeitszimmer ging, den Revolver holte, hierher zurückkam und Cathcart über den Haufen schoß? Wenn er jemanden erschießen wollte, warum brachte er dann keine Waffe mit?«
»Vielleicht hat Cathcart sich doch selbst erschossen.«
»Warum sollte dann Schuhnummer 45 ihn zu einer auffallenden Stelle geschleppt haben und danach davongelaufen sein?«
»Einen Moment«, sagte Parker. »Wie wäre denn das? Nummer 45 hatte eine Verabredung mit Cathcart, sagen wir: um ihn zu erpressen. Er teilt ihm das zwischen 21 Uhr 45 und 22 Uhr 15 mit. Das wäre auch eine Erklärung für die auffallende Änderung in Cathcarts Verhalten, und sowohl die Aussagen von Mr. Arbuthnot wie die des Herzogs würden stimmen. Cathcart rennt nach seinem Krach mit deinem Bruder wild aus dem Haus. Er kommt hierher zu dieser Verabredung, läuft auf und ab und wartet auf Nummer 45. Der kommt und verhandelt mit Cathcart, der ihm Geld anbietet.

Nummer 45 verlangt mehr. Cathcart behauptet, nicht mehr zu haben. Nummer 45 erklärt ihm, daß er die Sache an die große Glocke hängen werde. Cathcart erwidert: ›In dem Fall können Sie sich zum Teufel scheren, was auch ich tun werde.‹ Cathcart, der sich vorher den Revolver geholt hat, erschießt sich. Nummer 45 wird vom schlechten Gewissen gequält. Er sieht, daß Cathcart noch lebt. Teils schleppt er ihn, teils trägt er ihn zum Haus. Er ist kleiner als Cathcart und nicht sehr stark, es bereitet ihm große Anstrengung. Endlich sind sie bei der Wintergartentür, als Cathcart seinen Geist aufgibt. Nummer 45 erkennt plötzlich, daß seine Situation, auf einem fremden Gelände allein mit einer Leiche um drei Uhr morgens, höchst verdächtig ist. Er macht sich aus dem Staub. Nun kommt der Herzog und stolpert über die Leiche . . .«

»Das ist gut und schön«, entgegnete Lord Peter. »Aber wann soll das deiner Ansicht nach passiert sein? Gerald fand die Leiche um drei Uhr morgens, der Doktor kam um halb fünf und behauptet, Cathcart sei schon mehrere Stunden tot gewesen. Und was ist mit dem Schuß, den meine Schwester um drei Uhr gehört hat?«

»Ich möchte deiner Schwester nicht zu nahe treten. Daher sage ich, daß der Schuß um drei von einem Wilddieb abgegeben wurde.«

»Sicherlich von einem Wilddieb, ich glaube, das wäre denkbar. Diese These wollen wir mal provisorisch aufstellen. Als erstes müssen wir Nummer 45 finden, da er bezeugen kann, daß Cathcart Selbstmord beging. Das ist, was meinen Bruder anbelangt, das einzig Wichtige. Doch zur Befriedigung meiner Neugierde möchte ich gerne folgendes wissen: Weswegen wurde Cathcart erpreßt? Wer hat einen Handkoffer im Wintergarten versteckt? Und was hatte Gerald um drei Uhr in der Frühe im Garten zu suchen?«

»Wir müssen herausbekommen, woher Nummer 45 kam.«

»Oh!« rief Wimsey, als sie zum Pfad zurückgingen. »Hier ist etwas: ein toller Fund, Parker!«

Aus Schmutz und Laub zog er einen glitzernden kleinen Gegenstand hervor, der weiß und grün in seinen Fingern funkelte. Es war ein Amulett, wie es Damen am Armband tragen: eine kleine Katze aus Brillanten mit grün blitzenden Smaragdaugen.

3

Während sie sich mühsam ihren Weg durch das Wäldchen auf der Spur des Herrn mit Nummer 45 bahnten, sagte Lord Peter: »Bisher hatte ich geglaubt, daß diese gefälligen Verbrecher, die ihren Pfad mit kleinen persönlichen Schmuckgegenständen bestreuen, eine Erfindung von Kriminalroman-Autoren seien.«

»Du hast ja noch Zeit zum Lernen«, tröstete ihn Parker. »Außerdem wissen wir nicht, ob diese Brillantkatze dem Mörder gehört. Sie könnte ja auch von einem Mitglied deiner Familie sein und schon seit Tagen hier liegen. Sie kann auch diesem Herrn Montague gehören und schon seit Jahren dort gelegen haben.«

»Ich werde mich bei meiner Familie erkundigen«, sagte Lord Peter, »und wir könnten im Dorf feststellen, ob jemand den Verlust einer Brillantkatze angezeigt hat. Es sind kostbare Steine, das ist kein Schmuckstück, das man verlieren würde, ohne Aufhebens davon zu machen. Aber jetzt habe ich die Spur verloren!«

»Hier ist sie; er ist über eine Wurzel gestolpert.«

»Geschieht ihm recht«, knurrte Lord Peter und richtete sich auf. »Ich muß schon sagen, daß der menschliche Körper nicht sehr geschickt für das Verfolgen von Spuren konstruiert ist. Wenn man auf allen vieren gehen könnte oder Augen in den Knien hätte, wäre es viel praktischer.«

»Vom kriminalistischen Standpunkt aus hat die Schöpfung ihre Mängel«, meinte Parker. »Endlich sind wir am Zaun.«

»Und dort ist er herübergestiegen«, sagte Lord Peter und wies auf die Stelle, an der die Latten beschädigt waren. »Hier sind die beiden Abdrücke, wo er mit seinen Absätzen runterkam, und hier ist er auf Hände und Knie gefallen. Laß mich mal auf deinen Rücken klettern, alter Freund. Danke schön. Mr. Montague sollte seinen Zaun in besserem Zustand halten. Aber Nummer 45 hat sich seinen Mantel zerrissen, guter, wetterfester, englischer Stoff. Was für ein Glück! Auf der anderen Seite ist ein tiefer sumpfiger Graben, in den ich mich jetzt stürzen werde.«

Ein lautes Platschen verkündete, daß er seine Absicht verwirklicht hatte. Schmählich verlassen blickte sich Parker um und stellte fest, daß sie nur etwa hundert Meter vom Tor entfernt waren. Er lief darauf zu und wurde würdevoll von Hardraw, dem Jagdhüter, hinausgeleitet, der aus seinem Häuschen getreten war.

»Übrigens«, fragte ihn Parker, »haben Sie nach der Mittwochnacht Spuren von Wilddieben gefunden?«

»Nein«, lautete die Antwort, »nicht mal ein totes Karnickel. Ich denk' mir, die Dame hat sich geirrt. Sicher hat der Schuß, den ich gehört habe, den Hauptmann getroffen.«

»Vielleicht«, sagte Parker. »Wissen Sie, seit wann die Spitzen an den Latten abgebrochen sind?«

»Seit ein, zwei Monaten. Das hätt' schon längst repariert werden sollen, aber der Schreiner ist krank.«

»Das Tor ist doch nachts verschlossen, nehme ich an?«

»Ja, wenn jemand rein will, muß er mich wecken.«

»Sie haben nicht zufällig letzten Mittwoch irgendein verdächtiges Individuum am Zaun herumlungern sehen?«

»Nein, Sir, aber vielleicht meine Frau . . . He, Alte!«

Mrs. Hardraw tauchte auf diese Aufforderung hin in der Tür auf. Ein kleiner Junge klammerte sich an ihre Röcke.

»Mittwoch?« fragte sie. »Nein, ich hab' keine verdächtigen Leute gesehen. Ich paß' gut auf Vagabunden und ähnliches Pack auf, da es ja hier so einsam ist. Mittwoch? Hör mal, John! War an dem Tag nicht der junge Mann mit dem Motorrad da? Er hat gesagt, er habe eine Panne, und hat einen Eimer Wasser gewollt.«

»Sonst hat er nichts gewollt?«

»Er hat gefragt, wie das Haus heißt und wem es gehört.«

»Haben Sie ihm gesagt, daß der Herzog hier wohnt?«

»Jawohl, Sir, und dann hat er gesagt, daß wohl viele Herren hier zur Jagd gekommen sind.«

»Hat er gesagt, wohin er fährt?«

»Er hat gesagt, daß er nach Cumberland will.«

»Wie lange war er hier?«

»Ich glaub', so 'ne halbe Stunde, und dann hab' ich gesehen, wie er nach King's Fenton abgetrudelt ist.«

Sie wies nach rechts, wo Lord Peter mitten auf der Straße stand und gestikulierte.

»Wie hat er denn ausgesehen?«

Er sei jung gewesen und groß, weder dunkelhaarig noch blond, und habe einen langen Mantel angehabt, wie Motorradfahrer ihn meist tragen, mit einem Gürtel drum.

»Sie haben sich nicht zufällig die Nummer gemerkt?«

Mrs. Hardraw hatte nicht darauf geachtet. »Aber er hat einen Beiwagen gehabt«, fügte sie hinzu.

Lord Peters Gesten wurden immer wilder, und Mr. Parker beeilte sich, zu ihm zu laufen. »Komm schon, du alte Klatschbase«, sagte Lord Peter voreingenommen. »Das ist ein wunderbarer Graben.

Schau dir meine Hosen an!«
»Es muß schwer sein, von dieser Seite rüberzuklettern.«
»Das kann man wohl sagen. Er stand hier im Graben, hat einen Fuß an die Stelle, wo die Latte gebrochen ist, gesetzt und sich dann mit den Händen raufgezogen. Nummer 45 muß ein ungewöhnlich großer und gewandter Mann sein. Ich bin mit meinem Fuß nicht dort hochgekommen, geschweige denn, daß ich mit den Händen hinaufkäme, und ich bin immerhin 1,75 groß. Könntest du es?«
Parker war 1,83 groß und konnte gerade die Spitze des Zauns mit der Hand erreichen. »Ich könnte es vielleicht, wenn ich gut in Form bin«, antwortete er, »und wenn es um ein lohnendes Objekt ginge oder ich besonders aufgeputscht wäre.«
»Richtig«, sagte Lord Peter. »Also, Nummer 45 muß ungewöhnlich groß und stark sein.«
»Ja«, erwiderte Parker. »Pech, daß wir gerade vorhin folgern mußten, er sei klein und schwach, nicht wahr?«
»Oh!« stieß Peter hervor. »Tja, das ist Pech.«
»Aber vielleicht wäre das aufzuklären. Er könnte ja einen Helfer gehabt haben, der ihm den Rücken zur Verfügung gestellt hat.«
»Dann müßte aber der Helfer keine Füße oder sonstige sichtbare Stützmittel gehabt haben«, entgegnete Lord Peter und deutete auf die einzig sichtbare Spur des geflickten Schuhpaares Nummer 45. »Übrigens, wie hat er in der Dunkelheit die Stelle ausfindig machen können, wo der Zaun beschädigt war? Es sieht so aus, als wäre er aus der Gegend oder hätte vorher gekundschaftet.«
»Da kann ich dir ja jetzt von dem interessanten Klatsch berichten, der mich bei Mrs. Hardraw aufgehalten hat.«
»Hm!« machte Wimsey, nachdem er sich den Bericht angehört hatte. »Das ist interessant. Da wollen wir uns mal gleich in *Riddlesdale* und in King's Fenton erkundigen. Immerhin wissen wir jetzt, von wo Nummer 45 kam. Aber wohin fuhr er, nachdem er Cathcarts Leiche beim Brunnen zurückgelassen hatte?«
»Die Fußspuren führen in die Schonung«, antwortete Parker, »dort habe ich sie verloren. Es ist da ein richtiger Teppich aus Laub.«
»Wir brauchen jetzt nicht noch mal diese ganze Spürhundetretmühle zu wiederholen«, meinte sein Freund. »Der Kerl kam herein, und da er vermutlich nicht mehr auf dem Grundstück ist, wird er auch wieder rausgekommen sein. Durchs Tor ist er nicht gegangen, sonst hätte ihn Hardraw ja gesehen. Auch hat er nicht denselben Weg genommen, auf dem er hereingekommen ist, sonst hätte er Spuren hinterlassen. Er muß also woanders rausgegangen sein.

Gehen wir mal um den Zaun herum.«
»Dann zuerst nach links«, schlug Parker vor, »denn dort ist die Schonung, und offensichtlich ist er durch die gegangen.«
Sie gingen über den Fahrweg am Jagdhäuschen vorbei und dann den Zaun entlang über offene Wiesen. Bald fanden sie, was sie gesucht hatten: an einer der Eisenspitzen hing verloren ein Stoffstreifen. Mit Parkers Hilfe kletterte Wimsey hinauf.
»Da haben wir's!« rief er. »Der Gürtel eines Wettermantels! Hier hat er überhaupt keine Vorsichtsmaßnahmen getroffen. Das sind die Spuren eines Mannes, der um sein Leben rennt. Er riß sich den Mantel vom Leib und warf ihn auf den Zaun. An dem Mantel kletterte er dann hinauf; es fiel ihm schwer, das sieht man an den Kratzern auf den Brettern. Er kam rauf ... oh, da ist ein Blutfleck in dieser Ritze. Er hat sich die Hände aufgerissen. Auf der anderen Seite ist er hinabgesprungen und hat den Mantel runtergerissen. Dabei ist der Gürtel hängengeblieben.«
»Ich wünschte, du würdest herunterkommen«, knurrte Parker, »du brichst mir das Schlüsselbein.«
Gehorsam sprang Lord Peter hinunter, den Gürtel in der Hand. Mit seinen grauen Augen suchte er das Gelände ab. Plötzlich packte er Parker am Arm und ging geradewegs auf eine niedrige Steinmauer zu, die zwei Felder voneinander trennte. Er lief an ihr entlang wie ein Jagdhund, mit vorgestreckter Nase und funkelnden Augen, und schließlich schwang er sich auf die Mauer. Dann rief er Parker triumphierend zu: »Schau mal her!«

Dicht bei der Mauer auf dem schmalen, weichen Feldweg, der im rechten Winkel zu der Straße verlief, war die tiefe Spur eines Motorrades mit Beiwagen sichtbar.
»Sehr schön«, erklärte Parker lobend. »Neuer Reifen auf dem Vorderrad, alter Reifen auf dem Hinterrad, geflickter Reifen am Beiwagenrad. Die Spuren kommen von der Straße und führen zur Straße zurück. Der Kerl hat die Maschine hierhergeschoben für den Fall, daß jemand auf der Straße vorbeikommt und mit dem Ding abhaut oder sich die Nummer merkt. Dann geht er auf Schusters Rappen zu der Stelle am Zaun, die er am Tag ausbaldowert hat, und klettert rüber. Nach der Cathcart-Affäre kriegt er es mit der Angst zu tun, stürmt zur Schonung und nimmt den kürzesten Weg, ohne irgendwelche Vorsichtsmaßnahmen. Na also!«
Er setzte sich auf die Mauer, zog sein Notizbuch hervor und schrieb sich die über den Mann bekannten Daten auf.

»Es schaut schon besser für den guten Gerald aus«, sagte Lord Peter, lehnte sich an die Mauer und begann leise, aber vollendet, eine schwierige Passage aus einer Kantate von Bach zu pfeifen.

»Ich möchte nur wissen«, sagte Freddy Arbuthnot, »was für ein verdammter Idiot den Sonntagnachmittag erfunden hat!«
Er schaufelte mit wütendem Gepolter Kohlen auf das Kaminfeuer im Arbeitszimmer und weckte dadurch Oberst Marchbanks, der »Wie? Ja, ganz recht« sagte und dann sofort wieder einschlief.
»Du hast keinen Grund zu meckern, Freddy«, mahnte Lord Peter, der sich seit einiger Zeit damit beschäftigte, sämtliche Schubladen des Schreibtischs in einer ärgerlich gründlichen Weise zu öffnen und zu schließen und gemächlich die französischen Fenster auf- und zuzumachen. »Denk doch, wie es dem armen Gerald zumute sein muß. Ich werde ihm ein paar Zeilen schreiben.«
Er setzte sich an den Schreibtisch und nahm einen Briefbogen. »Weißt du, ob die Gäste hier häufig Briefe schreiben?«
»Keine Ahnung«, antwortete Freddy. »Ich schreib' nie welche. Was für einen Zweck hat es zu schreiben, wenn man telegrafieren kann? Schreiben regt die Leute nur an, schriftlich zu antworten, und da hat man's. Ich glaube, daß Denver hier schreibt, wenn er das überhaupt mal tut, und ich habe vor ein paar Tagen den Oberst mit Tinte und Feder kämpfen sehen, nicht wahr, Oberst?«
Der Oberst brummte irgend etwas vor sich hin, wie ein Hund mit dem Schwanz wedelt, wenn er im Halbschlaf seinen Namen hört.
Lord Peter entfernte mit Hilfe eines Brieföffners das oberste Blatt des Löschers und hielt es gegen das Licht. »Du hast recht, Freddy, ich muß deine Beobachtungsgabe loben. Da haben wir Geralds Unterschrift, und die des Obersten und eine große gespreizte Schrift, die von einer Frau stammen könnte.« Er betrachtete wieder das Löschblatt, schüttelte den Kopf, faltete es zusammen und steckte es in seine Brieftasche. »Das scheint nicht wichtig zu sein, aber man weiß ja nie. Ein paar Buchstaben sind leserlich, jedenfalls kann es nicht schaden, wenn man es aufbewahrt.« Er nahm einen Briefbogen und begann zu schreiben:
»Lieber Gerald! Ich bin hier gelandet, der Spürhund der Familie auf der Spur, es ist furchtbar aufregend ...«
Der Oberst schnarchte.
Sonntag nachmittag. Parker war im Wagen nach King's Fenton gefahren und machte in Riddlesdale Station, um sich nach einer grün-

äugigen Katze und einem jungen Mann mit Motorrad und Beiwagen zu erkundigen. Die Herzogin hatte sich hingelegt. Mrs. Pettigrew-Robinson hatte ihren Mann zu einem wackeren Spaziergang ausgeführt. Im oberen Stock genoß Mrs. Marchbanks vollkommene Gedankengemeinschaft mit dem schlafenden Gatten.

Lord Peter stützte sein spitzes Kinn in die Hände und starrte aus dem Fenster. Die Zeiger der Uhr rückten träge auf fünf. Es war Teezeit, die Stunde der Herzogin.

»Wie geht es Mary«, erkundigte sich Lord Peter, in den Lichtkreis des Kaminfeuers tretend.

»Ich mache mir wirklich Sorge um sie«, antwortete die Herzogin. »Sie scheint mit ihren Nerven am Ende zu sein. Sie läßt sich gehen, das paßt nicht zu ihr. Und sie will niemanden sehen. Ich habe wieder zu Dr. Thorpe geschickt.«

»Meinst du nicht, es wäre besser, wenn sie aufstünde und ein bißchen runterkäme?« schlug Peter vor.

»Das arme Kind«, erwiderte die Herzogin, »du vergißt, daß sie mit Cathcart verlobt war. Nicht alle sind so gefühllos wie du.«

»Haben Euer Gnaden noch Briefe?« fragte der Diener, der mit dem Postsack auftauchte.

»Ah, Sie fahren jetzt ins Dorf?« fragte Lord Peter. »Ja, hier ist einer . . .«

Aus der *Morning Post* vom Montag, dem .. Oktober 19..: Verlassenes Motorrad –

Eine seltsame Entdeckung machte gestern ein Viehtreiber, als er seine Tiere wie gewöhnlich an einem Teich abseits der Straße etwa zwanzig Kilometer südlich von Ripley zur Tränke führte. Eines der Tiere schien dabei in Schwierigkeiten geraten zu sein. Als er ihm zu Hilfe eilte, stellte er fest, daß sich die Kuh in einem Motorrad verfangen hatte, das in den Teich gefahren und dort zurückgelassen worden war. Mit Hilfe von zwei Arbeitern zog er die Maschine aus dem Wasser. Es war eine Douglas mit einem dunkelgrauen Beiwagen. Die Nummernschilder waren sorgfältig entfernt. Da der Teich tief ist, befand sich das Fahrzeug völlig unter Wasser. Es ist aber unwahrscheinlich, daß es dort länger als eine Woche lag, denn der Teich wird sonntags und montags als Viehtränke benutzt. Die Polizei sucht nach dem Besitzer. Der Vorderreifen ist ein neuer Dunlop, und der des Beiwagenrades ist stark geflickt. Die Maschine ist ein altes Modell von 1914 und sehr abgenutzt . . .

»Höchst interessant«, murmelte Lord Peter sinnend. Er sah im

Fahrplan den nächsten Zug nach Ripley nach und bestellte den Wagen. »Und Bunter soll herkommen!« fügte er hinzu.
Bunter kam, als sein Gebieter in den Mantel schlüpfte.
»Was stand da am Donnerstag in der Zeitung von einem Nummernschild, Bunter?« erkundigte sich Seine Lordschaft.
Wie ein Taschenspieler zauberte Bunter einen Ausschnitt aus der Abendzeitung hervor und las vor: »Geheimnis um ein Nummernschild – Hochwürden Nathaniel Foulis, Pfarrer von North Fellcote, wurde heute morgen um sechs Uhr angehalten, da er auf einem Motorrad ohne Nummernschilder fuhr. Der hochwürdige Herr war vom Donner gerührt, als er darauf aufmerksam gemacht wurde. Er erklärte, daß er um vier Uhr morgens eiligst zu einem Sterbenden gerufen worden war, um ihm die Sakramente zu reichen. Er legte so schnell wie möglich den zehn Kilometer langen Weg auf seinem Motorrad zurück und ließ die Maschine vertrauensvoll am Straßenrand stehen, während er seine heiligen Pflichten erfüllte. Mr. Foulis verließ gegen 5 Uhr 30 das Haus, ohne eine Unregelmäßigkeit an seinem Motorrad festzustellen. Mr. Foulis ist hoch angesehen in North Fellcote und Umgebung und zweifellos einem dummen Streich zum Opfer gefallen. North Fellcote ist ein kleines Dorf, drei Kilometer nördlich von Ripley.«

»Ich fahre nach Ripley, Bunter«, erklärte Lord Peter.
»Sehr wohl, Mylord. Benötigen mich Euer Lordschaft?«
»Danke, nein«, antwortete Lord Peter. »Aber wer bedient eigentlich meine Schwester, Bunter?«
»Ellen, Mylord, das Dienstmädchen.«
»Dann wünsche ich, daß Sie Ihre bewährte Unterhaltungskunst bei Ellen erproben.«
»Sehr wohl, Mylord.«
»Bessert sie die Kleider meiner Schwester aus und bürstet sie ihre Röcke und so weiter?«
»Ich glaube ja, Mylord.«
»Sie darf aber nicht merken, daß Sie an etwas Speziellem interessiert sind; verstehen Sie, Bunter?«
»Das würde ich eine Frau nie merken lassen, Mylord! Es würde ihr nur zu Kopf steigen, wenn ich so sagen darf.«
»Wann ist Mr. Parker fortgefahren?«
»Um sechs Uhr früh, Mylord.«

Die Umstände begünstigten Bunters Nachforschungen. Er stieß

fast mit Ellen zusammen, als sie die Hintertreppe mit einem Bündel Kleider in den Armen herunterkam. Er entschuldigte sich und folgte dem Mädchen in den Aufenthaltsraum für die Dienstboten. Ellen warf ihre Last auf den Tisch und erklärte: »So, das hätten wir, und was es mich Mühe gekostet hat! Das sind ja nur Launen, mir kann man nichts vormachen. So etwas! Zu behaupten, daß man so ein Kopfweh hätte, daß ich nicht einmal ins Zimmer darf, um die Sachen zu holen, die zu bürsten sind. Sowie ich draußen bin, hopst sie aus dem Bett und turnt im Zimmer herum. Schönes Kopfweh, finden Sie nicht auch? Ich weiß, was Kopfschmerzen sind. Es ist entsetzlich! Und davon kriegt man Falten auf der Stirn!«

»Also, ich sehe keine Falten bei Ihnen«, widersprach Bunter, »aber vielleicht habe ich noch nicht genau genug hingeguckt.« Eine kleine Pause folgte, während der Bunter genau und nahe genug nachsah, um Falten zu entdecken. »Nein«, verkündete er schließlich, »Falten? Ich glaube, ich würde nicht einmal eine entdecken, wenn ich das große Mikroskop Seiner Lordschaft, das er in London hat, zu Hilfe nähme.«

»Mein Gott, Mr. Bunter«, sagte Ellen und holte aus dem Schrank einen Schwamm und eine Flasche Benzin, »wozu braucht Seine Lordschaft so ein Ding?«

»Ja, das ist unser Steckenpferd, verstehen Sie, Miss Ellen, das sind kriminalistische Untersuchungen, da müssen wir zuweilen Dinge stark vergrößert sehen. Eine Handschrift bei einem Fälschungsfall, zum Beispiel, um zu sehen, ob etwas geändert oder ausradiert ist oder verschiedene Tinte benutzt wurde. Oder wir wollen die Wurzeln einer Haarlocke untersuchen, um festzustellen, ob die Haare ausgerissen wurden oder ausgefallen sind. Oder Blutflecken, wenn wir wissen wollen, ob es Tierblut ist oder Menschenblut oder vielleicht nur Portwein.«

»Ist es wirklich wahr, Mr. Bunter, daß Sie und Lord Peter all das ausfindig machen können?« fragte Ellen, legte einen Tweedrock auf den Tisch und nahm den Korken von der Benzinflasche.

»Natürlich sind wir keine Chemiker«, erwiderte Bunter, »aber Seine Lordschaft hat schon an vielen Dingen seine Kunst erprobt. Genug, um zu wissen, ob etwas verdächtig aussieht! Und wenn wir Zweifel haben, wenden wir uns an einen berühmten Gelehrten.« Galant hielt er Ellens Hand fest, als sie mit dem benzingenetzten Schwamm den Rock bearbeiten wollte. »Zum Beispiel hier, hier ist ein Flecken am Saum dieses Rockes, gerade an der Seitennaht. Nehmen wir einmal an, es wäre ein Mordfall und die betreffende Person, die den Rock trug, wäre verdächtig, dann würde ich diesen Flecken untersuchen.« Bunter zog flugs eine Lupe aus der Tasche. »Dann würde ich es an einer Stelle mit einem feuchten Taschentuch versuchen.« Er setzte diese Worte in die Tat um. »Und dann würde ich feststellen, verstehen Sie, ob es rot wird. Dann würde ich die Innenseite des Rockes nach außen drehen, würde sehen, ob der Flecken den Stoff durchdrungen hat, und dann würde ich meine Schere nehmen«, Bunter zog eine scharfe Nagelschere hervor, »und würde ein winziges Stück aus der Innenseite des Saumes herausschneiden«, er tat es, »und es in ein kleines Döschen tun«, wie durch einen Zauber kam das Döschen aus der Westentasche hervor, »und es mit einem Etikett versehen und oben drauf ›Lady Marys Rock‹ und das Datum schreiben. Dann würde ich es direkt an den gelehrten Herrn in London schicken, und er würde es durch sein Mikroskop betrachten und mir sofort berichten, daß es Kaninchenblut wäre, vielleicht, und wie alt der Flecken ist, und das wäre alles.« Triumphierend schloß Bunter seine Rede, steckte seine Nagelschere ein und unversehens auch das Döschen mit dem Inhalt.

»Also, hier wäre er auf dem Holzweg«, erwiderte Ellen mit einem freundlichen Kopfschütteln, »denn es ist Schneehuhnblut und keinesfalls von einem Kaninchen, das hat mir Mylady selbst gesagt. Und wäre es nicht einfacher, die betreffende Person direkt zu fragen, als mit Ihrem dummen alten Mikroskop und all den Sachen rumzufummeln?«

»Nun, ich habe ja die Kaninchen nur als ein Beispiel angeführt«, entgegnete Bunter. »Merkwürdig, daß sie gerade dort unten einen Flecken hat. Sie muß mit dem Rock irgendwo gekniet haben.«

»Ja, das arme Vieh hat stark geblutet, jemand hat es leichtsinnig angeschossen. Es war aber nicht der Herzog, auch nicht der Hauptmann, der arme Mann. Vielleicht war es Mr. Arbuthnot, er schießt manchmal wild in der Gegend herum. Jedenfalls ist es eine Schweinerei, und der Rock ist schwer sauber zu kriegen, weil er schon so lange rumgelegen hat. An dem Tag, an dem der arme Hauptmann ermordet wurde, habe ich nicht daran gedacht, etwas sauber zu machen, und dann die Untersuchungsverhandlung, entsetzlich war es, und dann wurde der Herzog abgeführt! Also, das hat mich furchtbar aufgeregt. Ich bin sehr empfindsam. Jedenfalls waren wir alle ein paar Tage ganz durcheinander, und dann hat sich Mylady in ihr Zimmer eingeschlossen und hat mich nicht an ihren Schrank gehen lassen. ›Oh!‹ hat sie gesagt, ›rühren Sie die Schranktür nicht an, Sie wissen doch, daß sie quietscht, und ich habe solche Kopfschmerzen, und meine Nerven, ich kann es nicht ertragen‹, hat sie gesagt. ›Ich hab' ja nur Ihre Röcke bürsten wollen, Mylady‹, sagte ich. ›Lassen Sie meine Röcke in Ruhe‹, sagte Mylady, ›und gehen Sie raus, Ellen. Ich fange gleich an zu schreien, wenn ich Sie dort herumhantieren sehe. Sie gehen mir auf die Nerven‹, sagte sie. Also, da bin ich natürlich weggegangen, so brauche ich ja nicht mit mir reden zu lassen. Ich war ja auch entsetzlich unglücklich, wie der arme Bert, mein Bräutigam, im Krieg gefallen ist, hab' mir fast die Augen ausgeheult, aber, mein Gott, Mr. Bunter, ich würd' mich schämen, mich so anzustellen. Und ganz unter uns, Lady Mary hat sich gar nicht soviel aus dem Hauptmann gemacht. Und er war so nett, der Hauptmann. Immer ein Gentleman. Ach, und er war so ein schöner Mann, Mr. Bunter.«

»Ah!« sagte Bunter. »Also hat sich Lady Mary über seinen Tod mehr aufgeregt, als Sie es erwartet hätten?«

»Um Ihnen die Wahrheit zu sagen, Mr. Bunter, ich glaube, das sind nur Launen bei ihr. Sie wollte heiraten und von zu Hause fortkommen. Dieser verdammte Fleck ist völlig eingetrocknet! Sie und der Herzog haben sich nie vertragen, und als sie im Krieg in London war, da hat sie ein ganz komisches Leben geführt, als Krankenschwester in Offizierslazaretten, und ist mit allerlei komischen Leuten rumgezogen, die ihm gar nicht gefallen haben. Dann hatte sie eine Liebesaffäre mit einem ganz ordinären Kerl, sagt die Köchin. Ich glaube, es war einer von diesen Russen, die uns alle in die Luft sprengen wollen. Als ob nicht schon genug Menschen im Krieg in die Luft gesprengt wurden! Jedenfalls, der Herzog hat einen riesigen Krach gemacht, hat ihr kein Geld mehr geschickt und hat Mylady nach Haus kommen lassen, und seitdem ist sie einfach verrückt danach, mit irgend jemand abzuhauen. Was für Launen sie hat! Ich hab' es satt, das kann ich Ihnen sagen. Aber Mylord tun mir leid. Der arme Herr! Und dann wegen Mord verhaftet und ins Gefängnis gesteckt zu werden, genau wie irgendein übler Vagabund. Eine Schande!«

Hier ging Ellen die Luft aus. Als sie die Blutflecken entfernt hatte, machte sie Pause und reckte sich.

»Eine schwere Arbeit ist das, dieses Reiben«, erklärte sie. »Das tut einem weh im Rücken.«

»Gestatten Sie mir, daß ich Ihnen helfe«, sagte Bunter und griff nach der Benzinflasche und dem Schwamm. Dann nahm er sich eine andere Stelle des Rocksaumes vor. »Haben Sie nicht eine gute

Bürste«, fragte er, »um hier den Schmutz rauszukriegen?«
»Sie sind blind wie 'ne Fledermaus, Mr. Bunter«, erklärte Ellen kichernd. »Sehen Sie sie nicht? Sie liegt ja direkt vor Ihrer Nase.«
»Ah, ja«, sagte der Diener, »aber sie ist nicht hart genug, haben Sie keine bessere? Bitte, holen Sie mir eine. Seien Sie lieb, dann bürste ich für Sie weiter.«
»Frechheit«, rief Ellen, »aber«, fügte sie hinzu und schmolz vor den bewundernd funkelnden Augen Bunters dahin, »ich werde Ihnen die Kleiderbürste holen. Die ist hart wie ein Ziegelstein.«
Kaum war sie aus dem Raum, als Mr. Bunter ein Taschenmesser und zwei weitere Döschen hervorzog. In einem Augenblick hatte er den Stoff an zwei Stellen auf weitere Spuren geprüft und zwei frische Etiketts beschrieben: »Grober Sand von Lady Marys Rock, etwa fünfzehn Zentimeter über dem Saum« und »Feiner Sand von Lady Marys Rocksaum«. Er fügte das Datum hinzu, und kaum hatte er die Döschen eingesteckt, als Ellen mit der Kleiderbürste zurückkam. Der Reinigungsprozeß dauerte noch eine Weile, von oberflächlicher Konversation begleitet. Ein weiterer Fleck auf dem Rock veranlaßte Bunter, genauer hinzusehen.
»So was!« sagte er. »Lady Mary hat versucht, den selbst rauszukriegen.«
»Was?« rief Ellen. Sie sah sich den Flecken genau an, der an einer Seite verschmiert und heller war und leicht fettig aussah.
»Nein! So was!« rief sie. »Warum hat sie das nur getan? Und dabei stellte sie sich so krank, als könnte sie den Kopf nicht vom Kissen heben. Sie ist wirklich raffiniert!«
»Könnte das nicht von früher herrühren?« fragte Bunter.
»Höchstens von den Tagen zwischen dem Mordtag und der Untersuchungsverhandlung. Aber man kann sich nicht vorstellen, daß das die richtige Zeit wäre, um Haushaltsarbeiten zu lernen.«
»Sie hat es mit Seife versucht«, erklärte Bunter und rieb eifrig mit Benzin. »Kann sie in ihrem Schlafzimmer Wasser heiß machen?«
»Wozu sollte sie das tun, Mr. Bunter?« rief Ellen erstaunt. »Sie glauben doch nicht etwa, daß sie einen Kessel hat? Ich bringe ihr ja morgens ihren Tee. So vornehme Damen brauchen sich doch nicht selbst Wasser zu kochen.«
»Nein«, stimmte ihr Bunter zu, »vielleicht hat sie es aus dem Badezimmer geholt.« Er prüfte den Flecken noch aufmerksamer. »Sehr dilettantisch«, murmelte er, »ausgesprochen dilettantisch. Sie ist gestört worden, nehme ich an. Eine energische Dame, aber nicht sehr einfallsreich.«

Die letzte Bemerkung war ganz vertraulich an die Benzinflasche gerichtet, denn Ellen lehnte zum Fenster hinaus und sprach mit dem Jagdhüter.

Der Polizeichef von Ripley empfing Lord Peter zunächst recht kühl und behandelte ihn, als er erfuhr, mit wem er es zu tun hatte, mit einer Mischung von amtlicher Haltung vor Privatdetektiven und einem Herzogssohn gegenüber.

»Ich wende mich an Sie«, erklärte Wimsey, »weil Sie diese Erkundungsarbeit wesentlich besser machen können als ein Amateur wie ich. Ich nehme an, daß Ihre hervorragende Organisation schon schwer bei der Arbeit ist.«

»Natürlich«, sagte der Polizeichef, »aber es ist keineswegs leicht, den Besitzer eines Motorrads ohne Nummer ausfindig zu machen. Denken Sie doch an den Bournemouth-Mord.« Er schüttelte bedauernd den Kopf und steckte sich eine Havanna-Zigarre an. »Wir hatten den Fall zunächst gar nicht mit dieser Nummernschildersache in Verbindung gebracht«, fuhr er gelassen fort, eine Bestätigung für Lord Peter, daß er durch seine Eröffnungen zum erstenmal in dem amtlichen Hirn eine Verbindung zwischen den beiden Vorfällen hergestellt hatte. »Natürlich, wenn er in Ripley ohne die Nummernschilder gesehen worden wäre, hätte man ihn sofort angehalten. Aber so war er mit denen von Mr. Foulis so sicher wie die Bank von England«, schloß er mit einem Ausdruck von Originalität.

»Sicher hat sich der arme Pfarrer recht aufgeregt«, sagte Wimsey. »Dazu noch so früh am Morgen. Vermutlich hat man geglaubt, daß es sich um einen Scherz handelte.«

»Jawohl«, gestand der Chef ein, »aber nach dem, was Sie uns gesagt haben, werden wir unsere besten Kräfte einsetzen, um den Mann zu fassen.«

»Ich bin davon überzeugt«, entgegnete Lord Peter mit ausgesuchter Höflichkeit. »Suchen Sie die Bahnhöfe ab nach einem jungen Mann, 1,85 bis 1,88 Meter groß mit Schuhnummer 45 und in einem Regenmantel, dem der Gürtel fehlt, und mit einem tiefen Kratzer an einer Hand. Hier ist meine Adresse. Falls Sie etwas erfahren, wäre ich Ihnen für sofortige Benachrichtigung ungemein dankbar. Das ist doch alles für meinen Bruder so peinlich. Er ist ein empfindsamer Mensch, es bedrückt ihn schwer. Übrigens, ich bin ein Zigeuner, ich ziehe immer herum. Telegrafieren Sie mir, bitte, alle Nachrichten doppelt, sowohl nach *Riddlesdale* wie nach

London, 110 Piccadilly. Es würde mich sehr freuen, wenn Sie mich dort einmal besuchten, falls Sie Ihr Weg nach London führt. Entschuldigen Sie mich jetzt, bitte.«

Bei seiner Rückkehr nach dem Jagdhaus *Riddlesdale* fand Lord Peter einen neuen Gast am Teetisch vor. Der Herr erhob sich zu beachtlicher Größe und streckte ihm eine wohlgeformte Hand entgegen, die zu einem Schauspieler gepaßt hätte. Er war zwar kein Schauspieler, fand aber trotzdem seine Hände zur Erzielung dramatischer Wirkungen sehr nützlich. Seine prächtige Gestalt, sein edler Kopf und das klassische Gesicht waren ausdrucksvoll, seine Züge makellos, seine Augen durchdringend. Mit achtunddreißig Jahren noch immer Junggeselle, war er berühmt für seine Rednergabe und für seine sanfte, aber erbarmungslose Art, gegnerische Zeugen aus der Fassung zu bringen. Sein überraschendes Steckenpferd war die Kanarienvogelzucht, aber außer deren Gesang schätzte er an musikalischen Genüssen nur Tingeltangelmelodien. Er erwiderte Wimseys Begrüßung mit seiner tragenden und ausgeglichenen, schönen Stimme. Tragische Ironie, schneidende Verachtung oder wilde Empörung waren die Gefühlsäußerungen, mit denen Sir Impey Biggs Richter und Geschworene bezwang. Wimsey verlieh seiner Freude, ihn zu sehen, mit einer etwas heiseren Stimme zögernd Ausdruck.

»Sie kommen gerade von Gerald?« fragte er. »Bitte, frischen Toast, Fleming! Wie geht es ihm? Gefällt es ihm dort? Ich kenne wirklich niemand, der es so wenig wie Gerald versteht, sich mit einer solchen Situation abzufinden. An sich wäre ich lieber an seiner Stelle, nur würde ich es als hart empfinden, eingeschlossen zu sein und zusehen zu müssen, wie andere Idioten meinen Fall verpfuschen. Das bezieht sich natürlich nicht auf Murbles und auf Sie, Biggs. Ich meine mich selbst, wenn Sie mir folgen können.«

»Ich habe Sir Impey gerade gebeten«, sagte die Herzogin, »Gerald unbedingt zu überreden, daß er erklärt, was er um drei Uhr morgens im Garten gesucht hat. Wenn ich doch nur in *Riddlesdale* gewesen wäre, dann hätte das alles nicht passieren können. Natürlich wissen wir alle, daß er nichts Schlimmes getan hat, aber wir können von den Geschworenen kein Verständnis dafür erwarten, die unteren Volksklassen sind so voreingenommen. Es ist direkt lächerlich von Gerald, nicht zu erkennen, daß er offen reden muß. Er nimmt keine Rücksicht.«

»Ich tue mein Bestes, um ihn zu überzeugen, Herzogin«, erwiderte Sir Impey.

»Hauptmann Cathcarts Tod ist höchst geheimnisvoll«, sagte die Herzogin, »obwohl es mir nun scheint, nach dem, was man über ihn erfahren hat, als ob sein Tod, wenigstens für meine Schwägerin, einen Akt der Vorsehung bedeutet.«
»Könnten Sie nicht einen Wahrspruch erwirken auf ›Tod durch Heimsuchung Gottes‹? Könnten Sie das nicht, Biggs?« schlug Lord Peter vor. »Eine Art Strafe dafür, daß er in unsere Familie einheiraten wollte?«
»Ich habe schon weniger vernünftige Wahrsprüche gehört«, erwiderte Biggs trocken. »Es ist erstaunlich, was man Geschworenen einreden kann, wenn man sich Mühe gibt. Ich erinnere mich, einmal in Liverpool . . .«
Geschickt lenkte er die Unterhaltung in den ruhigen Kanal der Erinnerungen.

Erst nach dem Abendessen redete Sir Impey offen mit Wimsey. Die Herzogin war zu Bett gegangen, und die beiden Männer saßen allein im Studierzimmer. Peter war den Abend über noch fröhlicher und sprunghafter gewesen als sonst. Jetzt nahm er eine Zigarre, zog sich in den tiefsten Sessel zurück und versank in Schweigen.
Sir Impey ging etwa eine halbe Stunde rauchend auf und ab. Auf einmal trat er energisch zu Peter, drehte eine Leselampe an, richtete sie brutal auf Peters Gesicht, setzte sich ihm gegenüber und sagte: »Also, Wimsey, ich möchte jetzt alles erfahren, was Sie wissen.«
»Ach, wirklich?« erwiderte Peter. Er stand auf, drehte die Leselampe wieder aus und stellte sie auf einen Nebentisch. »Keine Zeugeneinschüchterung, möchte ich bitten«, fügte er grinsend hinzu.
»Die Hauptsache ist, daß Sie aufwachen«, entgegnete Biggs ungerührt. »Also los!«
Lord Peter nahm die Zigarre aus dem Mund, betrachtete sie mit zur Seite geneigtem Kopf und wartete noch eine ganze Weile, bis er mit seinem Bericht begann: er ließ nur die Sache mit dem Handkoffer und die durch Bunter von Ellen erhaltene Auskunft aus. Sir Impey Biggs hörte zu, als nehme er ein Kreuzverhör vor. Ab und zu stellte er eine scharfe Frage und machte sich Notizen.
»Ich glaube, daß sich daraus etwas machen läßt«, erklärte er schließlich, »selbst wenn die Polizei Ihren geheimnisvollen Mann nicht findet. Natürlich ist Denvers Schweigen eine dumme Komplikation.« Für einen Augenblick bedeckte er die Augen mit den Händen. »Sie haben also die Polizei in Bewegung gesetzt, um den Bur-

schen zu finden?«
»Ja.«
»Sie halten doch nicht viel von der Polizei?«
»Dafür ist sie ganz gut«, antwortete Peter. »Das liegt ihr, dazu hat sie ihren Apparat, und das kann sie.«
»So. Sie meinen also, man würde den Mann finden?«
»Ich hoffe es.«
»So! Und was soll aus meinen Argumenten werden?«
»Das ist mir doch . . .«
»Hören Sie mal, Wimsey«, unterbrach ihn der Anwalt, »Sie sind ja kein Idiot, es hat doch keinen Zweck, wie ein Dorfpolizist vorzugehen. Wollen Sie diesen Mann wirklich finden?«
»Natürlich.«
»Wie Sie wollen, aber meine Hände sind bereits gebunden. Haben Sie nie bedacht, daß es vielleicht besser wäre, wenn der Kerl nicht gefangen würde?«
Wimsey starrte den Anwalt mit scheinbar ehrlichem Erstaunen an, um ihn zu entwaffnen.
»Sie müssen bedenken«, fuhr Sir Impey fort, »daß es keinen Zweck hat, wenn die Polizei mal eine Sache oder einen Menschen in den Klauen hat, sich auf meine oder Murbles' oder sonst irgend jemandes berufliche Diskretion zu verlassen. Dann ist alles schon ans nackte Tageslicht gebracht. Da steht nun Denver unter Mordanklage, und er weigert sich kategorisch, mir auch nur die kleinste Hilfe zu leisten.«
»Gerald ist ein Idiot. Ihm ist noch nicht klar –«
»Glauben Sie«, unterbrach ihn Biggs wieder, »daß ich mir nicht alle Mühe gegeben habe, es ihm klarzumachen? Aber er sagt nur: ›Man kann mich hängen, aber ich habe den Kerl nicht umgebracht, obwohl ich es für gut halte, daß er tot ist. Es geht niemanden etwas an, was ich im Garten gemacht habe.‹ Nun frage ich Sie, Wimsey: ist das eine vernünftige Haltung für einen Menschen in Denvers Situation?«
Peter murmelte nur: »Er hat nie Verstand gehabt.«
»Hat man Denver etwas über diesen anderen Mann gesagt?«
»Bei der Untersuchungsverhandlung wurden, glaube ich, Fußspuren nebenbei erwähnt.«
»Dieser Scotland Yard-Inspektor ist Ihr persönlicher Freund, habe ich gehört?«
»Ja.«
»Um so besser! Er hält also den Mund.«

»Hören Sie, Biggs, all das, was Sie sagen, ist eindrucksvoll und mysteriös, aber was wollen Sie eigentlich? Warum soll ich den Kerl nicht schnappen, wenn ich kann?«

»Diese Frage will ich mit einer anderen beantworten.« Sir Impey beugte sich leicht vor. »Warum deckt Denver diesen Mann?«

»Großer Gott! Daran habe ich gar nicht gedacht«, erwiderte Peter. »Was für Spürhunde ihr Anwälte doch seid! Wenn das so wäre, müßte ich vorsichtiger sein. Ich bin immer etwas voreilig, meine Mutter sagt ...«

»Sie sind sehr schlau, Wimsey«, schnitt ihm der Anwalt das Wort ab. »Ich kann mich irren. Finden Sie in Gottes Namen Ihren Mann! Aber nun möchte ich etwas anderes fragen: wen decken Sie?«

»Sie werden nicht dafür bezahlt, solche Fragen zu stellen. Warten Sie, bis Sie vor Gericht sind. Ihre Aufgabe ist, aus dem Material, das wir Ihnen zur Verfügung stellen, das Beste herauszuholen, und nicht, uns unter Druck zu setzen. Nehmen wir an, ich hätte Cathcart ermordet ...«

»Das haben Sie nicht getan.«

»Das weiß ich, doch wenn ich's getan hätte, würde ich mir verbitten, daß Sie mir solche Fragen stellen und dazu noch in diesem Ton. Aber um Ihnen einen Gefallen zu erweisen, sage ich Ihnen offen und ehrlich, daß ich nicht weiß, wer Cathcart umgebracht hat. Sowie ich es weiß, werde ich es Ihnen sagen.«

»Bestimmt?«

»Ja, aber erst, wenn ich sicher bin. Leute wie Sie können aus ein paar Indizien eine so große Sache machen, daß ich schon gehängt würde, während ich erst anfinge, mich selbst zu verdächtigen!«

»Hm!« brummte Biggs. »Also ich sage Ihnen ehrlich, daß ich dafür sorgen werde, daß es zu keiner Verurteilung kommen kann.«

»Auf jeden Fall schwöre ich, daß mein Bruder nicht hängen soll, weil ich mangelhafte Beweise geliefert hätte.«

»Natürlich nicht«, sagte Biggs.

Ein paar Regentropfen fielen durch den breiten Kamin und verzischten auf den Holzscheiten.

Craven Hotel, Strand, London W. C. – Dienstag

Mein lieber Wimsey! Wie versprochen, berichte ich über meine Fortschritte, aber es ist leider sehr wenig. Auf der Fahrt nach London saß ich neben Mrs. Pettigrew-Robinson, öffnete und schloß das Fenster ihren Wünschen gemäß und kümmerte mich um ihr

Gepäck. Sie erzählte mir, daß Deine Schwester, als sie am Donnerstag morgen das Haus alarmierte, zuerst Mr. Arbuthnot herausklopfte – ein Umstand, der der Dame merkwürdig vorkommt, der aber ganz natürlich ist, wenn man bedenkt, daß das Zimmer dieses Herrn direkt gegenüber vom Treppenaufgang liegt, Mr. Arbuthnot weckte dann das Ehepaar Pettigrew, und Mr. P. rannte daraufhin sofort hinunter. Mrs. P. fand, daß Lady Mary sehr elend aussah, und wollte ihr helfen. Deine Schwester habe sie aber beiseite geschoben – grob, behauptet Mrs. P. –, habe wütend jegliche Hilfe abgelehnt, sei in ihr Zimmer gestürmt und habe sich eingeschlossen. Mrs. P. hat an der Tür gelauscht, »um sich zu überzeugen«, wie sie sagt, »daß nichts passiert«. Als sie hörte, wie Deine Schwester im Zimmer umherging, Schranktüren aufriß und zuwarf, fand Mrs. P., daß es für sie interessanter sei hinunterzugehen.
Wenn Mrs. Marchbanks mir das erzählt hätte, würde ich es für zuverlässiger halten. Mrs. P. behauptet steif und fest, daß Lady Mary, als sie sie sah, nichts in der Hand hatte. Sie sei so gekleidet gewesen, wie es bei der Verhandlung geschildert wurde: einen langen Mantel über ihrem Pyjama (Schlafanzug, so drückte sich Mrs. P. aus), derbe Schuhe, eine Wollkappe auf dem Kopf. Und sie habe diese Kleidungsstücke auch angehabt, als der Arzt kam. Mrs. P. (die, wie Du Dich erinnerst, ab zwei Uhr wach war) behauptet mit Bestimmtheit, daß sie, bevor Lady Mary Mr. Arbuthnot herausklopfte, im Gang eine andere Tür habe gehen hören. Ich weiß nicht, was ich davon halten soll, vielleicht ist es unwichtig, aber ich möchte es doch erwähnen.
In London ging es mir schlecht. Dein verstorbener Schwager in spe war ein Muster an Diskretion. Sein Zimmer im *Albany* ist eine Wüste, vom detektivischen Standpunkt aus betrachtet. Keine Papiere außer einigen Rechnungen und Quittungen englischer Herkunft und einigen Einladungen. Ich suchte ein paar der Gastgeber auf, aber die meisten waren Herren, die ihn vom Klub oder vom Militär her kannten und mir nichts über sein Privatleben sagen konnten. Man kennt ihn in mehreren Nachtlokalen. Ich machte gestern abend, oder besser gesagt, heute morgen, die Runde. Allgemeines Urteil: großzügig, aber verschlossen. Übrigens scheint Poker sein Lieblingsspiel gewesen zu sein. Niemand machte die leiseste Andeutung von Falschspiel. Er gewann im allgemeinen, aber nie hohe Summen.
Ich glaube, daß wir uns die gewünschten Informationen in Paris besorgen müssen. Ich habe der Sûreté und dem Crédit Lyonnais

geschrieben und um seine Papiere gebeten, vor allem um seine Kontoauszüge und sein Scheckbuch. Ich bin völlig erledigt von der gestrigen und heutigen Arbeit. Nach einem anstrengenden Tag die ganze Nacht durchzutanzen, ist keine reine Freude. Wenn Du mich dort nicht brauchst, warte ich hier auf die Papiere oder fahre selbst nach Paris.

In Cathcarts Zimmer waren ein paar moderne französische Romane von der üblichen Art und noch ein Exemplar von »Manon Lescaut« mit Illustrationen, die der Katalog als »Kuriositäten« bezeichnet. Ich habe den Eindruck, daß er ein Doppelleben geführt haben muß.

Die beiliegende Rechnung eines Schönheitssalons in der Bond Street mag Dich interessieren. Ich war dort. Die Inhaberin sagte mir, daß er regelmäßig einmal in der Woche kam, wenn er in England war.

In King's Fenton konnte ich am Sonntag nichts feststellen, aber das habe ich Dir ja schon mitgeteilt. Ich glaube nicht, daß der Kerl je dort war, halte es aber für möglich, daß er sich durch das Moor davongemacht hat. Es würde sich wohl lohnen, sich dort einmal umzusehen. Es ist allerdings so, als suche man eine Stecknadel in einem Heuhaufen. Diese Brillantkatze ist zu merkwürdig. Von den Hausbewohnern hast Du wohl nichts darüber herausbekommen? Das Ding kann ja nicht gut von Schuhnummer 45 stammen, aber Du hättest es doch sicher im Dorf erfahren, wenn jemand den Verlust des Schmuckstücks gemeldet hätte.

Herzliche Grüße Dein Ch. Parker.

4

Mr. Bunter brachte Lord Peter Parkers Brief am Mittwoch morgen ans Bett. Das Haus war wie ausgestorben, da alle zur öffentlichen Haftprüfungsverhandlung nach Northallerton gefahren waren. Es war zwar nur eine reine Formsache, aber es gehörte sich einfach, daß die Familie gebührend vertreten war. Die Herzogin-Witwe war natürlich auch dort, die jüngere Herzogin allerdings fand ihre Schwiegermutter überflüssig und eher energisch als würdevoll. Man konnte nie wissen, was die alte Dame anstellen würde, wenn sie allein war. Außerdem fand sie, in solch einer Krise gehörte die Ehefrau an die Seite ihres Mannes. Lady Mary war krank, dagegen konnte nichts gesagt werden, und wenn Peter es für richtig hielt, im Pyjama Zigaretten zu rauchen, während sich sein einziger Bruder öffentlich demütigen lassen mußte, so war von ihm eben nichts anderes zu erwarten. Peter war seiner Mutter sehr ähnlich. Wie dieser exzentrische Zug in die Familie gekommen war, konnte sich keiner vorstellen, denn die Herzogin-Witwe stammte aus einer guten Hampshire-Familie.

Lord Peter war wach und sah ziemlich müde aus, als habe er selbst im Schlaf Nachforschungen angestellt. Bunter hüllte ihn besorgt in einen prächtigen orientalischen Morgenrock und stellte ihm das Tablett mit dem Frühstück auf die Knie.

»Bunter«, sagte Lord Peter mürrisch, »Ihr Café au lait ist der einzige Trost in diesem gräßlichen Haus.«

»Danke sehr, Mylord. Heute morgen ist es wieder sehr kalt, Mylord, aber es regnet nicht.«

Lord Peter öffnete stirnrunzelnd den Brief. »Gibt's was Interessantes in den Zeitungen, Bunter?«

»Nichts Besonderes, Mylord. Nächste Woche ist eine Versteigerung in Northbury Hall: Mr. Fleetwhites Bibliothek, Mylord. Ein Caxton ›Confessio Amantis‹ ...«

»Was hat das für einen Sinn, mir das zu erzählen, wenn wir hier Gott-weiß-wie-lange festgenagelt sind. Ich wünschte, ich wäre bei meinen Büchern geblieben und hätte mich nie mit Kriminalistik befaßt. Haben Sie diese Stoffproben zu Lubbock geschickt?«

»Jawohl, Mylord.« Dr. Lubbock war der »gelehrte Herr«.

»Ich brauche Tatsachen«, knurrte Lord Peter, sprang mit einem Satz aus dem Bett und lief über den Flur ins Badezimmer. Dort erwachten seine Lebensgeister wieder, so daß er seine Stimme in lautem Gesang erschallen ließ. Ganz gegen seine sonstige Gewohnheit ließ er sogar die Badewanne mit kaltem Wasser vollaufen und bearbeitete sich heftig mit dem Schwamm. Nachdem er sich tüchtig mit dem Handtuch abgerieben hatte, verließ er das Badezimmer so eilig, daß er im Gang mit dem Schienbein an den Deckel einer großen Eichentruhe stieß, die am Treppengeländer stand. Er stieß so heftig dagegen, daß sich der Deckel etwas hob und dann wieder mit lautem Knall zufiel. Lord Peter blieb stehen, sagte etwas Ausdrucksvolles und befühlte sein Schienbein. Dann kam ihm ein Gedanke. Er legte Handtuch, Seife, Schwamm, Badebürste und die anderen Toilettenutensilien auf den Boden und hob den Truhendeckel hoch. Was auch immer er dort vermutet hatte, er fand jedenfalls nichts Aufregenderes als einige sorgfältig zusammengefal-

tete Leintücher und Steppdecken. Unbefriedigt nahm er ein Leintuch heraus und betrachtete es prüfend im Licht des Treppenfensters. Er wollte es gerade, leise vor sich hinpfeifend, zurücklegen, als ein Keuchen ihn aufblicken ließ.
Seine Schwester stand neben ihm. Er hatte sie nicht kommen hören. Sie stand in ihrem Morgenrock da wie eine Erscheinung, die Hände auf der Brust verkrampft, ihre blauen Augen so weit aufgerissen, daß sie fast schwarz aussahen, und ihre Haut fahl wie ihr aschblondes Haar.
Wimsey starrte sie, das Leintuch in der Hand, an, und das Entsetzen in ihrem Gesicht übertrug sich auf ihn. Allerdings faßte er sich sofort wieder, ließ das Leintuch in die Truhe fallen und richtete sich auf.
»Guten Morgen, Mary, altes Haus. Wo hast du dich denn die ganze Zeit versteckt? Ich sehe dich ja zum erstenmal. Tut mir leid, daß du soviel durchgemacht hast.« Er legte den Arm um sie und spürte, daß sie zusammenschreckte. »Was ist denn los?« fragte er. »Was ist denn? Hör mal, Mary, wir sehen uns ja leider nur selten, aber schließlich bin ich doch dein Bruder. Hast du Sorgen? Hast du Kummer?«
»Kummer?« wiederholte sie. »Natürlich habe ich Kummer, du dummer Peter. Weißt du nicht, daß man meinen Bräutigam umgebracht und meinen Bruder ins Gefängnis gesteckt hat? Ist das nicht Grund genug, um Kummer zu haben?« Sie lachte, und Peter dachte: Sie redet wie in einem Kitschroman. Dann fuhr sie natürlicher fort: »Es geht schon, Peter, ich habe nur entsetzliche Kopfschmerzen. Ich weiß wirklich nicht, was ich tue. Was ist denn mit dir? Du hast eben so einen Krach gemacht, daß ich sehen wollte, was los ist. Ich glaubte, eine Tür würde zugeschlagen.«
»Du trollst dich jetzt am besten wieder ins Bett«, riet Lord Peter. »Du bist ja eiskalt. Warum ihr Mädchen in diesem verdammt kalten Klima spinnwebdünne Pyjamas tragt, verstehe ich nicht. Mach dir keine Sorgen! Ich komme später zu dir, und dann wollen wir mal wieder gemütlich miteinander quatschen.«
»Heute nicht! Um Gottes willen, heute nicht, Peter! Ich werde noch wahnsinnig!« (Wieder Kitschroman, dachte Peter.) »Steht Gerald heute wieder vor Gericht?«
»Nicht direkt vor Gericht«, antwortete Peter und brachte sie zu ihrem Zimmer. »Es ist eine reine Formsache. Irgendein netter alter Richter läßt sich die Anklage vorlesen, und dann steht der alte Murbles auf und sagt, bitte schön, er möchte über das Beweismate-

rial unterrichtet werden, damit er den ersten Verteidiger instruieren kann ... das ist Biggs. Dann lassen sie sich die Begründung des Haftbefehls vorlesen, und Murbles sagt, daß Gerald sich alle seine Rechte vorbehält. Dann geschieht nichts mehr bis zur großen Schwurgerichtsverhandlung, vermutlich Anfang nächsten Monats. Du mußt dich also zusammennehmen, um bis dahin fit zu sein.«
Mary schauderte. »Kann ich nicht davon verschont bleiben? Ich kann das nicht noch einmal durchmachen, ich würde in Ohnmacht fallen, ich fühle mich so elend. Nein, bleib draußen, ich will jetzt allein sein. Läute nach Ellen! Geh weg, ich brauche dich jetzt nicht, Peter!«
Peter zögerte, leicht beunruhigt.
»Besser nicht, Mylord, wenn ich etwas sagen darf«, flüsterte ihm Bunter ins Ohr, und während er seinen Herrn sanft von der Tür fortzog, fügte er hinzu: »Es ist nur peinlich für beide Teile und hat keinen Zweck. Warten wir besser auf die Rückkehr der Herzogin.«
»Richtig«, stimmte Peter zu. Er drehte sich um, um seine Sachen aufzuheben, aber Bunter war ihm zuvorgekommen. Wieder hob er den Deckel hoch und blickte in die Truhe. »Was haben Sie auf dem Rock gefunden, Bunter?«
»Kies, Mylord, und feinen Sand.«
»Feinen Sand!«

Hinter dem Jagdhaus *Riddlesdale* erstreckte sich weithin das Moor. Es war sechs Uhr abends, aber vom Sonnenuntergang war nichts zu merken, hinter dem verhangenen, trüben Himmel war den ganzen Tag über von der Sonne nur ein blasser Schimmer zu sehen gewesen. Lord Peter marschierte nach langen fruchtlosen Nachforschungen über den Mann mit dem Motorrad einsam heimwärts. »Ich wünschte, Parker wäre hier«, murmelte er und schlenderte müde einen Ziegenpfad entlang.
Er ging nicht direkt auf das Jagdhaus zu, sondern zu einem etwa vier Kilometer entfernten Bauernhof namens Grider's Hole, der nördlich vom Dorf Riddlesdale lag – ein einsamer Außenposten am Rande des Moores, am Eingang zu einem fruchtbaren Tal, das sich zwischen zwei breiten Heidehügeln hinzog. Der Weg schlängelte sich von einem Hügel hinunter an einem häßlichen Sumpf vorbei und führte etwa einen halben Kilometer vor dem Bauernhof über den Ridd-Bach. Peter hatte nur wenig Hoffnung, in Grider's Hole etwas zu erfahren. An sich war er, trotz Parkers Feststellun-

gen, überzeugt, daß der Motorradfahrer die Landstraße benutzt hatte und durch King's Fenton gefahren war, ohne haltzumachen oder irgendwie Aufmerksamkeit zu erwecken. Aber er hatte sich vorgenommen, die ganze Gegend abzusuchen, und Grider's Hole befand sich in der Gegend. Er steckte seine Pfeife an und kämpfte sich mühsam vorwärts. Der Pfad war in regelmäßigen Abständen durch dicke weiße Holzpfosten und Hürden markiert. Der Grund dafür wurde klar, als man auf die Talsohle gelangte, denn nur wenige Meter links wuchsen nur noch borstige Grasbüschel aus dem schwabbeligen schwarzen Moor, in dem jeder Gegenstand, der schwerer als ein Strohhalm war, sehr rasch versank, nur wenige schwache Blasen hinterlassend. Wimsey bückte sich, hob eine zerdrückte leere Sardinenbüchse auf und warf sie träge in den Schlamm; mit einem Geräusch, das einem schmatzenden Kuß glich, verschwand sie sofort.
Peter lehnte sich auf eine Hürde und erging sich in trübseligen Meditationen. Er befand sich an einem Nullpunkt. Seine Füße waren kalt und sein Magen leer; getrieben von dem Bewußtsein, daß er noch einen Weg von mehreren Meilen vor sich hatte, überquerte er den Bach auf einer Reihe schlüpfriger großer Steine und ging auf das Tor des Hofes zu, das nicht wie üblich aus Latten war, sondern stark und abwehrend. Ein Mann lehnte dagegen, kaute an einem Strohhalm und machte keine Anstalten, sich zu bewegen, als Wimsey näherkam.
»Guten Abend!« sagte er munter und legte die Hand auf den Riegel. »Kalt, nicht wahr?«
Der Mann antwortete nicht.
»Aber das paßt ja zur Jahreszeit«, fuhr Peter fort. »Gut für die Schafe, da kräuselt sich die Wolle richtig, nicht?«
Der Mann nahm den Strohhalm aus dem Mund und spuckte in Richtung von Peters rechtem Stiefel aus.
»Verlieren Sie viele Tiere im Moor?« erkundigte sich Peter, öffnete dabei achtlos den Riegel und lehnte sich an den Pfosten. »Ich sehe, daß Sie eine solide Mauer um Ihren Hof gemacht haben. Muß wohl ein bißchen gefährlich in der Dunkelheit sein, wenn Sie einen kleinen Abendspaziergang mit einer Freundin unternehmen wollen?«
Der Mann spuckte wieder aus, zog seinen Hut in die Stirn und fragte kurz: »Was wollen Sie?«
»Ach, ich wollte dem Besitzer des Hofes einen freundschaftlichen Besuch abstatten, da wir ja Nachbarn sind und so weiter. Wissen

Sie, es ist so einsam hier in der Gegend. Ist er zu Hause, glauben Sie?«

Der Mann brummte vor sich hin.

»Es freut mich, das zu hören«, sagte Peter, »es ist so schön, daß ihr Yorkshire-Leute so liebenswürdig und gastfreundlich seid. Wer man auch ist, man findet immer einen Platz am Kamin. Entschuldigen Sie bitte, aber Sie lehnen sich so an die Tür, daß ich sie nicht aufmachen kann. Sicher ist es nur ein Versehen von Ihnen. Was für ein wunderschönes, trutziges Haus. Kein Efeu oder Rosenbüsche an den Mauern wie bei Vorstadtspießern. Wer wohnt denn hier?«

Der Mann musterte ihn einige Sekunden von oben bis unten und antwortete schließlich: »Grimethorpe.«

»Ausgezeichnet!« sagte Lord Peter. »Den möchte ich kennenlernen. Ein Musterbauer, nicht wahr? Weit und breit hört man von Mr. Grimethorpe, ›Grimethorpes Butter ist die Beste‹ ... ›Grimethorpes Wolle reißt nie in Stücke‹ ... ›Grimethorpes Schweinefleisch zergeht auf der Zunge‹ ... ›Für Irish Stew nimm Grimethorpes Hammel‹. Es war der Traum meines Lebens, Mr. Grimethorpe in Fleisch und Blut zu sehen. Und Sie sind ohne Zweifel seine wackere rechte Hand. Sie springen vor dem Morgengrauen aus dem Bett, um die Kühe inmitten des duftenden Heus zu melken, und wenn sich die Abendschatten niedersenken, führen Sie von den Hügeln die sanftäugigen Schafe hinunter. Beim Schein des knisternden Feuers erzählen Sie Ihren reizenden Kindern Geschichten aus alten Zeiten! Ein wunderbares Dasein, vielleicht nur ein bißchen monoton im Winter. Gestatten Sie mir, daß ich Ihre ehrliche Hand drücke.«

Ob der Mann von diesem lyrischen Erguß gerührt war oder ob das trübe Licht doch nicht zu trübe war, um ein rundes Metallstück in Lord Peters Handfläche aufglitzern zu lassen, jedenfalls trat er von dem Tor zurück.

»Schönen Dank«, sagte Peter und ging an ihm vorbei. »Ich nehme an, daß ich Mr. Grimethorpe im Haus finde?«

Der Mann sagte nichts, bis Wimsey auf dem gepflasterten Weg zwölf Schritte auf das Haus zugegangen war. Dann rief er ihm, ohne sich umzudrehen, zu: »Mister!«

»Ja, alter Freund?« fragte Peter liebenswürdig und ging wieder ein paar Schritte zurück.

»Er wird die Hunde auf Euch loslassen.«

»Was Sie nicht sagen! Der treue Hund begrüßt die Rückkehr des verlorenen Sohnes.« Und im stillen fügte er hinzu: Ich hoffe, daß es Tee gibt.

Während sich Lord Peter der Haustür näherte, hob sich seine Stimmung; er genoß es, solche Besuche abzustatten. Obgleich er sich ursprünglich, als das Leben ihm grau und düster erschienen war, auf die Detektivtätigkeit gestürzt hatte, wie ein anderer sich vielleicht an Haschisch berauscht hätte, fehlte ihm eigentlich das typische detektivische Temperament. Von diesem Besuch in Grider's Hole erwartete er kaum Aufschlüsse für seinen Fall. Zweifellos hätte er die gewünschte Auskunft ebenso erhalten können, wenn er dem mürrischen Knecht an der Hoftür eine Banknote in die Hand gedrückt hätte. So wäre Parker als Berufsdetektiv vorgegangen. Lord Peter aber sah die Welt als ein Labyrinth voll der phantastischsten Möglichkeiten. Er beherrschte fließend fünf oder sechs fremde Sprachen, er war weit über den Durchschnitt musikalisch, ein erfahrener Toxikologe, ein begeisterter Sammler und ein Gesellschaftslöwe. Vor allem aber war er neugierig darauf, wohin ihn seine vielseitigen Neigungen noch führen würden. Und in diesem Fall erforderte das faszinierende Problem, warum ein einfacher Bauer wie selbstverständlich die Hunde auf einen harmlosen Besucher hetzen sollte, geradezu persönliche Nachforschungen. Das Ergebnis war unerwartet.

Auf das erste Klopfen erfolgte keine Antwort. Erst beim zweitenmal ertönten im Innern Geräusche. Schließlich rief eine mürrische Stimme: »Also laß ihn schon rein, zum Teufel mit ihm ... und zum Teufel mit dir!« Die Worte wurden von dem Poltern eines Gegenstandes begleitet, der durch das Zimmer geschleudert wurde.

Unerwartet schnell wurde die Tür von einem etwa siebenjährigen, hübschen schwarzhaarigen Mädchen geöffnet, das sich den Arm rieb, als sei es von dem Wurfgeschoß getroffen worden. Es stand abwehrend da und versperrte den Eingang, während die rauhe Stimme knurrte: »Na, wer ist es denn?«

»Guten Abend!« sagte Wimsey und nahm den Hut ab. »Entschuldigen Sie, bitte, die Störung. Ich wohne im Jagdhaus *Riddlesdale.*«

»Na und?« fragte die Stimme. Über den Kopf des Kindes hinweg sah Wimsey die Umrisse eines stämmigen großen Mannes, der rauchend in der Ecke eines riesigen Kamines saß. Außer dem Feuer gab es kein Licht, das Fenster war klein, und die Dunkelheit war schon hereingebrochen. Es schien ein großer Raum zu sein, der an der Seite durch eine lange eichene Bank unterteilt war, dahinter

gähnte eine pechschwarze Höhle.
»Darf ich eintreten?« fragte Wimsey.
»Wenn's sein muß«, antwortete der Mann grob. »Mach die Tür zu, du Balg, was stehst du da und glotzt! Geh zu deiner Mutter und sag ihr, sie soll dir Manieren beibringen.«
Das Kind verschwand eiligst in der Finsternis hinter der Bank, und Peter trat ein.
»Sind Sie Mr. Grimethorpe?« fragte er höflich.
»Und wenn?« erwiderte der Bauer aggressiv. »Ich hab' keinen Grund, mich meines Namens zu schämen.«
»Keineswegs, und auch nicht Ihres Hofes«, sagte Lord Peter. »Ein wunderschönes Anwesen. Übrigens, mein Name ist Wimsey, Lord Peter Wimsey, der Bruder des Herzogs von Denver. Entschuldigen Sie, bitte, die Störung, Sie haben ja bestimmt viel zu tun mit den Schafen und allem, aber ich dachte, Sie hätten nichts dagegen, wenn ich Ihnen einen freundnachbarlichen Besuch abstatte. Es ist eine einsame Gegend, nicht wahr? Ich nehme an, daß hier selten Fremde vorbeikommen.«
»Keine«, erwiderte Mr. Grimethorpe nachdrücklich.
»Das ist vielleicht ganz gut«, fuhr Lord Peter fort, »dann schätzt man seinen häuslichen Kreis nur um so mehr, nicht wahr? Sie sind wohl verheiratet, Mr. Grimethorpe?«
»Was geht das Sie an?« knurrte der Bauer und blickte ihn so drohend an, daß sich Wimsey unruhig nach den vorher erwähnten Hunden umschaute.
»Gar nichts«, antwortete er, »nur dachte ich, daß das entzückende kleine Mädchen Ihr Töchterchen wäre.«
»Wenn ich glauben würd', sie wär's nicht«, sagte Mr. Grimethorpe, »würde ich das Balg und seine Mutter erwürgen. Haben Sie was dagegen zu sagen?«
Da diese Bemerkung kaum in eine normale Unterhaltung hineinpaßte, erlitt Lord Peters natürliche Gesprächigkeit eine schwere Einbuße. Daher suchte er Zuflucht in einem typisch männlichen Verständigungsmittel und bot Mr. Grimethorpe eine Zigarre an. Was für ein Höllendasein muß die arme Frau führen, dachte er bestürzt.
Der Bauer lehnte die Zigarre ab und schwieg. Wimsey zündete sich eine Zigarette an und betrachtete nachdenklich sein Gegenüber, einen Mann von etwa fünfundvierzig Jahren, mit breiten Schultern, stämmig, bösartig. Da Delikatesse ihm gegenüber Verschwendung schien, ging Peter zu einer offeneren Methode über.

»Um Ihnen die Wahrheit zu sagen, Mr. Grimethorpe, ich habe einen Grund für meinen Besuch. An sich freut es mich ja, Sie kennenzulernen, und deshalb brauchte ich gar keine Begründung für meinen Besuch vorzubringen. Aber es ist so, daß ich einen jungen Mann suche, einen Bekannten von mir, der mir gesagt hatte, er würde ungefähr um diese Zeit hier in der Gegend sein. Ich fürchte nur, daß ich ihn verfehlt habe. Aus dem, was ich gehört habe, entnehme ich, daß mein Freund vor ungefähr einer Woche hier in der Gegend war und mich gesucht hat. Mein Pech. Aber er hat seine Visitenkarte nicht hinterlassen, und so bin ich nicht sicher, verstehen Sie? Sie sind ihm nicht zufällig begegnet? Ein großer Bursche mit großen Füßen auf einem Motorrad mit Beiwagen. Ich dachte, daß er vielleicht hier vorbeigekommen ist ... Ah! Sie kennen ihn?«

Das Gesicht des Bauern war angeschwollen vor Wut. »Wann war das?« fragte er drohend.

»Ich denke, daß er Mittwoch abend oder Donnerstag morgen dagewesen sein muß«, antwortete Peter und faßte nach seinem stabilen Spazierstock.

»Das hab' ich doch gewußt!« knurrte Mr. Grimethorpe. »Ah, diese Hure, die andern verdammten Weiber. Der Kerl ist ein Freund von Ihnen? Also ich war Mittwoch und Donnerstag in Stapley, das habt Ihr doch gewußt? Wenn ich nicht dort gewesen wäre, hätte das schlimm für ihn geendet. Er wär' im Moor gelegen, und da werden Sie auch bald landen, zum Teufel! Und wenn ich noch einmal einen hier rumschleichen seh', brech' ich ihm alle Knochen im Leib!«

Mit diesen Worten wollte er Peter an die Kehle.

»So geht das nicht«, erwiderte Peter, machte sich mit einer Leichtigkeit frei, die seinen Gegner erstaunte, und umklammerte dessen Handgelenk. »Das ist nicht sehr klug. Sie könnten einen ja umbringen. Und Mord ist eine höchst unangenehme Sache, Untersuchungsrichter, der Staatsanwalt stellt peinliche Fragen, und schließlich legt Ihnen ein Mann einen Strick um den Hals. Rühren Sie sich nicht, Sie Idiot, oder ich breche Ihnen den Arm! Sind Sie jetzt vernünftig? So ist's recht.«

»Scher dich raus!« knurrte Mr. Grimethorpe.

»Bitte sehr. Ich muß Ihnen aber für den reizenden Empfang danken, Mr. Grimethorpe. Es tut mir leid, daß Sie mir nichts über meinen Freund sagen können ...«

Der Bauer sprang mit einem Fluch auf, rannte zur Tür und schrie:

»Jabez!« Lord Peter blickte sich im Raum um. »Das ist verdächtig hier«, murmelte er. »Der Kerl weiß etwas.«
Er blickte über die Bank in die Dunkelheit und sah sich einer Frau gegenüber. Ihr Gesicht hob sich wie ein weißer Fleck aus der Dunkelheit ab.
»Du?« stieß sie hervor. »Du? Du bist ja wahnsinnig, herzukommen! Rasch! Er läßt die Hunde los!«
Sie packte ihn mit beiden Händen an der Brust und drängte ihn zurück. Dann, als der Feuerschein auf sein Gesicht fiel, stieß sie einen dumpfen Schrei aus und stand wie versteinert da.
Diese Frau war schön: eine weiße Stirn unter dichtem dunklem Haar, schwarze Augen, die unter geraden Brauen glühten, ein leidenschaftlicher großer Mund, so wunderbar geschwungen, daß sich selbst in diesem gespannten Augenblick in Lord Peters Blut die feudalen Vorrechte von sechzehn Generationen regten. Seine Hand packte instinktiv die ihre, doch sie machte sich sofort los und wich zurück. Tausend Fragen rasten ihm durch den Kopf, da ertönte hinter dem Haus ein langer Schrei, dann noch einer und noch einer.
»Rennen Sie! Rennen Sie!« stieß sie hervor. »Die Hunde! Mein Gott! Mein Gott, was wird aus mir werden? Gehen Sie, wenn Sie nicht wollen, daß ich umgebracht werde. Gehen Sie! Haben Sie Mitleid!«
»Hören Sie«, erwiderte Peter, »soll ich nicht hierbleiben?«
»Wenn Sie hierbleiben, bringen Sie mich um«, entgegnete die Frau. »Gehen Sie!«
Peter schlug jegliche Oxford- und Offizierstradition in den Wind, ergriff seinen Stock und eilte hinaus. Die Hunde waren ihm auf den Fersen. Die vorderste Bestie schlug er mit seinem Stock so heftig auf die Schnauze, daß sie laut aufjaulend zurückblieb. Der Knecht lehnte noch immer am Hoftor. Grimethorpe brüllte ihm heiser zu, den Flüchtling zu packen. Ein kurzes Handgemenge, und plötzlich wurde Peter über das Tor geschleudert. Während er sich aufraffte, hörte er die entsetzten Schreie der Frau. Peter blickte sich um: der Knecht, die Frau und ein zweiter Mann, der hinzugekommen war, scheuchten die Hunde zurück und schienen Grimethorpe zu überreden, sie nicht auf dem Hof zu lassen. Der Bauer drehte sich mürrisch um, und der zweite Mann rief die Hunde mit viel Gebrüll und Peitschengeknall zurück. Die Frau sagte etwas, woraufhin ihr Gatte wütend auf sie lossprang und sie zu Boden schlug.

Peter war im Begriff zurückzugehen, doch dann fürchtete er, daß er dadurch alles nur noch schlimmer machen würde; so wartete er, bis Mr. und Mrs. Grimethorpe im Haus verschwunden waren. Dann winkte er in der Dämmerung vorsichtig dem Knecht zu, der durch die Tür schlüpfte und langsam zu ihm kam.

»Ich danke Ihnen vielmals«, sagte Wimsey und drückte ihm ein Geldstück in die Hand. »Ich fürchte, daß ich unbeabsichtigt Unheil angerichtet habe.«

Der Mann betrachtete erst die Münze, dann ihn und sagte: »Das ist seine Art zu denen, die kommen und die Frau anschauen. Das beste ist wegzubleiben!«

»Hören Sie«, sagte Peter, »haben Sie nicht zufällig letzten Mittwoch einen jungen Mann mit einem Motorrad in der Gegend rumstreifen sehen?«

»Mittwoch? Da war der Bauer in Stapley, ich glaub', um 'ne Maschine zu kaufen. Nein, ich hab' niemand gesehen.«

»Gut. Wenn Sie hören, daß ihn jemand gesehen hat, lassen Sie es mich wissen. Ich wohne im Jagdhaus *Riddlesdale*. Guten Abend.«

Der Mann schlurfte ohne ein Abschiedswort zum Hof zurück.

Lord Peter ging langsam heimwärts, den Mantelkragen hochgeschlagen, den Hut tief in die Stirn gezogen. Diese Episode hatte seine logische Denkfähigkeit durcheinandergebracht. Mühsam ordnete er seine Gedanken.

Punkt eins, sagte er sich: Mr. Grimethorpe. Ein Mann, der vor nichts zurückschreckt. Vorherrschender Charakterzug: Eifersucht auf seine höchst erstaunliche Frau. War Mittwoch und Donnerstag in Stapley, um Maschinen zu kaufen. Er hätte also unseren geheimnisvollen Freund mit dem Beiwagen nicht sehen können, wenn der dagewesen wäre. Aber er nimmt an, daß er da war, und glaubt zu wissen, warum er kam. Warum hatte das Motorrad einen Beiwagen? Sehr lästig bei der Fahrt. Aber wenn unser Freund kam, um Mrs. Grimethorpe zu holen, so ist ihm das offensichtlich nicht gelungen.

Punkt zwei: Mrs. Grimethorpe. Einzigartig! Wenn Nummer 45 zu dem Zweck, dessen man ihn verdächtigt, kam, so kann man es ihm nachfühlen. Mrs. Grimethorpe lebt in ständiger Angst vor ihrem Mann, der nichts im Kopf hat, als sie bei jedem Verdacht niederzuschlagen. Ich hoffe, daß da kein Mord geschieht. Einer genügt für eine Weile.

Mrs. Grimethorpe weiß etwas, und sie kennt einen bestimmten

Menschen. Sie verwechselte mich mit jemandem, der gute Gründe hat, nicht nach Grider's Hole zu kommen. Wo war sie nur, während ich mit Grimethorpe sprach? Vielleicht hatte das Kind sie gewarnt? Nein, ich hatte ja dem Kind gesagt, wer ich bin ... Aber sie schaute zum Fenster raus und sah einen Kerl in einem alten Regenmantel. Nummer 45 trug auch einen Wettermantel. Nehmen wir also an, sie hätte mich einen Moment mit Nummer 45 verwechselt. Was tut sie? Vernünftigerweise drückt sie sich – sie kann nicht verstehen, daß ich ein solcher Idiot bin und hier auftauche. Dann, als Grimethorpe rausläuft und die Hunde herbeiruft, riskiert sie ihr Leben, um mich zu warnen, ihren Liebhaber, beschwört mich, mich aus dem Staub zu machen. Dann entdeckt sie, daß es nicht ihr Liebhaber ist. Eine kompromittierende Situation. Sie beschwört den Idioten, abzuhauen und so sich und sie zu retten. Der Idiot haut ab – keineswegs graziös und würdevoll. Die Fortsetzung dieses spannenden Dramas folgt demnächst in diesem Theater! Aber wann?

Er marschierte weiter. Trotz alledem, sagte er sich, klärt sich dadurch nicht auf, was Nummer 45 im Jagdhaus *Riddlesdale* zu suchen hatte.

Am Ende seines Marsches war er noch nicht klüger geworden. Aber was auch passiert, sagte er sich, ich muß Mrs. Grimethorpe wiedersehen, wenn es, ohne ihr Leben zu gefährden, möglich ist.

5

Parker saß trübsinnig in einer kleinen Wohnung in der Rue St. Honoré in Paris. Es war ein Junggesellenzimmer, in der Art eines diskreten Klubs. Zwei große rote Klubsessel standen vor dem erloschenen Kamin, auf dessen Sims zwischen zwei glänzend polierten deutschen Granaten eine Bronzeuhr stand, ein irdener Tabakkrug und eine türkische Messingschale mit einer langerkalteten Pfeife. Der Boden war mit einem dicken Perserteppich bedeckt. Gegenüber dem Kamin stand ein hoher Mahagonibücherschrank, der englische und französische Klassiker enthielt, viele historische und politische Werke über militärische und sportliche Themen und eine berühmte französische Ausgabe des *Decamerone* mit dazugehöriger Bildmappe. Vor dem Fenster stand ein großer Schreibtisch.

Parker nahm einen Bogen Papier und begann, einen Bericht zu schreiben.

Er hatte um sieben Uhr gefrühstückt, war dann hierhergegangen und hatte eine gründliche Durchsuchung der Wohnung vorgenommen. Dann hatte er den Portier, den Direktor des Crédit Lyonnais und den Polizeikommissar des Viertels befragt. Das Resultat war äußerst mager.

Aus den Papieren des Hauptmanns Cathcart ging folgendes hervor: Vor dem Krieg war Denis Cathcart zweifellos sehr reich gewesen. Er hatte beträchtliche Summen in Rußland und Deutschland angelegt und besaß eine große Beteiligung an einem Weingut in der Champagne. Nachdem er mit einundzwanzig Jahren sein Erbe antreten konnte, hatte er sein Studium in Cambridge beendet und war viel herumgereist, hatte in den verschiedensten Ländern mit bedeutenden Persönlichkeiten Bekanntschaft angeknüpft, anscheinend in der Absicht, die diplomatische Laufbahn einzuschlagen. Die Periode von 1913 bis 1918 war gemäß seinen Scheckbüchern und Kontoauszügen höchst interessant und deprimierend. Bei Kriegsausbruch hatte er sofort ein Leutnantspatent im 15. Regiment erworben. An Hand der Scheckbücher rekonstruierte Parker das ganze wirtschaftliche Dasein eines jungen britischen Offiziers: Uniformen, Pferde, Ausrüstung, Reisen, Champagner und Diners, wenn er Urlaub hatte, Bridgeschulden, Miete der Wohnung in der Rue St. Honoré, Klubbeiträge und was nicht noch alles. Diese Ausgaben hielten sich im Rahmen seines Einkommens. Quittierte Rechnungen, ordentlich registriert, füllten eine Schreibtischschublade, und ein sorgfältiger Vergleich derselben mit den Scheckbelegen ergab keine Differenzen. Doch darüber hinaus schienen Cathcarts Mittel stark in Anspruch genommen worden zu sein. Seit 1913 tauchten regelmäßig in jedem Quartal, zuweilen auch öfter, Schecks über hohe Summen auf, ausgestellt auf ihn. Über die Bestimmung dieser Beträge wahrte der Schreibtisch strengste Diskretion; es gab keine Quittungen, keine Hinweise auf ihre Verwendung.

Der große Kurssturz, der im Jahre 1914 die Grundlagen der Weltwirtschaft erschütterte, spiegelte sich im kleinen in den Kontoauszügen der Bank wider: die Überweisungen aus den russischen und deutschen Investitionen hörten mit einem Schlag auf, die aus den französischen schrumpften auf ein Viertel zusammen, als die Wogen des Krieges über die Weinberge hinwegzogen und die Arbeiter vertrieben. Im ersten Jahr gab es noch einige namhafte Dividenden von französischen Papieren; dann folgte eine geheimnisvolle Gutschrift von 20 000 Francs, ein halbes Jahr später von 30 000 Francs. Danach kam der Erdrutsch rasch. Parker konnte sich die kurzen Briefe vorstellen, die von der Front aus den Verkauf von Staatsanleihen anordneten, da die Ersparnisse der letzten sechs Jahre in der Sturzflut steigender Preise und zusammenkrachender Währungen davonwirbelten. Die Dividendenzahlungen wurden immer geringer, bis sie ganz aufhörten. Dann kamen Aufzeichnungen über eine Reihe von Belastungen für die Spesen von Wechselprolongationen.

Nach 1918 war die Situation höchst kritisch geworden, und einige Buchungen zeigten den verzweifelten Versuch, die Dinge durch Spekulationen in fremden Währungen in Ordnung zu bringen. Da waren Käufe von Banknoten in deutscher Mark, russischen Rubeln und rumänischen Lei verzeichnet. Parker seufzte mitfühlend bei diesem Anblick und dachte an trügerische Geldscheine fremder Währung, die im Werte von zwölf Pfund in seinem eigenen Schreibtisch ruhten.

Dann kam die Zeit, da Cathcarts Kontoauszug verschiedene Bareingänge aufwies, einige größere, einige kleinere Beträge, die in unregelmäßigen Abständen eingegangen waren. Im Dezember 1919 war sogar eine Gutschrift von 35 000 Francs verzeichnet. Parker glaubte zunächst, daß diese Beträge Dividendenzahlungen aus Wertpapieren darstellten, die Cathcart nicht bei der Bank deponiert hatte. Er durchsuchte das Zimmer eingehend in der Hoffnung, entweder die Wertpapiere selbst oder wenigstens einen Hinweis darauf zu finden, aber die Suche war vergebens, und er mußte schließlich annehmen, daß Cathcart entweder diese Papiere an einem geheimen Ort deponiert hatte oder diese Einnahmen aus anderen Quellen stammten.

Offensichtlich war es Cathcart gelungen, gleich nach dem Waffenstillstand aus der Armee entlassen zu werden. Er hatte sich dann längere Zeit an der Riviera aufgehalten. Später hatte er bei einem Besuch in London 790 Pfund erworben, die bei dem damaligen Umwechslungskurs einen respektablen Francbetrag darstellten. Von da an entsprachen die Ein- und Ausgänge einander in etwa und waren mehr oder weniger ausgeglichen; die persönlichen Geldentnahmen wurden mit der Zeit höher und häufiger, während sich im Jahre 1921 das Einkommen aus dem Weingut zu bessern schien.

Parker legte all diese Informationen ausführlich schriftlich nieder und schaute sich, im Sessel zurückgelehnt, gedankenvoll im Zimmer um. Nicht zum erstenmal empfand er einen gewissen Widerwillen gegen seinen Beruf, der ihn aus der großen Gemeinschaft der Männer ausschloß, die einander respektieren, ohne sich in private Angelegenheiten einzumischen. Er zündete seine Pfeife wieder an, die ausgegangen war, und setzte seinen Bericht fort.

Monsieur Turgeot, der Direktor des Crédit Lyonnais, bestätigte die aufgrund der Kontoauszüge gewonnenen Ergebnisse in allen Einzelheiten. Monsieur Cathcart habe in der letzten Zeit alle seine Zahlungen in Banknoten, gewöhnlich in kleinen Scheinen, gemacht, ein paarmal habe er sein Konto überzogen, aber nie erheblich, und habe das Konto stets innerhalb weniger Monate wieder ausgeglichen. Sein Einkommen habe sich natürlich verringert wie überall, aber sein Konto habe der Bank nie Sorge gemacht. Im Moment stünden 14 000 Francs zu seinen Gunsten. Monsieur Cathcart sei stets sehr angenehm gewesen, aber nicht mitteilsam.

Die Auskunft des Portiers: Man sah nicht viel von Monsieur Cathcart. Zuweilen erhielt er Besuche, Herren im Smoking. Zuweilen wurde auch gespielt. Er habe nie Damen in seine Wohnung geführt, außer einmal, im Februar, als Cathcart einige Damen empfing, die seine Verlobte mitbrachten. Monsieur Cathcart benutzte die Wohnung als *pied-à-terre*, häufig war er für mehrere Wochen oder Monate abwesend. Er habe sich nie einen Kammerdiener gehalten. Madame Leblanc hielt seine Wohnung in Ordnung. Madame Leblanc sei sehr respektabel. Monsieur könne natürlich gerne Madame Leblancs Adresse haben.

Auskunft von Madame Leblanc: Monsieur Cathcart war ein charmanter junger Herr, es war eine wahre Freude, für ihn zu arbeiten; er war sehr großzügig und interessierte sich sehr für ihre Familie. Madame Leblanc war todtraurig über die Nachricht seines Todes, dazu noch kurz vor seiner Hochzeit mit der Tochter der englischen Mylady. Madame Leblanc hatte Mademoiselle vergangenes Jahr gesehen, als sie Monsieur Cathcart in Paris besuchte; sie hatte die junge Dame für sehr glücklich gehalten. Er benutzte seine Wohnung nicht ständig, pflegte aber Madame Leblanc immer zu benachrichtigen, wenn er zu Hause war, und sie ging dann stets zu ihm und machte die Wohnung sauber. Er war sehr ordentlich, in der Beziehung unterschied er sich von andern englischen Herren. Madame Leblanc hatte viele von ihnen gekannt, bei denen es drunter und drüber ging. Monsieur Cathcart war stets sehr gut angezogen, sehr heikel mit seinem Bad und machte Toilette wie eine Frau, der arme Herr.

Auskunft des Polizeikommissars des Viertels: Gar nichts. Monsieur Cathcart habe nie die Aufmerksamkeit der Polizei erregt. Hinsichtlich der Geldbeträge, die Monsieur Parker erwähnte, würde man sich alle Mühe geben, ihnen auf die Spur zu kommen. Wo war das Geld geblieben? Parker konnte sich nur zwei Möglichkeiten vorstellen: eine Mätresse oder ein Erpresser. Bestimmt könnte ein Mann wie Cathcart ein oder zwei Frauen gehabt haben, ohne daß es der Portier wußte. Und ein Mann, der ein gewohnheitsmäßiger Falschspieler war – wenn das stimmte –, könnte sehr wohl in die Gewalt von jemandem geraten sein, der zuviel wußte. Es war bemerkenswert, daß seine mysteriösen Bareingänge gerade dann einsetzten, als seine Vermögensverhältnisse zerrüttet waren. Es war recht plausibel, daß sie aus Spiel- und Spekulationsgewinnen herrührten, in den Kasinos, an der Börse oder – vom Falschspiel. Parker neigte zur Erpresser-Theorie. Sie paßte sehr gut zu der Theorie, die er und Lord Peter aufgestellt hatten.

Zwei, drei Dinge waren Parker jedoch noch rätselhaft. Warum sollte der Erpresser in einem Moor in Yorkshire mit einem Motorrad herumgondeln? Wem gehörte die grünäugige Katze? Sie war ein wertvolles Schmuckstück. Hatte Cathcart es als Anzahlung angeboten? Das schien albern. Man konnte nur annehmen, daß der Erpresser das Ding mit Verachtung weggeworfen hatte. Parker hatte die Brillantkatze noch immer bei sich, und es fiel ihm ein, daß er sie ja von einem Juwelier schätzen lassen könnte. Dieses Motorrad war ein Rätsel, die Brillantkatze war ein Rätsel, und Lady Mary war ein Rätsel.

Warum hatte Lady Mary bei der Untersuchungsverhandlung gelogen? Denn sie hatte gelogen, Parker zweifelte nicht daran. Er glaubte nicht an einen zweiten Schuß, der sie angeblich geweckt hatte. Was hatte sie um drei Uhr morgens an der Wintergartentür zu tun gehabt? Wem gehörte der Handkoffer – wenn es ein Handkoffer gewesen war, der zwischen den Kakteen versteckt worden war? Warum dieser verlängerte Nervenzusammenbruch ohne besondere Symptome, der Lady Mary daran hinderte, vor dem Richter Aussagen zu machen oder die Nachforschungen ihres Bruders zu erleichtern? War Lady Mary bei der Unterredung im Dickicht zugegen gewesen? Wenn ja, so müßten doch Wimsey und er ihre Fußspuren gefunden haben. Steckte sie mit dem Erpresser unter einer Decke? Hatte sie ihrem Verlobten helfen wollen? Sie hatte ein eigenes Einkommen, ein sehr großes, wie Parker von der Herzogin wußte. Hatte sie versucht, Cathcart beizustehen? Aber wenn, warum sollte sie das verschwiegen haben? Das Schlimmste über Cathcart – wenn man Falschspiel als das Schlimmste ansah – war doch nun allgemein bekannt, und er selbst war tot. Wenn sie die Wahrheit wußte, warum kam sie nicht damit heraus und rettete ihren Bruder?

Bei diesem Punkt kam Parker ein noch scheußlicherer Gedanke. Wenn es gar nicht Denver gewesen wäre, den Mrs. Marchbanks im Studierzimmer gehört hatte, sondern jemand, der eine Verabredung mit dem Erpresser gehabt hatte. Jemand, der ein Komplize von dem Kerl war. Jemand, der wußte, daß die Unterredung Gefahr bringen könnte? Hatte er, Parker, den Rasen zwischen dem Haus und dem Dickicht genügend untersucht? Am Donnerstag hätte man hier und dort noch einen niedergetretenen Halm finden können, den der Regen seither wieder aufgerichtet hatte. Hatten Peter und er alle Fußspuren im Wald gefunden? Und wem gehörte die grünäugige Katze?

Vermutungen über Vermutungen, eine häßlicher als die andere, jagten durch Parkers Hirn. Er nahm eine Fotografie von Cathcart, die Wimsey ihm gegeben hatte, in die Hand und betrachtete sie lange und forschend. Es war ein schönes, dunkles Gesicht, das leicht gewellte Haar schwarz, die starke Nase wohlgeformt, die großen Augen freundlich und arrogant zugleich. Auch der Mund war schön, obwohl die Lippen ein bißchen dick waren und auf Sinnlichkeit schließen ließen. Im Kinn hatte er ein Grübchen. Parker fand ihn nicht anziehend, aber aus Erfahrung wußte er, daß ein solches Gesicht mächtig auf Frauen wirkt und Liebe oder Haß hervorrufen kann.

Zufälle pflegen Scherze der Vorsehung zu sein. Parker sollte bald von dieser Art olympischen Humors begünstigt werden. Im allgemeinen war das bei ihm nicht der Fall. Wimsey war in dieser Hinsicht bevorzugt. Parker hatte sich aus bescheidenen Anfängen zu einer geachteten Stellung in Scotland Yard heraufgearbeitet, und zwar mehr durch eine Verbindung von harter Arbeit, Scharfsinn und Umsicht als durch Glück und Intuition. Diesmal jedoch erhielt er einen Fingerzeig von oben, und es liegt in der Natur des Menschen und der Sache, daß er nicht einmal dankbar dafür war.

Er hatte seinen Bericht beendet, legte alles wieder ordnungsgemäß in den Schreibtisch und ging zum Polizeirevier, um dort die Schlüssel abzuliefern und die erneute Versiegelung der Wohnung zu veranlassen. Dann beschloß er, auf dem Boulevard St. Michel gemütlich einen Café-Cognac zu trinken, um seine düsteren Gedanken zu verjagen, und danach einen Bummel durch das Geschäftsviertel zu machen. Da er Familiensinn hatte, spielte er mit dem Gedanken, seiner unverheirateten Schwester, die ein trauriges Dasein in einem kleinen Provinznest führte, etwas aus Paris mitzubringen. Er wußte, daß sie eine rührende Freude über ein hauchdünnes Wäschestück empfinden würde, das außer ihr kein Mensch je zu sehen bekäme. So bummelte er gegen sechs Uhr durch die Rue de la Paix mit einem kleinen Karton unter dem Arm. Er hatte wesentlich mehr Geld ausgegeben als beabsichtigt, aber er hatte Kenntnisse erworben. Er wußte nun genau, was ein *camisole* war, und er hatte mit nicht geringem Staunen festgestellt, wie teuer ein Stückchen Crêpe de Chine im Verhältnis zu seiner Größe war. Auf der Straße wimmelte es von Menschen, die an den strahlenden Schaufenstern vorübergingen. Parker blieb stehen und betrachtete die herrliche Auslage eines Juweliergeschäftes, als schwankte er zwischen einer Perlenkette im Wert von 80 000 Francs und einem Anhänger aus in Platin gefaßten Brillanten und Aquamarinen.

Und dann sah er unter einem Etikett mit der Aufschrift »Bonne fortune« eine grünäugige Katze hängen. Die Katze starrte Parker an, und Parker starrte die Katze an. Es war keine gewöhnliche Katze, es war eine Katze mit Persönlichkeit. Ihre Platinpfoten, ihr hochgerichteter glitzernder Schwanz schienen mit jeder Linie die sinnliche Freude der Berührung mit einem geliebten Gegenstand auszudrücken. Es war ein kleines Kunstwerk, nicht die Arbeit eines Pfuschers. Parker griff in seine Brieftasche, er verglich die Katze in seiner Hand mit der im Schaufenster – sie waren gleich, sie waren erstaunlich gleich, sie waren identisch. Er trat in den Laden.

»Ich habe hier eine Brillantkatze«, erklärte er dem jungen Mann am Ladentisch, »die der in Ihrem Schaufenster überraschend gleicht. Würden Sie mir sagen, wieviel dieses Stück wert ist?«

Der junge Mann antwortete sofort: »Aber gern, Monsieur. Es kostet fünftausend Francs. Wie Sie bemerkt haben werden, besteht es aus dem kostbarsten Material, zudem ist es ein Kunstwerk. Es ist viel mehr wert als der Marktwert der Steine.«

»Ich vermute, daß es ein Talisman ist?«

»Jawohl, Monsieur, es bringt Glück, namentlich beim Kartenspiel. Damen kaufen diese kleinen Sachen gern. Wir haben noch verschiedene andere Maskottchen in ähnlicher Qualität und Preislage. Monsieur können sich darauf verlassen, daß Ihre Katze reinrassig ist.«

»Ich vermute, daß solche Katzen überall in Paris erhältlich sind«,

sagte Parker lässig.
»Nein, Monsieur. Wenn Sie Ihre Katze paaren wollen, empfehle ich Ihnen, es rasch zu tun. Monsieur Briquet hatte nur zwanzig dieser Katzen, und jetzt sind nur noch drei übrig, einschließlich der im Schaufenster. Ich glaube, er wird keine weiteren mehr anfertigen lassen, man darf solche Dinge nicht vulgarisieren. Es wird natürlich noch andere Katzen geben ...«
»Ich will keine andere«, erwiderte Parker, plötzlich sehr interessiert. »Habe ich Sie recht verstanden, daß es solche wie diese hier nur bei Ihnen gibt?«
»Zweifellos ist sie von uns, Monsieur. Diese kleinen Tiere werden von einem unserer Goldschmiede gemacht ...«
»Es würde wohl nur schwer festzustellen sein, wer meine Katze ursprünglich gekauft hat?«
»Wenn das Stück gegen Barzahlung gekauft wurde, wäre es schwierig, aber wenn es durch unsere Bücher gegangen ist, wäre das wohl festzustellen, wenn Monsieur es wünschen.«
»Ich wünsche es sehr«, sagte Parker und zog seine Karte hervor. »Ich bin von der britischen Polizei, und es wäre von höchster Bedeutung, wenn ich erfahren könnte, wem die Katze ursprünglich gehörte.«
»In diesem Fall«, erklärte der junge Mann, »werde ich wohl am besten den Chef rufen.«
Er verschwand mit der Karte im Hintergrund und kam gleich danach in Begleitung eines dicken Herrn zurück, den er als Monsieur Briquet vorstellte. In Monsieur Briquets Privatbüro wurden die Geschäftsbücher auf den Tisch gelegt.
»Sie werden verstehen, Monsieur«, erklärte Monsieur Briquet, »daß ich Ihnen nur Namen und Adressen der Käufer mitteilen kann, denen eine Rechnung geschickt wurde. Es ist zwar unwahrscheinlich, daß ein so wertvolles Objekt in bar bezahlt wurde, doch bei reichen Angelsachsen könnte es vorkommen. Wir brauchen nur bis zum Anfang dieses Jahres zurückzugehen, da diese Schmuckstücke vorher nicht angefertigt wurden.« Er glitt mit einem seiner kurzen Finger über die Seiten. »Das erste Stück wurde am 19. Januar verkauft.«
Parker notierte verschiedene Namen und Adressen, und nach einer halben Stunde erklärte Monsieur Briquet: »Das wäre alles, Monsieur. Wie viele Namen haben Sie?«
»Dreizehn«, antwortete Parker.
»Drei Stück haben wir noch auf Lager, ursprünglich waren es

zwanzig ... so müssen also vier gegen bar verkauft worden sein. Wenn Monsieur das noch feststellen möchten, können wir im Kassenbuch nachsehen.«

Die Suche im Kassenbuch dauerte länger, aber schließlich wurden die vier Katzenverkäufe ausfindig gemacht: 31. Januar, 6. Februar, 17. Mai, 9. August.

Parker hatte sich erhoben und ließ eine lange Dankesrede vom Stapel, als er auf einen plötzlichen Einfall hin Monsieur Briquet Cathcarts Fotografie zeigte und ihn fragte, ob er diesen Herrn kenne.

Monsieur Briquet schüttelte den Kopf. »Ich bin sicher, daß er nicht zu unseren ständigen Kunden gehört, aber ich werde meine Leute fragen.«

Vom Personal kannte niemand das Gesicht, und Parker war schon im Begriff, die Fotografie wieder in seine Brieftasche zu stecken, als ein junges Mädchen, das gerade einem dicken alten Herrn einen Verlobungsring verkauft hatte, hinzukam und auf den ersten Blick sagte:

»Mais oui, ich habe ihn gesehen, diesen Monsieur! Es ist der Engländer, der eine Brillantkatze für die hübsche Blonde gekauft hat.«

»Mademoiselle«, sprudelte Parker erregt hervor, »ich flehe Sie an, sagen Sie mir alle Einzelheiten.«

»Dieses Gesicht vergißt man nicht, namentlich, wenn man eine Frau ist. Der Herr kaufte eine Brillantkatze und zahlte sie gleich – nein, die Dame hat sie gekauft, und ich erinnere mich noch, daß sie zu meinem Erstaunen in bar zahlte. Damen haben im allgemeinen nicht so große Beträge bei sich. Der Herr hatte auch etwas gekauft, und zwar einen mit Brillanten besetzten Schildpattkamm. Dann sagte die Dame, sie müsse ihm etwas schenken und verlangte einen Talisman, der beim Spiel Glück brächte. Ich zeigte ihr einige geeignete Schmuckstücke, aber als sie die Katze sah, verliebte sie sich sofort in sie und sagte, sie wolle nichts anderes kaufen, sie sei sicher, daß die Katze ihm gute Karten verschaffen würde. Sie fragte mich noch, ob sie nicht recht habe, und ich sagte: ›Bestimmt, Monsieur darf nie ohne diese Katze spielen.‹ Und er hat sehr gelacht und versprach, sie stets beim Spiel bei sich zu tragen.«

»Und wie sah sie aus, diese Dame?«

»Blond, Monsieur, und sehr hübsch, ziemlich groß und schlank und sehr gut angezogen. Ein großer Hut und ein dunkelblaues Kostüm. Sie war Ausländerin.«

»Engländerin?«

»Das weiß ich nicht. Sie sprach Französisch fast wie eine Französin und hatte einen ganz leichten Akzent.«

»In welcher Sprache redete sie mit dem Herrn?«

»Französisch, Monsieur. Da wir miteinander sprachen und beide sich fortwährend an mich wandten, fand die ganze Unterhaltung auf Französisch statt. Der Herr sprach Französisch perfekt, und nur aufgrund seiner Kleidung und seiner Erscheinung nahm ich an, daß er Engländer sei. Die Dame sprach ebenso fließend, aber ab und zu bemerkte man den Akzent. Als ich ein paarmal etwas aus dem Schaufenster holte, redeten sie in einer fremden Sprache miteinander, aber ich weiß nicht, in welcher.«

»Könnten Sie mir sagen, an welchem Tag das war?«

»Oh, das ist schon schwieriger. Monsieur weiß doch, daß die Tage dahinfliegen und sich gleichen.«

»Im Kassenbuch könnten wir feststellen«, sagte Monsieur Briquet, »an welchem Tag eine Brillantkatze zusammen mit einem Kamm verkauft wurde.«

»Bitte, sehen Sie nach«, sagte Parker hastig.

Sie blätterten das Kassenbuch durch, im Januar hatten sie kein Glück, aber unter dem 6. Februar stand:

Peigne en écaille et diamants	fr. 7500
Chat en diamants (Dessin C-5)	fr. 5000

»Das hätten wir«, sagte Parker düster.

»Monsieur scheinen nicht zufrieden zu sein«, meinte der Juwelier.

»Monsieur«, erwiderte Parker, »ich kann Ihnen gar nicht sagen, wie dankbar ich Ihnen bin, aber ich muß Ihnen offen gestehen, daß mir von den zwölf Monaten des Jahres jeder andere lieber gewesen wäre.«

Parker war so beunruhigt, daß ihm sein Mittagessen kaum schmeckte. Er kehrte in sein Hotel zurück und begann einen Brief an Lord Peter. Zum Schluß schrieb er: Ich habe Dir all das ohne Kommentar berichtet. Du wirst ebensogut wie ich Schlüsse daraus ziehen, ich hoffe sogar, besser als ich, denn meine sind verwirrend und machen mir Sorgen. Es mag alles Unsinn sein, hoffe ich, und wahrscheinlich wirst Du etwas feststellen, aufgrund dessen man die Tatsachen ganz anders auslegen kann. Aber es muß geklärt werden. Am liebsten würde ich diesen Fall abgeben, aber ein anderer könnte noch rascher als ich Folgerungen ziehen, durch die alles nur schlimmer würde. Doch wenn Du willst, melde ich mich krank. Schreibe mir Deine Meinung. Wenn Du wünschst, daß ich hier bleibe und weitere Nachforschungen anstelle, schicke mir bitte ein Foto von Lady Mary, damit ich bei dem Juwelier weitere Feststellungen machen kann. Teile mir auch das genaue Datum mit, wann Lady Mary im Februar in Paris war. Spricht sie ebensogut Französisch wie Du? Herzliche Grüße Dein Charles Parker.

Er las den Brief noch einmal aufmerksam durch und versiegelte ihn. Dann schrieb er an seine Schwester, verpackte sein Geschenk und läutete nach dem Hausdiener.

»Dieser Brief muß sofort eingeschrieben fortgeschickt werden und das Paket morgen früh.«

Danach ging er zu Bett und las einen Kommentar zum Brief an die Hebräer, worüber er einschlief.

Lord Peters Antwort kam postwendend: Lieber Charles! Mache Dir keine Sorgen. Mir gefällt zwar der Stand der Dinge auch nicht besonders, aber ich möchte, daß Du und kein anderer den Fall weiter bearbeitest. Ich bin fest entschlossen, meinen Bruder freizukriegen, ich möchte ihn unter keinen Umständen wegen eines Mordes, den er nicht begangen hat, am Galgen sehen. Wer auch immer es getan hat, soll dafür büßen. Mache also, bitte, weiter! Ich füge zwei Fotos bei, andere kann ich im Moment nicht auftreiben. Das eine in Schwesterntracht ist schlecht, und das andere ist schwer erkennbar wegen des großen Hutes. Am Mittwoch hatte ich hier ein höchst merkwürdiges kleines Abenteuer, das ich Dir erzählen werde, wenn wir uns wiedersehen. Ich habe eine Frau aufgestöbert, die offensichtlich mehr weiß, als sie sollte, und einen höchst verdächtigen Bösewicht, nur fürchte ich, daß er ein Alibi hat. Auch habe ich eine schwache Spur von Nummer 45 gefunden.

Meine Mutter ist, Gott sei Dank, hier, und ich hoffe, daß sie Mary zur Vernunft bringen wird! Es ist mit ihr in den letzten zwei Tagen noch schlimmer geworden. Es ist ihr dauernd übel und so weiter. Der Arzt, ein Trottel, ist am Ende mit seinem Latein. Mutter sagt, ich solle Geduld haben. Ich bat meine Mutter, Mary wegen des Kammes und der Katze zu fragen: die Katze leugnet sie glatt, gibt aber zu, in Paris einen Kamm gekauft zu haben, sie sagt, sie habe ihn selbst gekauft. Er ist in London, ich werde ihn holen und Dir schicken. Sie behauptet, sie könne sich nicht mehr entsinnen, wo sie ihn gekauft hat, habe auch die Rechnung verloren, aber er habe nicht annähernd 7500 Francs gekostet. Sie war vom 2. bis 20. Februar in Paris. Das Wichtigste für mich ist nun, Lubbock zu sprechen und eine Angelegenheit mit feinem Sand aufzuklären.

Die Schwurgerichtssitzung wird Ende nächster Woche stattfinden. Das beschleunigt zwar die Angelegenheit, ist aber nicht beunruhigend. Erst das Große Schwurgericht kann das Verfahren einleiten, aber von da an wird es noch lange dauern, denn er kann nur vom Oberhaus verurteilt werden. Biggs gibt deswegen groß an. Ich hatte mir nicht vorgestellt, was für ein Theater nötig ist, um ein Mitglied des Oberhauses zu verurteilen. Es kommt alle sechzig Jahre einmal vor, und die Regeln der Prozedur stammen aus der Zeit der Königin Elisabeth. Biggs hat mir alles erklärt, unglaublich! Kopf hoch, Charles! Vergiß, daß meine nächsten Angehörigen in diesen Fall verwickelt sind! Meine Mutter läßt Dich herzlich grüßen, sie hofft, Dich bald wiederzusehen. Bunter läßt sich respektvollst empfehlen. Herzliche Grüße von Deinem Spießgesellen P. W.

Parker konnte aufgrund der Fotografie nichts feststellen.

6

Bei der Gerichtsverhandlung in York gegen Gerald, Herzog von Denver, wegen Mordes, bestätigte der Richter, was schon alle Zeitungen des Landes seit vierzehn Tagen der Welt verkündeten: nämlich, daß er, der nur ein ganz gewöhnlicher Richter war, mit seinen ganz gewöhnlichen Geschworenen aus dem Volk nicht zuständig sei, ein Mitglied des Oberhauses zu verurteilen. Er fügte aber hinzu, daß er den Lordkanzler (der sich schon seit vierzehn Tagen den Kopf darüber zerbrach, wie er die Königliche Galerie für die Verhandlung herrichten lassen solle und welche Lords er in den Ausschuß berufen würde) benachrichtigen würde. Danach wurde der edle Gefangene wieder abgeführt.
Ein paar Tage später, an einem trüben Londoner Nachmittag, läutete Charles Parker an einer Wohnung im ersten Stock in Piccadilly 110. Die Tür wurde von Bunter geöffnet, der ihm freundlich lächelnd mitteilte, daß Lord Peter für einige Minuten ausgegangen sei, aber er möchte doch bitte hereinkommen und es sich bequem machen.
»Wir sind erst heute morgen zurückgekommen«, fügte der Kammerdiener hinzu, »und es ist noch nicht alles ganz in Ordnung, Sir, was wir zu entschuldigen bitten. Hätten Sie gern eine Tasse Tee?«
Parker nahm das Angebot an und ließ sich in die Sofaecke sinken.

Während er seinen Tee trank, zog er die Fotografien von Lady Mary und Denis Cathcart aus seiner Brieftasche, stellte sie an die Teekanne und starrte sie abwechselnd an, als versuche er, sie zu einer Äußerung zu zwingen. Wieder sah er seine Pariser Notizen durch und strich einige Stellen an. »Verdammt«, sagte er mehrere Male und starrte dabei das Bild von Lady Mary an.
Sein Gedankengang war höchst interessant. Bild auf Bild tauchte vor ihm auf. In Paris konnte man ja nicht richtig denken: dort war es so ungemütlich, und die Häuser hatten Zentralheizung, während in diesem Zimmer, wo schon so viele Probleme gelöst worden waren, ein schönes Kaminfeuer brannte! Sinnend starrte er in die Flammen.
Plötzlich schreckte er durch den Klang einer Stimme hoch: »Na, gut geschlafen, alter Freund?« Grinsend stand Lord Peter vor ihm.
»Wann bist du denn zurück?«
»Heute morgen bin ich in Dover angekommen«, antwortete Parker.
»Gibt's was Neues?«
»Viel.«
»Gutes?« fragte Parker.
»Nein.«
Parker blickte auf die Fotos. »Ich glaube es nicht«, stieß er verbissen hervor. »Eher fahre ich in die Hölle, als daß ich ein Wort davon glaube.«
»Wovon ein Wort?« fragte Peter.
»Was es auch sei.«
»Leider mußt du es glauben, Charles«, entgegnete Lord Peter sanft und stopfte seine Pfeife. »Ich sage nicht, daß Mary Cathcart erschossen hat, aber sie hat gelogen. Wieder und wieder. Sie weiß, wer es getan hat. Sie hatte damit gerechnet. Sie simuliert und lügt, um den Kerl zu decken, und wir müssen sie zum Sprechen zwingen.« Er zündete ein Streichholz an, hielt es an die Pfeife und zog mehrere Male energisch.
»Wenn du glaubst«, erwiderte Parker hitzig, »daß diese Frau«, er deutete auf die Fotografie, »an Cathcarts Ermordung beteiligt ist, so ist mir ganz egal, was deine Beweise sind. Herrgott, Wimsey, sie ist doch deine Schwester!«
»Und Gerald ist mein Bruder«, entgegnete Wimsey. »Du nimmst doch nicht an, daß mir die Sache Spaß macht?«
»Entschuldige bitte, ich weiß nicht, was ich sage!«
»Am besten schauen wir den Tatsachen ins Auge, so peinlich sie auch sein mögen. Meine Mutter kam Freitag nach *Riddlesdale*. Sie

marschierte sofort hinauf zu Mary und nahm sie ins Gebet. Dann trudelte der alte Dr. Thorpe ein. Ich saß auf der Truhe im Flur. Auf einmal wird in Marys Zimmer geläutet, worauf Ellen erscheint. Mutter und Thorpe quatschen eine Weile vor Marys Tür mit ihr, und dann rast Mutter den Gang hinunter zum Badezimmer, ihre Ohrringe tanzten förmlich vor Wut. Ich schlich hinter ihnen zur Badezimmertür, konnte aber nichts sehen, weil sie die Tür verriegelten, aber ich hörte Mutter sagen: ›Da haben wir's, was habe ich gesagt!‹ Und Ellen rief: ›Großer Gott! Wer hätte das gedacht?‹« Lord Peter schöpfte Luft und fuhr dann fort: »Mutter plusterte sich auf wie ein Huhn und sagte, den alten Thorpe anblitzend: ›Zu meiner Zeit nannten wir so etwas Hysterie und Launen. Wir ließen es nicht zu, daß Mädchen uns Sand in die Augen streuten. Sie werden das jetzt wohl eine Neurose nennen oder einen Komplex und werden sie verpäppeln. Sie hätten es noch so weit kommen lassen, daß die Gans wirklich krank wird. Ihr seid alle lächerlich! Ich bin wütend auf Mary, daß sie solches Theater macht, und man braucht kein Mitleid mit ihr zu haben!‹ Ich glaube, es ist oft viel Wahres an dem, was Mutter sagt. Später fragte ich sie, was eigentlich los war. Sie erzählte, daß Mary ihr nichts sagen wollte und nur verlangte, in Ruhe gelassen zu werden, und daß Thorpe von Nervenschock gesprochen und erklärt habe, er könne diese plötzlichen Anfälle von Übelkeit und diese Temperaturschwankungen nicht verstehen. Mutter hat ihn dann veranlaßt, gleich die Temperatur zu messen, was auch geschah. Währenddessen rief ihn Mutter zum Toilettentisch, aber, schlau wie sie ist, schaute sie in den Spiegel und ertappte Mary dabei, wie sie das Thermometer in heißes Wasser steckte! Thorpe war erschlagen. Meine Mutter sagte ihm unumwunden, daß er, wenn er auf solch einen plumpen Trick hereinfiele, kaum geeignet wäre, weiterhin als Familienarzt zu fungieren. Dann fragte sie Ellen über die Übelkeitsanfälle aus, wann Mary sie hätte, wie oft und ob nach dem Essen oder vorher und so weiter, und schließlich bekam sie aus ihr heraus, daß die Anfälle im allgemeinen nach dem Frühstück und manchmal auch zu anderen Zeiten kamen. Mutter verstand es zunächst auch nicht, weil sie schon das ganze Zimmer nach Fläschchen und dergleichen abgesucht hatte, schließlich fragte sie, wer das Bett mache, weil sie den Verdacht hatte, Mary habe etwas unter der Matratze versteckt. Ellen sagte, sie mache im allgemeinen das Bett, während Mary ihr Bad nehme. ›Wann ist denn das?‹ fragte Mutter. ›Kurz vor dem Frühstück‹, sagte das Mädchen.

›Gott, was für Idioten seid ihr alle!‹ rief meine Mutter. ›Warum haben Sie das nicht gleich gesagt?‹ So marschierten sie also alle ins Badezimmer, wo sie schließlich auf einer Glasplatte zwischen Badesalz und Zahnbürsten und Tuben die Familienflasche mit Ipekakuanha – das ist Brechwurzsaft, zur Erweiterung deiner Bildung sei es dir mitgeteilt – dreiviertel leer entdeckten! Ich sagte zu Mutter, ich könne mir nicht vorstellen, daß Mary all das nur gemacht habe, um anzugeben. Daraufhin blickte Mutter mich wie eine Eule an und zählte mir einen Haufen Beispiele von Hysterie auf. Ich erzählte ihr dann schließlich, was wir bisher über Mary herausbekommen haben.«

»Was hältst du davon?« fragte Parker.

»Ich habe dir das Unangenehmste noch nicht erzählt«, antwortete Peter. »Ich habe es erst vorhin gehört, und es hat mir einen schweren Schlag versetzt. Gestern schrieb mir Lubbock, er müsse mich dringend sprechen, und so bin ich heute morgen zu ihm gegangen. Du erinnerst dich doch, daß ich ihm ein Stück Stoff von Marys Rock mit einem Blutflecken geschickt hatte? Ich muß sagen, daß Lubbock meinen Verdacht bestätigte. Es ist Menschenblut, Charles, und ich fürchte, es stammt von Cathcart.«

»Ich kann nicht mehr ganz folgen«, warf Parker ein.

»Also, der Flecken muß am Tag von Cathcarts Tod auf den Rock gekommen sein, denn an dem Tag war Mary mit den andern auf der Jagd im Moor. Wäre der Rock vorher beschmutzt worden, hätte ihn Ellen natürlich saubergemacht. Danach hat Mary Ellen mit allen Mitteln daran gehindert, den Rock zum Säubern mitzunehmen, und sie hat selbst einen stümperhaften Versuch gemacht, die Flecken mit Seife zu entfernen. Wir können also daraus schließen, daß Mary von der Existenz der Flecken wußte und vermeiden wollte, daß sie entdeckt wurden. Sie erzählte Ellen, daß die Blutflecken von einem Schneehuhn stammten, was eine bewußte Lüge war.«

»Vielleicht sagte sie nur: ›Oh, ein Schneehuhn muß geblutet haben‹, oder so etwas«, warf Parker ein.

»Ich glaube nicht, daß man große Blutflecken – von Menschenblut – auf den Rock kriegen kann, ohne es zu merken. Sie muß in der Lache gekniet haben: die Flecken befanden sich etwa zehn Zentimeter über dem Saum.«

Parker schüttelte den Kopf und versuchte sich zu trösten, indem er eine Notiz machte.

»Also«, fuhr Peter fort, »am Mittwoch kommen alle spät von der

Jagd zurück, essen zu Abend und gehen zu Bett, außer Cathcart, der aus dem Haus stürmt und nicht zurückkommt. Um dreiundzwanzig Uhr fünfzig hört der Jagdhüter einen Schuß, der sehr gut auf der Lichtung, wo, sagen wir, der Unfall stattfand, abgefeuert worden sein konnte. Der Zeitpunkt stimmt auch mit der Angabe des Arztes überein, daß Cathcart drei bis vier Stunden tot gewesen sein muß, als er die Leiche um vier Uhr dreißig untersuchte. Um drei Uhr kommt Gerald von irgendwoher nach Hause und findet die Leiche. Während er sich über sie beugt, kommt Mary, wie gerufen, in Wollkappe, Mantel und derben Schuhen aus dem Haus. Was erzählt sie? Sie sei um drei Uhr durch einen Schuß geweckt worden. Niemand außer ihr hat aber diesen Schuß gehört. Wir haben die Aussage von Mrs. Pettigrew, die bei offenem Fenster im Zimmer neben Mary schlief, daß sie ab zwei Uhr wach war und keinen Schuß gehört habe. Mary sagt, der Schuß sei so laut gewesen, daß er sie an der Rückseite des Hauses aufgeweckt habe. Ist es nicht merkwürdig, daß die bereits wache Frau schwört, einen lauten Knall, der ein gesundes junges Mädchen neben ihr wecken konnte, nicht gehört zu haben? Und wenn es der Schuß gewesen wäre, der Cathcart traf, hätte er kaum tot sein können, als mein Bruder ihn fand. Und wie hätte er in der kurzen Zeit vom Dickicht zum Wintergarten geschleppt werden können?«
»Das haben wir doch alles schon durchgesprochen«, entgegnete Parker unwillig. »Und wir waren uns einig, daß diese Geschichte mit dem Schuß keine Bedeutung hat!«
»Leider müssen wir ihr sehr große Bedeutung beimessen«, widersprach Lord Peter ernst. »Also, was tut Mary? Entweder glaubte sie, der Schuß –«
»Es gab diesen Schuß nicht!« unterbrach Parker.
»Das weiß ich. Aber ich untersuche gerade die Widersprüche ihrer Erzählung. Sie sagte, sie habe auf den Schuß hin nicht Alarm geschlagen, weil sie geglaubt habe, es sei nur ein Wilddieb. Aber dann war es doch absurd, hinunterzugehen und nachzusehen. Dann erklärt sie, sie habe geglaubt, es könnten Einbrecher sein. Aber warum zieht sie sich an, um nach Einbrechern zu suchen? Weshalb ein Paar derbe Schuhe, einen Mantel und eine Wollkappe?«
»Es regnete doch«, murmelte Parker.
»Mein lieber Junge, wenn man nach Einbrechern sucht, rechnet man nicht damit, daß man sie im Garten jagt. Der erste Gedanke ist doch, daß die Kerle versuchen werden, ins Haus einzudringen,

und daher schleicht man sich hinunter und beobachtet sie von der Treppe her oder hinter einer Tür. Stell dir vor, ein modernes Mädchen, das sonst bei Wind und Wetter ohne Hut herumläuft, soll Zeit damit verlieren, sich für eine Einbrecherjagd mit einer Wollkappe zu schmücken? Nein, Charles, das kann man nicht schlucken! Und sie geht schnurstracks zum Wintergarten und kommt zur Leiche, als hätte sie von vornherein genau gewußt, wo sie sie zu suchen hätte.« Parker schüttelte wieder den Kopf, aber Peter ließ sich nicht beirren. »Sie sieht, daß Gerald sich über die Leiche beugt. Was sagt sie? Fragt sie, was los ist? Fragt sie, wer es ist? Sie ruft: ›Mein Gott! Gerald, du hast ihn umgebracht!‹ Und erst dann sagt sie: ›Oh, es ist Denis! Was ist passiert? Hat er einen Unfall gehabt?‹ Kommt dir das natürlich vor?«

»Nein. Aber es macht mir den Eindruck, als habe sie nicht erwartet, Cathcart dort zu sehen, sondern jemand anderen«, sagte Parker.

»So! Mir scheint es, als habe sie vortäuschen wollen, nicht zu wissen, wer es ist. Erst sagt sie: ›Du hast ihn umgebracht!‹, und dann, als ihr einfällt, daß sie nicht wissen dürfte, wer es ist, sagt sie: ›Oh, es ist Denis!‹«

»Jedenfalls«, warf Parker ein, »wenn ihr erster Ausruf echt war, so erwartete sie nicht, den Mann tot zu finden.«

»Gut, das wollen wir im Auge behalten: der Tod war eine Überraschung. Dann schickt Gerald sie hinauf, damit sie Hilfe holt. Und hier kommt uns dieser interessante Hinweis zustatten: erinnerst du dich, was dir Mrs. Pettigrew im Zug sagte?«

»Über die Tür, die auf dem Flur zugeschlagen wurde?«

»Ja. Du weißt noch nicht, was mir neulich morgens passiert ist. Ich stürme in meiner üblichen munteren Art aus dem Badezimmer und stoße mit dem Schienbein so heftig gegen die alte Eichentruhe auf dem Flur, daß der Deckel aufspringt und dann wieder mit einem Knall zufällt. Da kam mir eine Idee, und ich guckte hinein. Ich betrachtete gerade ein paar Leintücher und sonstiges Bettzeug, das zusammengefaltet drin lag, als ich hinter mir ein Keuchen hörte. Mary stand da, starrte mich an und war weiß wie ein Gespenst. Sie erschreckte mich, aber mein Schrecken war nichts im Vergleich zu dem ihren. Sie wollte mir jedoch nichts sagen und wurde hysterisch, und ich mußte sie in ihr Zimmer zurückschleppen. Aber ich hatte an diesen Leintüchern etwas entdeckt.«

»Was?«

»Feinen Sand.«

»Feinen . . .«
»Erinnerst du dich an die Kakteen vor dem Wintergarten und an die Stelle, wo jemand einen Handkoffer abgestellt hatte?«
»Ja.«
»Dort lag viel feiner Sand!«
»Und in der Truhe war auch solcher?«
»Ja. Paß auf! Nach dem Geräusch, das Mrs. Pettigrew gehört hatte, weckte Mary erst Freddy und dann die Pettigrews. Was tat sie dann?«
»Sie schloß sich in ihr Zimmer ein«, antwortete Parker.
»Und kurz danach ging sie hinunter zu den andern in den Wintergarten, und da bemerkten die andern, daß sie eine Wollmütze und einen Mantel über ihrem Pyjama anhatte und derbe Schuhe trug.«
»Willst du etwa behaupten«, sagte Parker, »daß Lady Mary um drei Uhr wach und angezogen war, daß sie mit ihrem Handkoffer aus der Wintergartentür ging und dort wartete auf den Mörder ihres – aber Wimsey!«
»So weit brauchen wir gar nicht zu gehen«, erwiderte Peter, »wir haben doch schon angenommen, daß sie nicht erwartete, Cathcart tot zu finden.«
»Vermutlich wollte sie jemanden treffen.«
»Sollen wir sagen, daß sie Nummer 45 treffen wollte?« meinte Wimsey sanft.
»Das könnten wir annehmen. Als sie im Schein ihrer Taschenlampe den Herzog über die Leiche gebeugt sah, als sie sagte: ›Du hast ihn umgebracht!‹, meinte sie Nummer 45! Sie glaubte, es sei die Leiche von Nummer 45.«
»Natürlich!« rief Wimsey. »Dann sagte sie: ›Es ist Denis . . . was ist denn passiert?‹ Das ist ganz klar. Und was tat sie in der Zwischenzeit mit dem Koffer?«
»Ich weiß jetzt alles!« rief Parker. »Als sie sah, daß die Leiche nicht die Leiche von Nummer 45 war, glaubte sie, daß Nummer 45 der Mörder sein müßte. Sie wollte also verhindern, daß jemand von der Anwesenheit von Nummer 45 erfährt. Sie schob daher den Koffer hinter die Kakteen, zog ihn, bevor sie nach oben ging, wieder hervor und versteckte ihn in der Truhe auf dem Flur. Sie konnte ihn natürlich nicht in ihr Zimmer mitnehmen, denn hätte jemand sie heraufkommen gehört, so wäre es aufgefallen, daß sie erst in ihr Zimmer lief, ehe sie die andern rief. Dann klopfte sie Arbuthnot und die Pettigrews heraus. Sie stand im Dunkeln, die andern waren aufgeregt und konnten nicht genau sehen, was sie

anhatte. Sie entwischte Mrs. Pettigrew, rannte in ihr Zimmer, zog den Rock aus, mit dem sie neben Cathcarts Leiche gekniet hatte, und die übrigen Kleider, schlüpfte in ihren Pyjama und setzte die Wollkappe wieder auf, die jemand gesehen haben könnte, zog den Mantel an, den man gesehen haben mußte, und die Schuhe, die wahrscheinlich Spuren hinterlassen hatten. Dann konnte sie hinuntergehen und sich zeigen. Inzwischen dachte sie sich die Einbrechergeschichte aus.«

»So wird es gewesen sein«, stimmte Peter zu. »Ich vermute, sie war so verzweifelt darauf bedacht, uns von Nummer 45 abzulenken, daß ihr nicht in den Sinn kam, ihre Geschichte könnte ihren eigenen Bruder noch tiefer in die Tinte bringen.«

»Das wurde bei der Verhandlung klar. Erinnerst du dich, wie hastig sie die Selbstmordtheorie aufnahm?«

»Und als sie herausfindet, daß sie Nummer 45 zwar rettet, dafür aber ihren Bruder an den Galgen bringt, verliert sie den Kopf, legt sich ins Bett und weigert sich, irgendwelche Aussagen zu machen. Was für Idioten wir in der Familie haben!« fügte Peter düster hinzu.

»Aber was hätte sie denn tun können?« Parker war fast fröhlich geworden. »Jedenfalls ist sie außer Verdacht!«

»In einer Hinsicht, ja«, sagte Peter, »aber warum steckt sie mit Nummer 45 unter einer Decke, der doch zumindest ein Erpresser, wenn nicht ein Mörder ist? Wie kam Geralds Revolver ins Spiel? Und die grünäugige Katze? Wieviel wußte Mary von der Verabredung zwischen Nummer 45 und Denis Cathcart? Wenn sie den Mann getroffen hat, könnte sie ihm dann nicht den Revolver in die Hand gedrückt haben?«

»Nein, nein«, widersprach Parker, »du darfst doch nicht so etwas Entsetzliches denken!«

In diesem Augenblick trat Bunter mit einem Telegramm für Wimsey ein. Lord Peter las es vor: »Betreffender in London aufgespürt stop wurde Freitag dort gesehen stop weitere Informationen gibt Scotland Yard stop Polizeichef Gosling Ripley.« Dann rief Wimsey: »Da haben wir's also! Bleib du hier für den Fall, daß etwas passiert. Ich laufe nach Scotland Yard. Man wird dir Essen raufschicken, und lasse dir von Bunter eine Flasche Château Yquem bringen, er ist recht anständig. Auf Wiedersehen!«

Er rannte aus dem Haus, und einen Augenblick später raste sein Taxi den Piccadilly hinauf.

Stunde um Stunde wartete Parker auf die Rückkehr seines Freundes. Wieder und wieder ließ er sich den Riddlesdale-Fall durch den Kopf gehen, prüfte seine Notizen, erweiterte sie und zerquälte sein müdes Hirn mit den phantastischsten Überlegungen. Schließlich nahm er ein kriminalhistorisches Werk aus dem Regal und zwang sich, die Berichte über einen berühmten und höchst dramatischen Giftmord zu lesen. Allmählich packte ihn die Geschichte, und als die Wohnungsklingel laut und anhaltend geläutet wurde, stellte er mit großem Erstaunen fest, daß es bereits lange nach Mitternacht war.

Sein erster Gedanke war, Wimsey habe den Schlüssel vergessen, doch dann trat ein schönes großes Mädchen mit goldblondem Haar und violettblauen Augen in höchster Aufregung herein. Sie machte einen verstörten Eindruck, und als sie ihren schweren Reisemantel zurückschlug, bemerkte er, daß sie ein Abendkleid trug, grüne Seidenstrümpfe und völlig verschmutzte derbe Schuhe.

»Seine Lordschaft ist noch nicht zurückgekehrt, Mylady«, meldete Bunter, »aber Mr. Parker wartet hier auf ihn. Wir vermuten, daß Seine Lordschaft jede Minute kommt. Wollen Sie irgend etwas zu sich nehmen, Mylady?«

»Nein, nein«, lehnte die Eintretende ab. »Ich werde warten. Guten Abend, Mr. Parker. Wo ist Peter?«

»Er ist weggerufen worden, Lady Mary«, antwortete Parker. »Ich verstehe nicht, daß er noch nicht zurück ist. Nehmen Sie doch Platz.«

»Wohin ist er?«

»Nach Scotland Yard, das war gegen sechs.«

Lady Mary hob verzweifelt die Hände. »Ich wußte es! Oh, Mr. Parker! Was soll ich nur tun?«

Parker war stumm.

»Ich muß Peter sprechen!« rief Lady Mary. »Es geht um Leben oder Tod. Können Sie ihn nicht holen lassen?«

»Ich weiß ja nicht, wo er ist«, erwiderte Parker. »Bitte, Lady Mary . . .«

»Er tut etwas Entsetzliches, er irrt sich!« rief Mary und rang verzweifelt die Hände. »Ich muß ihn sprechen! Sagen Sie ihm, ich – oh!« Auf einmal lachte sie schallend, und dann brach sie in Tränen aus.

»Lady Mary, ich bitte Sie, bitte nicht!« rief Parker bekümmert. Er war verlegen und kam sich lächerlich vor. »Bitte, nehmen Sie doch Platz! Trinken Sie ein Glas Wein. Sie machen sich ja ganz krank, wenn Sie so weinen.« Aber er dachte zweifelnd: Weint sie eigentlich? Das hört sich mehr nach Schlucken an. Dann rief er laut: »Bunter!«

Bunter stand gerade vor der Tür mit einem kleinen Tablett. Mit einem respektvollen »Gestatten Sie, Sir!« trat er zu der sich windenden Lady Mary und hielt ihr ein kleines Fläschchen unter die Nase. Die Wirkung war erstaunlich: die Patientin schluchzte zwei- oder dreimal laut auf, dann richtete sie sich empört auf.

»Was erlauben Sie sich, Bunter!« fauchte sie. »Scheren Sie sich weg!«

»Ich würde eher vorschlagen, ein Schlückchen Kognak zu nehmen, Mylady«, erwiderte Bunter und tat den Stöpsel wieder in das Riechfläschchen, aber Parker hatte bereits den beißenden Geruch von Ammoniak in die Nase bekommen. »Das ist ein Napoléon, Mylady. Haben Sie unterwegs gegessen, Mylady? Nein? Sehr unklug, Mylady, eine lange Reise mit leerem Magen zu machen. Ich werde mir erlauben, Ihnen ein Omelett zu bringen, Mylady. Vielleicht möchten Sie auch eine Kleinigkeit, Sir?«

»Was Sie wollen«, entgegnete Parker und machte ihm ein Zeichen, sich zu entfernen. »Geht es jetzt besser, Lady Mary? Darf ich Ihnen den Mantel abnehmen?«

Es wurde nichts Aufregendes gesagt, bis das Omelett verspeist war und Lady Mary bequem auf dem Sofa saß. Sie hatte nun ihre Fassung wiedergewonnen. Parker bemerkte, daß sie nicht mehr das Strahlende an sich hatte, an das er sich so gut erinnerte. Sie sah zerquält und blaß aus und hatte dunkle Ringe unter den Augen.

»Entschuldigen Sie, bitte, daß ich mich so dumm benommen habe, Mr. Parker«, sagte sie. »Ich bin verzweifelt und in rasender Eile von Riddlesdale hergekommen.«

»Kann ich etwas für Sie tun, bis Ihr Bruder kommt?«

»Ich nehme an, daß Sie und Peter alles gemeinsam machen, nicht wahr?«

»Ja. Ich glaube, daß keiner von uns in dieser Sache etwas weiß, was er nicht sofort dem anderen mitgeteilt hat.«

»Dann kann ich wohl auch mit Ihnen sprechen?«

»Natürlich. Wenn Sie es über sich bringen können, mich in Ihr Vertrauen zu ziehen!«

»Ich bin in einer sehr schwierigen Situation. Ich weiß nicht recht, was tun. Können Sie mir sagen, wie weit Sie gekommen sind?«

Mr. Parker war enttäuscht. Obgleich der Gedanke an Lady Mary seit der Untersuchungsverhandlung immer wieder seine Phantasie beschäftigt hatte und seine romantischen Gefühle während dieses vertraulichen Gesprächs fast den Siedepunkt erreichten, blieb sein beruflicher Instinkt, der ihn zur Vorsicht mahnte, in ihm wach. Er hatte Beweise, daß Lady Mary in das Verbrechen verwickelt war, und wollte seine Karten keinesfalls auf den Tisch legen.
»Leider kann ich Ihnen nicht alles sagen«, erklärte er. »Sehen Sie, bis jetzt haben wir nach wie vor nur Vermutungen. Aber wenn Sie uns etwas mitzuteilen haben, das Licht in die Angelegenheit bringen könnte, bitte ich Sie zu reden.«
Sie strich sich müde mit der Hand über das Gesicht. »Was wollen Sie wissen?«
Parker bemerkte, daß ihre Haltung straffer geworden war. Er öffnete sein Notizbuch; der Beamte in ihm regte sich wieder. »Sie waren im Februar in Paris?«
Sie bejahte.
»Erinnern Sie sich, daß Sie mit Hauptmann Cathcart – übrigens, Sie sprechen doch französisch?«
»Ja, fließend.«
»So gut wie Ihr Bruder? Ohne Akzent?«
»Genauso gut. Wir hatten als Kinder französische Gouvernanten, und Mutter legte großen Wert darauf.«
»So. Also, erinnern Sie sich, daß Sie am 6. Februar mit Hauptmann Cathcart zu einem Juwelier in der Rue de la Paix gegangen sind und Sie, beziehungsweise er für Sie, einen Schildpattkamm mit Brillanten und eine Katze aus Brillanten und Platin mit Smaragdaugen gekauft haben?« Er erkannte an ihren Augen, daß sie auf der Hut war.
»Das Schmuckstück wurde doch im Dickicht gefunden?«
»Hatten Sie es verloren oder gehörte es Cathcart?«
»Wenn ich sagte, es gehörte ihm –«
»Würde ich es Ihnen glauben! Gehörte es ihm?«
»Nein!« Ein tiefer Atemzug. »Es gehört mir.«
»Wann haben Sie es verloren?«
»In jener Nacht.«
»Wo?«
»Ich glaube, im Gehölz. Wo immer Sie es gefunden haben. Ich habe es erst später bemerkt.«
»Ist es das gleiche, das Sie in Paris gekauft haben?«
»Ja.«

»Warum sagten Sie dann, daß es Ihnen nicht gehört?«
»Ich hatte Angst.«
»Und jetzt?«
»Ich werde Ihnen die Wahrheit sagen.«
Parker blickte sie wieder an. Sie begegnete seinen Blicken offen, aber sie hatte etwas Gespanntes an sich, das zeigte, daß sie sich zu diesem Entschluß hatte durchringen müssen.
»Sehr gut«, sagte Parker, »wir werden alle sehr froh darüber sein, denn ich glaube, daß Sie bei der Untersuchungsverhandlung ein paarmal von der Wahrheit abgewichen sind, nicht wahr?«
»Ja.«
»Bitte, glauben Sie mir«, sagte er, »daß es mir höchst unangenehm ist, Ihnen Fragen stellen zu müssen. Aber die entsetzliche Situation, in der sich Ihr Bruder befindet –«
»Und ich habe dazu beigetragen, daß er im Gefängnis sitzt!«
»Machen Sie sich keine Sorge, das kommt bald in Ordnung«, beruhigte sie Parker. »Darf ich fortfahren?«
»Bitte.«
»Also, Lady Mary, es stimmt nicht, daß Sie um drei Uhr den Schuß gehört hatten.«
»Nein.«
»Hörten Sie überhaupt einen Schuß?«
»Ja.«
»Wann?«
»Um zehn vor zwölf.«
»Was hatten Sie, Lady Mary, hinter den Kakteen im Wintergarten versteckt?«
»Ich hatte dort nichts versteckt.«
»Und in der Eichentruhe auf dem Flur?«
»Meinen Rock.«
»Sie verließen das Haus, um Cathcart zu treffen?«
»Ja.«
»Wer war der andere Mann?«
»Welcher andere Mann?«
»Der andere Mann, der im Dickicht war. Ein großer blonder Mann mit einem Regenmantel.«
»Es war kein anderer Mann dort.«
»Entschuldigen Sie, bitte, Lady Mary, aber wir haben seine Fußspuren auf dem ganzen Weg vom Dickicht bis zum Wintergarten gefunden.«
»Das muß ein Vagabund gewesen sein. Ich weiß nichts von ihm.«

»Aber wir haben Beweise dafür, daß er dort war, was er getan hat und wie er entkommen ist. Um Ihres Bruders willen flehe ich Sie an, Lady Mary, sagen Sie die Wahrheit! Denn der Mann mit dem Regenmantel ist der, der Cathcart erschossen hat.«
»Nein«, widersprach sie totenblaß, »das ist unmöglich!«
»Wieso unmöglich?«
»Ich habe Denis Cathcart erschossen!«

»Also so steht die Angelegenheit, Lord Peter«, sagte der Chef von Scotland Yard freundlich und erhob sich verabschiedend. »Der Mann ist zweifellos am Freitag morgen in der Marylebone Street gesehen worden, und obwohl wir leider im Moment seine Spur verloren haben, zweifle ich nicht daran, daß wir ihn bald zu fassen kriegen.«
»Ich weiß, daß ich Ihnen das mit dem größten Vertrauen überlassen kann, Sir Andrew«, entgegnete Wimsey und schüttelte ihm herzlich die Hand. »Ich werde ihn auch suchen, und wir zwei, wir sollten es doch eigentlich schaffen.«
»Schön«, sagte Sir Andrew Mackenzie, »wenn Sie auf ihn stoßen, lassen Sie es uns wissen.«
»Wenn ich den Kerl schnappe«, erklärte Lord Peter, »schreie ich unter Ihrem Fenster, bis Sie mich reinlassen, und wenn es mitten in der Nacht ist und Sie im Nachthemd sind. A propos Nachthemd, ich hoffe, Sie in Denver zu sehen, sowie diese Sache vorbei ist. Und meine Mutter läßt Sie natürlich bestens grüßen.«
»Vielen Dank«, erwiderte Sir Andrew. »Ich hoffe, Sie haben den Eindruck, daß nun alles besser geht. Ich habe mir heute morgen von Parker Bericht erstatten lassen, und er schien mir nicht ganz zufrieden zu sein.«
»Er hat einen Haufen undankbarer Routinearbeit zu machen, aber er ist nach wie vor ein großartiger, vernünftiger Mensch. Er ist ein sehr guter Freund von mir, Sir Andrew, und ich betrachte es als einen Vorzug, mit ihm arbeiten zu dürfen. Also auf Wiedersehen, Sir Andrew.«
Er stellte fest, daß seine Unterredung mit Sir Andrew zwei Stunden gedauert hatte und daß es fast acht Uhr war. Während er noch überlegte, wo er zu Abend essen sollte, wurde er von einer jungen Frau mit kurzgeschnittenem rotem Haar angesprochen; sie trug einen kurzen karierten Rock, einen bunten Jumper, eine Cordjacke und eine schäbige grüne Tellermütze.
»Das ist doch Lord Peter Wimsey!« sagte sie und streckte ihm ihre

unbehandschuhte wohlgeformte Hand entgegen. »Wie geht's Ihnen? Und wie geht es Mary?«

»Bei Gott!« rief Wimsey, »Miss Tarrant. Wie großartig, Sie wiederzusehen! Ich bin entzückt! Mary geht es leider nicht gut, sie hat Kummer wegen dieser Mordgeschichte. Wie Sie wohl gehört haben, sind wir in Schwierigkeiten.«

»Natürlich habe ich es gehört«, bestätigte Miss Tarrant eifrig. »Und als gute Sozialistin muß ich mich natürlich darüber freuen, wenn ein Hocharistokrat festgenommen wird, denn dadurch wirkt er so töricht, und das ganze Oberhaus ist doch eine törichte Angelegenheit, finden Sie nicht auch? Aber es wäre mir natürlich lieber gewesen, wenn es sich um den Bruder von jemand anders handelte. Mary und ich waren so dicke Freundinnen, und Sie tun ja auch etwas, Sie leben ja nicht nur von Ihrem Gut und gehen auf die Jagd. Da ist das schon etwas anderes.«

»Das ist sehr lieb von Ihnen«, erwiderte Peter. »Wenn Sie sich überwinden könnten, den Makel meiner Geburt und meine übrigen Mängel zu übersehen, würden Sie mir vielleicht die Ehre erweisen, mit mir irgendwo ein bescheidenes Abendessen einzunehmen?«

»Oh, das würde ich nur zu gerne tun«, rief Miss Tarrant, »aber ich habe versprochen, heute abend im Klub zu sein. Um neun Uhr ist dort eine Versammlung. Mr. Coke – der Arbeiterführer, wissen Sie – wird eine Rede halten. Wir rechnen mit einer Razzia, und deshalb sind größte Vorsichtsmaßnahmen gegen Spitzel angeordnet. Aber kommen Sie doch mit und essen Sie dort mit mir. Wenn Sie wollen, werde ich versuchen, Sie in die Versammlung hineinzuschmuggeln. Eigentlich hätte ich Ihnen ja gar nichts davon erzählen dürfen, aber ich kann mir nicht vorstellen, daß Sie gefährlich sind.«

»Ich bin ein gewöhnlicher Kapitalist«, erwiderte Lord Peter, »also sehr anrüchig.«

»Na ja, kommen Sie trotzdem mit zum Essen. Ich möchte alle Neuigkeiten von Ihnen hören.«

Peter überlegte, daß das Essen im Sowjetklub noch schlimmer als scheußlich sein würde, und hatte schon eine Ausrede auf der Zunge, als ihm einfiel, daß ihm Miss Tarrant vielleicht manches über seine Schwester erzählen könnte. Daher verwandelte er seine höfliche Ablehnung in eine höfliche Annahme und wurde von Miss Tarrant in stürmischem Tempo durch eine Reihe von düsteren Abkürzungswegen in die Gerard Street geführt, wo eine orangefarbene Tür inmitten zweier Fenster mit knallroten Vorhängen den

Sowjetklub unverkennbar ankündigte.
Lord Peter konnte nicht genau sagen, warum er sofort an einen Wohltätigkeitstee denken mußte. Es sei denn, weil alle Mitglieder aussahen, als verfolgten sie nur einen Zweck im Leben, und weil das Personal so völlig ungeübt war. Er sagte sich dann allerdings, daß man in einer solch demokratischen Institution kaum die gleiche überlegene Bedienung erwarten könne wie in einem vornehmen Westendklub. Im Speisesaal verstärkte sich die Ähnlichkeit mit einem Pfarrvereinstee noch durch die überheizte Luft, das Stimmengewirr und die schlecht zueinander passenden Bestecke. Miss Tarrant besorgte Plätze an einem Tisch in der Nähe der Speiseausgabe, und Peter zwängte sich neben einen riesigen Mann mit lockigem Haar in einer Samtjacke, der ernsthaft mit einem mageren Mädchen sprach, das eine Russenbluse trug, eine venezianische Perlenkette, einen ungarischen Schal und einen spanischen Kamm: die Verkörperung der Vereinigten Front der Internationalen.
Lord Peter wollte seine Gastgeberin erfreuen, indem er sich nach dem großen Mr. Coke erkundigte, wurde aber durch ein aufgeregtes »Pst!« daran gehindert. »Bitte, nicht so laut!« flüsterte Miss Tarrant ihm zu. »Es ist streng geheim.«
»Oh, entschuldigen Sie, bitte«, sagte er. »Übrigens, Sie tunken Ihre hübschen Perlen in die Suppe.«
»Wirklich?« rief sie. »Vielen Dank. Vor allem, weil sie abfärben, hoffentlich ist kein Arsen oder so was dran.« Dann beugte sie sich vor und flüsterte: »Das Mädchen dort ist Erica Heath-Warburton, die Schriftstellerin.«
Peter betrachtete mit Respekt das Mädchen mit der Russenbluse. Die Autorin sagte gerade eindrucksvoll zu ihrem Nachbarn: ». . . je erlebt, daß ein aufrichtiges Gefühl sich in einem banalen Satz auszudrücken vermochte?«
»Joyce hat uns vom Aberglauben der Grammatik befreit«, stimmte der gelockte Mann zu.
»Szenen, die durch Emotionen Geschichte machen«, erklärte Miss Warburton, »können in idealer Form nur durch eine Reihe von Tierlauten ausgedrückt werden.«
»Wir brauchen neue Ausdrucksformen«, sagte der gelockte Mann und stützte beide Ellenbogen auf den Tisch, wobei Wimseys Brot auf die Erde fiel. »Haben Sie gehört, wie Robert Snoates seine Gedichte rezitierte, begleitet von einem Tamtam und einer Lokomotivpfeife?«
Nur ungern wandte Lord Peter seine Aufmerksamkeit von dieser

faszinierenden Diskussion ab, aber Miss Tarrant begann gerade über Mary zu sprechen. »Wir vermissen Ihre Schwester sehr«, erklärte sie, »ihren Enthusiasmus. Sie sprach bei Versammlungen so ausgezeichnet, sie hatte das richtige Verständnis für die Arbeiterklasse.«

»Das erstaunt mich sehr«, erwiderte Wimsey, »da Mary noch nie in ihrem Leben auch nur die geringste Arbeit verrichten mußte.«

»Oh«, rief Miss Tarrant, »sie hat gearbeitet, sie hat für uns gearbeitet. Wunderbar! Sie war fast ein halbes Jahr lang Sekretärin unserer Propagandaabteilung. Und dann hat sie so viel für Mr. Goyles gearbeitet. Von ihrer Tätigkeit als Krankenschwester während des Krieges gar nicht zu reden! Selbstverständlich billige ich Englands Haltung im Krieg nicht, aber deshalb war diese Arbeit doch schwer.«

»Wer ist Mr. Goyles?«

»Einer unserer besten Redner, noch recht jung, aber die Regierung fürchtet ihn sehr. Er wird heute abend hier sein. Er hat eine Vortragsreise durch Nord-England gemacht, aber ich glaube, er ist wieder zurück.«

»Passen Sie auf«, sagte Peter, »Ihre Perlen sind schon wieder in Ihrem Teller.«

»So? Na, vielleicht würzen sie das Hammelfleisch. Es wundert mich, daß Mary Ihnen nie etwas von Mr. Goyles erzählt hat. Die beiden waren sehr befreundet, jedermann glaubte, sie würde ihn heiraten, aber anscheinend ist nichts daraus geworden. Und dann ist Ihre Schwester von London fortgegangen. Wissen Sie davon gar nichts?«

»Doch, ich habe davon gehört. Meine Familie war nicht sehr begeistert, meine Mutter hielt Mr. Goyles nicht für den idealen Schwiegersohn. Es gab Krach zu Hause. Ich war nicht da. Außerdem hört Mary nie auf mich.«

»Wieder ein Beispiel für die altmodische Tyrannei der Eltern«, erklärte Miss Tarrant eifrig. »Man sollte es nicht für möglich halten, daß es noch so etwas gibt.«

»Ich weiß nicht, ob Sie das in dem Fall so bezeichnen können«, widersprach Wimsey. »Meine Mutter ist eine bemerkenswerte Frau. Ich glaube nicht, daß sie sich eingemischt hat. Soviel ich weiß, wollte sie sogar Mr. Goyles nach Denver einladen, aber mein Bruder war dagegen.«

»Na, was kann man schon von ihm erwarten!« sagte Miss Tarrant verächtlich. »Was geht ihn das überhaupt an?«

»Nichts«, stimmte Wimsey zu. »Aber infolge der verschrobenen Ansichten meines verstorbenen Vaters über Frauen verwaltet mein Bruder Marys Geld, bis sie mit seiner Zustimmung heiratet.«

»Ungeheuerlich!« rief Miss Tarrant und schüttelte wütend den Kopf. »Barbarisch! Typisch feudalistisch! Aber was bedeutet schon Geld?«

»Natürlich nichts«, sagte Peter. »Aber wenn man von Kind auf daran gewöhnt ist, ist es unangenehm, darauf zu verzichten. Mary nimmt gern ein Bad, wissen Sie.«

»Ich verstehe trotzdem nicht, daß das für Mary von Bedeutung sein konnte«, beharrte Miss Tarrant traurig, »sie war so gern unter Arbeitern.«

Nachdem sie ihm erklärt hatte, daß die Industrialisierung nur mit einer blutigen Revolution abgeschafft werden könne, schlug sie vor, Kaffee zu trinken: »Wir müssen ihn selbst mit hinaufnehmen, wenn Sie nichts dagegen haben. Nach dem Essen servieren die oben nicht mehr.«

Miss Tarrant ging, um die Rechnung zu bezahlen, und brachte ihm eine Tasse Kaffee mit. Er war bereits übergelaufen, und während Peter sich eine steile Wendeltreppe hinauftastete, schwappte noch mehr über. Oben stießen sie fast mit einem blonden jungen Mann zusammen, der in einer Reihe von dunklen Postfächern nach Briefen suchte. Da er keine fand, zog er sich in die Halle zurück. Miss Tarrant rief erfreut: »Dort ist ja Mr. Goyles!«

Wimsey schaute hinüber, und beim Anblick der großen, leicht gebückten Gestalt mit ungekämmtem blondem Haar schnappte er nach Luft, besonders, da der Mann einen Handschuh an der rechten Hand trug.

»Würden Sie uns bekanntmachen?« bat er.

»Ich hole ihn«, sagte Miss Tarrant. Sie ging durch die Halle und sprach den jungen Agitator an, der sichtlich erschrak, zu Wimsey hinüberblickte, den Kopf schüttelte, sich zu entschuldigen schien, hastig auf seine Uhr blickte und dann durch die Eingangstür verschwand. Wimsey stürzte hinter ihm her. Miss Tarrant rief: »Leider hat er eine Verabredung, die er nicht versäumen kann!«

»Entschuldigen Sie mich, bitte!« erwiderte Lord Peter kurz und stürmte hinaus auf die Straße, wo er gerade eine dunkle Gestalt um die Ecke verschwinden sah. Der Mann fing an zu laufen und bog in eine dunkle Gasse ein. Wimsey, der hinter ihm herjagte, wurde durch einen plötzlichen Blitz und Rauch dicht vor seinem Gesicht fast geblendet. Ein heftiger Schlag an seine linke Schulter und ein betäubender Knall raubten ihm die Besinnung. Er taumelte und brach auf einer alten Messingbettstelle zusammen.

8

Parkers erste Regung war, an seinem Verstand zu zweifeln, die nächste, an dem von Lady Mary. Als er sich wieder gefangen hatte, war ihm klar, daß sie log.
»Hören Sie, Lady Mary«, redete er begütigend, aber mit einem vorwurfsvollen Unterton auf sie ein, »Sie können doch nicht im Ernst von mir erwarten, daß ich das glaube.«
»Sie müssen es glauben«, erwiderte sie fest, »es ist eine Tatsache. Ich habe ihn erschossen! Wirklich. Ich tat es nicht mit Absicht, es war eine Art Unfall.«
Parker stand auf und lief im Zimmer auf und ab. »Sie haben mich in eine entsetzliche Situation gebracht, Lady Mary«, erklärte er. »Ich bin schließlich Polizeibeamter. Ich hätte mir nie vorgestellt . . .«
»Das macht nichts«, unterbrach sie ihn. »Natürlich müssen Sie mich verhaften oder mich festnehmen oder wie Sie das nennen. Darum bin ich ja hergekommen. Ich hätte Ihnen das natürlich längst sagen müssen, aber ich habe den Kopf verloren und dachte nicht, daß Gerald beschuldigt werden könnte. Ich hatte gehofft, man würde es für einen Selbstmord halten. Soll ich Ihnen nun hier das Geständnis ablegen oder auf dem Polizeirevier? Die Strafe wird doch nicht so schlimm sein, wenn es ein Unfall war?« fragte sie mit zitternder Stimme.
»Nein, natürlich nicht. Wenn Sie doch nur früher gesprochen hätten!« Parker unterbrach plötzlich seinen Rundgang und setzte sich neben sie aufs Sofa. »Das ist doch unmöglich, absurd!« Unvermittelt nahm er ihre Hände. »Das werde ich nie glauben! Sie lügen mich an. Aus Edelmut, das weiß ich, aber er ist es doch nicht wert. Kein Mann wäre das wert. Lassen Sie ihn laufen, ich bitte Sie. Sagen Sie die Wahrheit! Schützen Sie den Mann nicht. Wenn er Cathcart ermordet hat –«
»Nein!« Mary sprang auf und entzog ihm heftig ihre Hand. »Es gab keinen andern Mann. Wie können Sie wagen, so etwas zu sagen oder auch nur zu denken! Ich habe Denis Cathcart getötet.«
Parker riß sich zusammen. »Setzen Sie sich, bitte. Sie sind ent-

schlossen, dieses Geständnis abzugeben?«
»Ja.«
»Obwohl Sie wissen, daß ich entsprechend handeln muß?«
»Wenn Sie mich nicht anhören, gehe ich zur Polizei.«
Parker zog sein Notizbuch aus der Tasche. »Also bitte!«
Lady Mary, die nervös mit ihren Handschuhen spielte, begann ihr Geständnis mit klarer, harter Stimme, als habe sie es auswendig gelernt. »Am Mittwoch abend, dem 13. Oktober, ging ich um halb zehn in den ersten Stock hinauf in mein Schlafzimmer. Dort schrieb ich einen Brief. Um Viertel nach zehn hörte ich, daß mein Bruder und Denis im Gang eine Auseinandersetzung hatten. Ich hörte, daß mein Bruder Denis einen Betrüger nannte und ihm sagte, er dürfe nie mehr ein Wort mit mir reden. Ich hörte, wie Denis aus dem Haus stürmte. Ich lauschte einige Zeit, hörte ihn aber nicht zurückkommen. Um halb zwölf wurde ich unruhig. Ich zog mich um und verließ das Haus, um Denis zu suchen und ihn zurückzuholen. Ich fürchtete, er könne etwas Verzweifeltes tun. Nach einiger Zeit fand ich ihn im Dickicht. Ich bat ihn, ins Haus zurückzukommen. Er weigerte sich und erzählte mir von der Beschuldigung meines Bruders und von dem Streit. Ich war natürlich entsetzt. Er sagte, es habe gar keinen Zweck, es zu leugnen, da Gerald entschlossen sei, ihn zu ruinieren, und er bat mich, mit ihm wegzugehen, ihn zu heiraten und mit ihm im Ausland zu bleiben. Ich sagte, ich sei überrascht, daß er mir unter diesen Umständen so etwas vorschlagen könne. Wir wurden wütend. Ich sagte: ›Komm jetzt mit zurück. Morgen kannst du ja mit dem ersten Zug wegfahren.‹ Er schien fast wahnsinnig zu werden. Er zog einen Revolver aus der Tasche und sagte, er wolle Schluß machen, sein Leben sei verpfuscht, wir seien alle Heuchler, ich hätte mir nie etwas aus ihm gemacht, sonst wäre mir das, was er getan hatte, gleich. Er sagte, da ich nicht mit ihm gehen wolle, sei ja nun doch alles vorbei, er würde mich und sich erschießen. Ich glaube, er hatte völlig den Verstand verloren. Er fuchtelte mit dem Revolver herum, ich packte seine Hand, wir kämpften miteinander, die Mündung richtete sich dabei auf seine Brust, und entweder drückte ich ab, oder er ging von selbst los, das weiß ich nicht mehr, es war ein solches Durcheinander.« Sie hielt inne. Parker hatte jedes Wort mitgeschrieben, sein Gesicht drückte wachsende Sorge aus. Lady Mary fuhr fort: »Er war nicht sofort tot. Ich half ihm, sich aufzurichten, und schleppte ihn zum Haus. Einmal stürzte er.«
»Warum ließen Sie ihn nicht liegen«, fragte Parker, »und holten

Hilfe im Haus?«
Sie zögerte. »Das fiel mir nicht ein. Es war wie ein böser Traum. Mein einziger Gedanke war, ihn weiterzuschleppen. Ich glaube, ich wollte, daß er starb.«
Eine bedrückende Pause entstand.
»Er starb vor der Tür. Ich ging in den Wintergarten und setzte mich hin. Ich haßte ihn, weil er ein Betrüger und ein Lump war. Ich war hereingelegt worden, verstehen Sie? Ich war von einem ordinären Falschspieler zum Narren gehalten worden. Ich war froh, daß er tot war. Ich muß stundenlang so gesessen haben, ohne einen klaren Gedanken fassen zu können. Erst als mein Bruder kam, wurde mir bewußt, was ich getan hatte, und daß ich des Mordes verdächtigt werden könnte. Ich hatte einfach Angst. In einem Moment beschloß ich vorzutäuschen, ich hätte einen Schuß gehört und sei daher hinuntergegangen.«
»Aber warum, Lady Mary«, entgegnete Parker mit tonloser Stimme, »warum sagten Sie zu Ihrem Bruder: ›Mein Gott, Gerald, du hast ihn umgebracht‹?«
Wieder zögerte sie. »Das habe ich nicht gesagt, ich sagte: ›Mein Gott, Gerald, er ist tot.‹ Ich wollte unter allen Umständen Selbstmord vortäuschen.«
»Aber bei der Untersuchungsverhandlung haben Sie doch die erste Fassung zugegeben?«
»Ja . . .« Sie verknotete ihre Handschuhe. »Da wollte ich diese Einbruchgeschichte vorbringen, verstehen Sie?«
Das Telefon läutete. Parker ging an den Apparat. Eine dünne Stimme ertönte: »Ist dort Piccadilly Nr. 110? Hier ist das Charing Cross Krankenhaus. Heute abend wurde hier ein Herr eingeliefert, der behauptet, Lord Peter Wimsey zu sein. Er hat einen Schuß in der Schulter und sich beim Sturz den Kopf verletzt. Er ist eben erst zur Besinnung gekommen. Er wurde um 21.15 gebracht. Nein, es besteht keine Gefahr, es wird ihm bald wieder besser gehen. Ja, kommen Sie, bitte, sofort her.«
»Peter ist angeschossen worden«, sagte Parker. »Würden Sie mit ins Charing Cross Krankenhaus kommen?«

9

Am nächsten Morgen saßen sie zu viert in Lord Peters Wohnung bei einem sehr späten Frühstück oder frühen Mittagessen beisammen. Der fröhlichste war, trotz einer klopfenden Schulter und heftiger Kopfschmerzen, Lord Peter selbst, der von Kissen umgeben auf dem Sofa lag und sich an Tee und Toast labte. Nachdem man ihn in einem Krankenwagen nach Hause gebracht hatte, war er auf der Stelle in einen heilsamen Schlaf gefallen und gegen neun Uhr mit klarem Kopf und höchst unternehmungslustig aufgewacht. Parker wurde sogleich, fast nüchternen Magens und mit dem Geständnis der vergangenen Nacht belastet, nach Scotland Yard geschickt. Dort setzte er den Apparat in Bewegung, um Lord Peters Angreifer zu fassen. »Sage nichts von dem Überfall auf mich«, sagte Seine Lordschaft. »Sage, daß er wegen des Riddlesdale-Falles festgenommen werden müsse. Das muß genügen.«
Es war jetzt elf Uhr. Parker war düster und hungrig zurückgekommen, verzehrte ein Omelett und trank ein Glas Rotwein. Lady Mary kauerte auf der Fensterbank. Sie trug einen Sergerock und einen jadegrünen Jumper. Diese Kleidungsstücke waren ihr von dem vierten Mitglied der Versammlung, das behaglich einen Mixed Grill aß und sich mit Parker in die Karaffe Rotwein teilte, nach London gebracht worden.
Es war eine kleine, etwas rundliche, sehr muntere ältere Dame mit flinken Vogelaugen und mit glänzendem weißem Haar. Man merkte ihr nicht im geringsten an, daß sie die Nacht hindurch gefahren war, im Gegenteil, sie sah von den vieren am frischesten und gepflegtesten aus. Aber sie war ärgerlich und machte kein Hehl daraus. Es war die Herzogin-Witwe von Denver.
»Das Schlimmste ist nicht, Mary, daß du gestern abend so plötzlich davongelaufen bist, dazu gerade vor dem Abendessen, was höchst ungehörig ist und uns sehr beunruhigt hat, die arme Helen brachte keinen Bissen hinunter, was ihre Gefühle sehr verletzte, denn, wie du weißt, legt sie stets großen Wert darauf, sich durch nichts aufregen zu lassen ... ich weiß eigentlich nicht, warum, denn einige der größten Männer haben es nicht für unter ihrer Würde gehalten, ihre Gefühle zu zeigen, ich meine natürlich nicht Südländer, aber wie Mr. Chesterton mit Recht betont, tat es auch Nelson, der doch bestimmt Engländer war, wenn er nicht Ire oder Schotte war, ich habe es vergessen, aber jedenfalls stammte er aus dem Vereinigten Königreich – wenn das heute noch etwas bedeutet in

einem Freistaat, eine lächerliche Bezeichnung. Und daß du ohne richtiges Kleid davongerannt bist und den Wagen genommen hast, so daß ich erst den Ein-Uhr-fünfzehn-Zug in Northallerton kriegen konnte – eine lächerliche Zeit, um abzufahren, und dazu noch ein so miserabler Zug, der erst um halb elf hier ankommt! Außerdem, wenn du schon nach London durchbrennen mußt, warum so überstürzt? Es ist so viel besser, alles ordentlich und gründlich zu machen, sogar dumme Dinge. Und es war wirklich sehr dumm von dir, den armen Mr. Parker mit einem Haufen Quatsch zu langweilen. Allerdings nehme ich an, daß du eigentlich Peter sprechen wolltest. Weißt du, Peter, wenn du dich in ordinären Lokalen rumtreibst, die voll von Russen und Sozialisten sind, die sich tierisch ernst nehmen, solltest du eigentlich vernünftiger sein, als sie noch zu ermutigen und hinter ihnen herzurennen, dazu noch vergebens. Diese Kerle trinken doch viel zuviel Kaffee und schreiben schauerliche Gedichte und ruinieren ihre Nerven. Jedenfalls war das völlig überflüssig, ich hätte Peter alles von mir aus erzählen können, wenn er es nicht schon selbst weiß, was anzunehmen ist.«
Lady Mary wurde kreidebleich und blickte Parker an, der mehr zu ihr als zur Herzogin-Witwe sagte: »Nein, Lord Peter und ich haben noch keine Gelegenheit gehabt, darüber zu sprechen.«
»Es hätte auch vielleicht meine zerrütteten Nerven ruiniert und mir zu meinem schmerzenden Kopf noch Fieber einbringen können«, sagte der Lord liebenswürdig. »Du bist eine gute, rücksichtsvolle Seele, Charles, und ich weiß nicht, was ich ohne dich tun sollte. Ich wünschte nur, dieser Altwarenhändler hätte seine Ware gestern etwas rechtzeitiger über Nacht in seinem Laden verstaut; es ist erstaunlich, wieviel Knöpfe so eine Messingbettstelle hat. Ich hab' sie stehen sehen, wißt ihr, aber ich konnte nicht rechtzeitig stoppen. Doch was bedeutet schon eine kümmerliche Messingbettstelle! Der große Detektiv, obwohl er zunächst betäubt war von der brutalen Behandlung durch fünfzehn maskierte Mordbuben, die alle mit Metzgermessern bewaffnet waren, erlangte dank seiner kräftigen Konstitution und seiner gesunden Lebensweise bald wieder das Bewußtsein. Und trotz der Benebelung, die er in der Unterwelt hatte erdulden müssen . . . Ja, bitte? Ein Telegramm? Danke schön, Bunter.«
Lord Peter schien die Nachricht mit großer innerlicher Befriedigung zu lesen, denn seine Mundwinkel zuckten, und er steckte das Stück Papier mit einem Seufzer der Erleichterung in die Brieftasche.

Dann beauftragte er Bunter, das Frühstückstablett fortzunehmen und den kühlenden Verband auf seiner Stirn zu erneuern. Darauf lehnte sich Seine Lordschaft in die Kissen zurück und fragte Parker mit boshaftem Vergnügen: »Na, wie hast du dich gestern abend mit Mary vertragen? Mein liebes Kind, hast du ihm erzählt, daß du den Mord begangen hast?«

Es gibt kaum etwas Ärgerlicheres als zu entdecken, nachdem man mühsam einem Menschen eine schmerzliche Nachricht hatte ersparen wollen, daß der Betreffende sie schon lange kennt und davon nicht annähernd so betroffen ist, wie er es von Rechts wegen sein sollte. Parker verlor plötzlich seine Beherrschung, sprang auf und rief: »Es ist ja einfach sinnlos, irgend etwas zu versuchen!«

Auch Lady Mary sprang auf. »Jawohl, ich habe es getan! Das ist die Wahrheit. Dein schöner Fall ist erledigt, Peter.«

Ohne die geringste Aufregung sagte die Herzogin zu ihrer Tochter: »Du mußt deinem Bruder die Beurteilung seiner Angelegenheiten selbst überlassen, mein Kind.«

»Ich glaube, daß Mary recht hat«, erwiderte Seine Lordschaft. »Ich hoffe es wenigstens. Jedenfalls haben wir den Kerl, und so werden wir jetzt alles erfahren.«

Lady Mary rang nach Luft. Es griff Parker ans Herz, wie tapfer sie diese fürchterliche Katastrophe ertrug.

»Wen hat man geschnappt?« fragte er mit fremder Stimme.

»Diesen Goyles«, antwortete Lord Peter lässig. »Erstaunlich rasche Arbeit, nicht wahr? Aber da ihm nichts Besseres eingefallen war, als den Zug nach Folkestone zu nehmen, war es ja nicht schwer.«

»Es ist nicht wahr!« rief Lady Mary, mit den Füßen stampfend. »Es ist gelogen! Er war nicht dort! Er ist unschuldig! Ich habe Denis umgebracht!«

Was hat dieser verdammte Goyles getan, daß er das verdient, fragte sich Parker.

»Verdammt noch mal!« schrie der außer Gefecht gesetzte Lord Peter explodierend. »Da haben wir einen Kerl, der mir ohne die geringste Herausforderung eine Kugel in die Schulter jagt, mir das Schlüsselbein bricht, mich kopfüber auf eine eckige Messingbettstelle fallen läßt! Schaut mich an! In meiner eigenen Wohnung muß ich mit ekelhaften Kopfschmerzen sitzen, muß labbrigen Tee trinken und Toast essen, während ihr schwelgt und euch an Mixed Grill und Omeletten und einem erstklassigen Rotwein labt!«

»Dummer Junge«, unterbrach ihn die Herzogin-Witwe, »reg dich

nicht so auf. Es ist außerdem Zeit für deine Medizin. Mr. Parker, würden Sie bitte läuten!«
Parker gehorchte stumm. Lady Mary ging langsam durch das Zimmer und blieb vor ihrem Bruder stehen. »Peter! Wieso glaubst du, daß er es getan hat?«
»Was getan?«
»Auf dich geschossen?« Es war nur ein Flüstern.
Der Eintritt von Bunter entspannte die Atmosphäre. Lord Peter schüttete die Medizin hinunter, ließ seine Kissen ordnen, gestattete, daß seine Temperatur gemessen und sein Puls gefühlt wurde, fragte, ob er nicht ein Ei zum Lunch haben könnte, und zündete sich eine Zigarette an. Mr. Bunter zog sich zurück, die andern verteilten sich in bequemere Sessel und fühlten sich wohler.
»Also, Mary, altes Haus, laß diese Schluchzerei«, begann Peter. »Zufällig bin ich gestern abend in eurem Sowjetklub auf diesen Goyles gestoßen. Ich bat Miss Tarrant, mich ihm vorzustellen, aber sowie Goyles meinen Namen hörte, verduftete er. Ich rannte hinter ihm her, wollte nur kurz mit ihm sprechen, als der Idiot an der Ecke von Newport Court stehenblieb, auf mich schoß und sich aus dem Staub machte. Das Blödeste, was er tun konnte. Nun kannte ich ihn doch, er mußte ja geschnappt werden. Schau mal, Mary«, fuhr Wimsey fort, »ich habe an dich gedacht, wirklich! Ich habe den Mann nicht verhaften lassen, ich habe ihn nicht angezeigt, nicht wahr, Parker? Was habe ich dir gesagt, was du in Scotland Yard veranlassen sollst?«
»Goyles festzunehmen, weil er als Zeuge im Riddlesdale-Fall benötigt wird«, antwortete Parker langsam.
»Er weiß nichts davon«, erwiderte Mary, nun starrköpfig. »Er war nicht in der Nähe. Er ist unschuldig!«
»Glaubst du?« fragte Lord Peter ernst. »Wenn du weißt, daß er unschuldig ist, warum erzählst du all diese Lügen, um ihn zu decken? Es hat keinen Zweck, Mary. Du weißt, daß er dort war, und du glaubst, daß er schuldig ist.«
»Nein!«
»Doch!« erwiderte Wimsey und packte sie mit seiner gesunden Hand, da sie vor ihm zurückwich. »Mary, hast du dir überlegt, was du tust? Du schadest dir selbst und bringst Geralds Leben in Gefahr, um einen Mann vor dem Gesetz zu schützen, den du im Verdacht hast, deinen Bräutigam ermordet zu haben, und der ganz bestimmt versucht hat, mich zu ermorden.«
Er blickte sie unter seinem Verband flehend an, und der Trotz

schwand aus ihrem Gesicht. »Ich werde die Wahrheit sagen!« erklärte sie.

»Du bist ein gutes Kind«, sagte Peter. »Es tut mir leid. Ich weiß, daß du den Kerl gern hast, und wir wissen deinen Entschluß sehr zu schätzen. Schieß jetzt los, Mary, und du schreibst es auf, Parker.«

»Also, das mit George hat schon vor Jahren angefangen. Du warst damals an der Front, Peter, aber ich vermute, daß man es dir erzählt hat, und zwar im schlimmsten Licht.«

»Das solltest du nicht sagen, mein Kind«, warf die Herzogin-Witwe ein. »Ich glaube, ich erzählte Peter, daß dein Bruder und ich von dem jungen Mann nicht sehr begeistert waren. Wir haben ja nicht viel von ihm gesehen, wie du dich erinnern wirst. Er lud sich einmal zu einem Wochenende ein, als das Haus voller Gäste war. Und selbst du, mein liebes Kind, sagtest damals, er sei ungehörig grob zu dem armen alten Lord Mountweazle gewesen.«

»Er sagte, was er dachte«, erwiderte Mary. »Der arme Lord Mountweazle kann natürlich nicht verstehen, daß die junge Generation heutzutage gewöhnt ist, mit den Älteren zu diskutieren, und nicht mehr vor ihnen in die Knie geht. Als George seine Meinung vertrat, wollte er nur den gegensätzlichen Standpunkt klarlegen.«

»Ich erinnere mich, daß ich Peter damals lediglich sagte, Mr. Goyles lasse es an Höflichkeit mangeln, und daß seine Meinungsäußerungen einen betrüblichen Mangel an Unabhängigkeit aufwiesen«, erklärte die Herzogin-Witwe.

»Einen Mangel an Unabhängigkeit?« wiederholte Mary, die Augen weit aufgerissen.

»Jawohl, mein Kind, das kam mir so vor. Wenn man etwas wiederholt, was schon oft gedacht und besser ausgesprochen wurde, wie Pope sagt, oder war es ein anderer Klassiker? Aber je banaler man sich heutzutage ausdrückt, für desto tiefsinniger halten einen die Leute, obwohl das gar nichts Neues ist. Wie Browning und diese komischen metaphysischen Leute, von denen man nie weiß, ob sie ihre Mätresse meinen oder die englische Hochkirche, die so salbungsvoll und biblisch ... ich will nichts gegen den guten alten Augustin sagen ... den Mann aus Hippo meine ich, nicht den, der hier Missionar war, obwohl ich sagen muß, daß auch er erfreulich war, obwohl es in jenen Zeiten, nehme ich an, keine Kirchenbazare und Teegesellschaften in Pfarrvereinen gab, so verstehe ich gar nicht, was wir heutzutage mit Missionarstätigkeit meinen.

Er wußte alles darüber, du erinnerst dich doch?«
»Also, wie dem auch sei«, erwiderte Mary, ohne sich zu bemühen, die Gedankengänge der Herzogin-Witwe zu entwirren, »George war der einzige Mann, aus dem ich mir etwas machte. Er ist es noch. Nur schien es hoffnungslos zu sein. Vielleicht hast du nicht soviel gegen ihn gesagt, Mutter, dafür Gerald um so mehr!«
»Ja, er hat gesagt, was er dachte. Das tut halt die heutige Generation, wie du ja weißt.«
Peter grinste, aber Mary ließ sich nicht beirren. »George hatte einfach kein Geld. Er hatte alles, was er besaß, der Arbeiterpartei gegeben, und dann hat er seine Stellung im Informationsministerium verloren: sie fanden, er sympathisiere zu sehr mit den ausländischen Sozialisten. Es war höchst ungerecht. Jedenfalls wollte ich ihm nicht zur Last fallen, denn Gerald war so gemein und sagte, er würde mir kein Geld mehr geben, wenn ich George nicht den Laufpaß gäbe. Das tat ich, aber es hat nicht im geringsten unsere gegenseitigen Gefühle geändert. Zugunsten von Mutter muß ich sagen, daß sie etwas anständiger war. Sie sagte, sie würde uns helfen, wenn George eine Stellung bekäme, aber ich erwiderte schon damals, daß wir, wenn George eine Stellung bekäme, keine Hilfe mehr nötig hätten!«
»Aber, mein Kind, ich konnte doch Mr. Goyles nicht so beleidigen, daß ich ihm zumutete, von seiner Schwiegermutter zu leben«, entgegnete die Herzogin-Witwe.
»Warum nicht?« fragte Mary. »George hält nichts von diesen altmodischen Besitzideen. Außerdem, wenn du es mir gegeben hättest, wäre es mein Geld gewesen. Wir glauben an die Gleichberechtigung von Mann und Frau. Warum soll immer nur der eine der Verdiener sein?«
»Ich kann es mir nicht vorstellen, mein Kind«, meinte die Herzogin-Witwe. »Aber immerhin konnte ich mir nicht denken, daß Mr. Goyles von einem nicht selbst verdienten Einkommen leben würde, wenn er die Idee des ererbten Besitzes ablehnt.«
»Das ist ein Trugschluß«, widersprach Mary verschwommen. »Jedenfalls, so war es«, fügte sie hastig hinzu. »Nach dem Krieg ging George nach Deutschland, um dort den Sozialismus und die Arbeiterbewegung zu studieren, und so schien alles aus zu sein. Als Denis Cathcart auftauchte, sagte ich, ich würde ihn heiraten.«
»Warum nur?« fragte Peter. »Er schien mir nie der geeignete Mann für dich zu sein. Ich konnte mir nicht vorstellen, daß ihr auch nur eine einzige gemeinsame Idee hättet.«

»Nein, aber er kümmerte sich keinen Pfifferling darum, ob ich Ideen hatte oder nicht. Ich ließ mir von ihm versprechen, daß er mich nicht mit Diplomaten und solchen Leuten langweilen würde, und er sagte zu, ich könne tun, was ich wolle, vorausgesetzt, daß ich ihn nicht kompromittieren würde. Wir würden in Paris leben, und jeder würde seine eigenen Wege gehen, und wir würden uns gegenseitig nicht stören. Ich erklärte mich bereit, Denis zu heiraten, weil er mir völlig egal war, und ich wußte, daß er sich nichts aus mir machte und daß wir uns gegenseitig in Ruhe lassen würden. Und ich wünschte mir nichts anderes, als in Ruhe gelassen zu werden!«

»Wollte Gerald dir dein Geld geben?« erkundigte sich Peter.

»Ja. Er sagte zwar, Denis sei keine große Partie, aber er meinte, daß er nach George nur seinem Schöpfer danken könnte, daß es nicht schlimmer sei.«

»Bitte, notiere das, Charles«, sagte Wimsey.

»Zunächst schien es ganz gut zu gehen, aber mit der Zeit deprimierte es mich immer mehr. Wißt ihr, Denis hatte etwas Beunruhigendes an sich, er war ungemein verschlossen. Er war korrekt. Selbst wenn er tiefsinnig wurde und leidenschaftlich, was nicht oft der Fall war, blieb er dennoch korrekt. Es war erstaunlich, wie in einem von diesen komischen französischen Romanen, weißt du, Peter: höchst erregend, aber völlig unpersönlich.«

»Charles, alter Freund!« warf Lord Peter ein.

»Hm?«

»Das ist wichtig, verstehst du das?«

»Nein.«

»Macht nichts. Sprich weiter, Mary.«

»Und deine Kopfschmerzen?«

»Die sind schlimmer, aber sprich trotzdem weiter. Ich bin jetzt wirklich gespannt. Was du gesagt hast, ist aufschlußreicher als alles, was ich bisher herausgefunden habe.«

»Wirklich?« Mary starrte Peter an, alle Feindseligkeit war aus ihrem Gesicht gewichen. »Ich glaubte, daß du das nie verstehen würdest.« Mary schüttelte den Kopf. »Also, ich hatte die ganze Zeit über mit George korrespondiert, und Anfang dieses Monats schrieb er plötzlich, er käme aus Deutschland zurück, er habe einen Posten beim ›Donnerschlag‹ – das sozialistische Wochenblatt, weißt du? –, am Anfang nur vier Pfund die Woche, und ob ich nicht diesen Kapitalisten den Rücken kehren würde und so weiter und mit ihm zusammen eine ehrliche Arbeiterfrau werden wollte.

Er könne mir einen Sekretärinnenposten bei der Zeitung verschaffen. Ich solle für ihn tippen und so weiter und ihm bei seinen Artikeln helfen. So könnten wir zusammen sechs bis sieben Pfund die Woche verdienen, wovon wir bequem leben könnten. Und da ich von Tag zu Tag mehr Angst vor Denis bekam, sagte ich zu. Aber ich wußte, daß es einen fürchterlichen Krach mit Gerald geben würde. Und ich schämte mich auch. Die Verlobung war veröffentlicht worden, es würde scheußlichen Klatsch geben, und man würde versuchen, mich davon abzubringen. Und Denis wäre imstande gewesen, Gerald grauenhafte Unannehmlichkeiten zu bereiten, das hätte zu ihm gepaßt. So beschlossen wir durchzubrennen, zu heiraten und dem ganzen Streit und Zank aus dem Wege zu gehen.«

»Richtig«, sagte Peter. »Und was für fabelhafte Schlagzeilen das gegeben hätte! ›Herzogstochter heiratet Sozialisten ... Romantische Entführung im Motorradbeiwagen ... Sechs Pfund die Woche genügt, sagt die Herzogstochter‹.«

»Gemeiner Kerl!« fauchte Lady Mary.

»Schön, ich verstehe«, entgegnete Peter. »Also, da habt ihr ausgemacht, daß der romantische Goyles dich von *Riddlesdale* entführt. Warum aber von *Riddlesdale?* Es wäre doch wesentlich leichter und einfacher von London oder von Denver aus gewesen.«

»Nein. Erstens hatte George gerade dort in der Gegend zu tun, und hier in der Stadt kennt mich jeder. Und wir wollten nicht länger warten.«

»Aber warum denn zu dieser nachtschlafenden Zeit, um drei Uhr morgens?«

»Er hatte Mittwoch abend eine Versammlung in Northallerton und wollte von dort aus direkt zu mir kommen, mich abholen und mit mir nach London fahren, wo wir uns trauen lassen wollten. Wir hatten nicht viel Zeit, George mußte am nächsten Tag wieder im Büro sein.«

»Ich verstehe. Jetzt werde ich deine Geschichte weitererzählen, und du unterbrichst mich, wenn ich mich irre. Du bist Mittwoch abend um halb zehn in dein Zimmer gegangen und hast einen Handkoffer gepackt. Wolltest du Briefe zum Trost deiner betrübten Angehörigen und Freunde schreiben?«

»Ja, ich schrieb einen. Aber ich ...«

»Natürlich. Dann gingst du zu Bett, stelle ich mir vor, oder jedenfalls hast du die Überdecke runtergenommen und hast dich hingelegt.«

»Ja. Und das war sehr gut, da sich dann ergab ...«

»Jawohl, du hättest am Morgen nicht viel Zeit gehabt, das Bett richtig zu zerwühlen, und das hätten wir erfahren. Übrigens, Parker, als dir Mary letzte Nacht ihre Sünden beichtete, hast du dir Notizen gemacht?«

»Ja«, antwortete Parker, »wenn du meine Stenographie lesen kannst . . .«

»Natürlich«, sagte Peter. »Also, dieses gebrauchte Bett widerlegt ja schon deine Geschichte, daß du in der Nacht gar nicht zu Bett gegangen bist, nicht wahr?«

»Und ich hielt es für eine so gute Geschichte!«

»Mangel an Praxis«, erwiderte ihr Bruder freundlich. »Das nächste Mal wirst du es besser machen. Es ist sehr schwer, eine logische, lange Lüge zu erzählen. Hast du übrigens Gerald um halb zwölf aus seinem Zimmer gehen hören, wie Pettigrew-Robinson – zum Teufel mit ihm – behauptete?«

»Ich meinte jemanden zu hören«, antwortete Mary, »aber ich dachte nicht weiter darüber nach.«

»Richtig«, sagte Peter, »wenn ich nachts im Haus Leute herumgehen höre, bin ich viel zu zartfühlend, um mir irgendwas dabei zu denken.«

»Natürlich«, warf die Herzogin-Witwe ein, »besonders in England, wo es ungehörig ist zu denken.«

»Um drei Uhr«, fuhr Wimsey fort, »gingst du hinunter, um Goyles zu treffen. Aber warum hat er den ganzen Weg bis zum Haus gemacht? Es wäre doch sicherer gewesen, ihn draußen auf der Straße zu treffen.«

»Ich wußte, daß ich nicht aus dem Tor gekommen wäre, ohne Hardraw zu wecken, und daß ich über den Bretterzaun müßte. Ich hätte es allein fertiggebracht, aber nicht mit einem schweren Koffer. Und da George in jedem Fall hinüberklettern mußte, hielten wir es für besser, daß er zum Haus kommen und mir helfen würde, den Koffer zu tragen. An der Wintergartentür konnten wir uns nicht verfehlen. Ich hatte ihm eine Skizze vom Garten geschickt.«

»War Goyles da, als du hinunterkamst?«

»Nein. Wenigstens sah ich ihn nicht. Aber die Leiche des armen Denis lag dort, und Gerald beugte sich darüber. Mein erster Gedanke war, Gerald hätte George getötet!« Peter warf Parker einen Blick zu und nickte. »Dann drehte Gerald die Leiche um, und ich sah, daß es Denis war. Dann glaubte ich, daß ich jemanden im Dickicht hörte, raschelnde Zweige, und plötzlich dachte ich: wo ist

George? Oh, Peter! Ich habe dann alles so klar erkannt. Denis mußte auf George gestoßen und über ihn hergefallen sein! Ich bin sicher, daß es Denis war. Wahrscheinlich glaubte er, es sei ein Einbrecher, oder er hatte herausgefunden, wer es war, und wollte ihn vertreiben. Und in dem Kampf muß George ihn erschossen haben! Es war entsetzlich!«

Peter klopfte seiner Schwester tröstend auf die Schulter.

»Ich wußte nicht, was ich tun sollte«, fuhr sie fort. »Ich hatte ja keine Zeit, verstehst du. Mein einziger Gedanke war, daß niemand erfahren dürfe, daß noch jemand dort gewesen war. So mußte ich rasch für meine Anwesenheit eine Ausrede erfinden. Zunächst schob ich meinen Koffer hinter die Kakteen. Gerald war mit der Leiche beschäftigt und bemerkte es nicht. Du weißt ja, daß Gerald nie etwas merkt, wenn es ihm nicht direkt unter die Nase gehalten wird. Aber ich wußte, daß, wenn ein Schuß abgefeuert worden war, Freddy und die Marchbanks ihn gehört haben mußten. So behauptete ich, ich hätte ihn auch gehört und sei daraufhin nach unten gelaufen, um zu sehen, ob Einbrecher da seien. Es war etwas lahm, aber im Moment fiel mir nichts Besseres ein. Gerald schickte mich hinauf, um das Haus zu alarmieren, und ich hatte meine Geschichte bereits fertig, als ich zum Flur kam. Ich war sehr stolz auf mich, daß ich den Koffer nicht vergaß.«

»Du hast ihn in die Truhe gesteckt«, sagte Peter.

»Ja, und es war ein fürchterlicher Schlag für mich, als ich sah, daß du dort hineinschautest.«

»Nichts im Vergleich zu dem Schock, den ich hatte, als ich dort feinen Sand fand.«

»Feinen Sand?«

»Aus dem Wintergarten.«

»Meine Güte!« stieß Mary hervor.

»Also weiter! Du hast bei Freddy und den Pettigrews geklopft. Dann mußtest du in dein Zimmer, um deinen Abschiedsbrief zu vernichten und deine Kleider auszuziehen.«

»Ja. Ich fürchte, ich war nicht sehr geschickt. Aber es hätte doch kein Mensch geglaubt, daß ich mit seidener Wäsche und einer sorgfältig gebundenen Krawatte mit einer goldenen Nadel auf Einbrecherjagd gehen würde.«

»Nein. Ich verstehe deine Schwierigkeiten.«

»Es ging alles ganz gut, denn jeder glaubte mir, daß ich Mrs. Pettigrew ausweichen wollte, außer Mrs. Pettigrew selbst.«

»Ja, selbst Parker schluckte das, nicht wahr, alter Freund?«

»Ja, das stimmt«, gestand Parker düster.

»Aber mit diesem Schuß habe ich einen schrecklichen Fehler gemacht«, fuhr Lady Mary fort. »Ich erklärte das alles so ausführlich, und dann fand ich heraus, daß überhaupt niemand einen Schuß gehört hatte. Und später entdeckte man, daß alles im Dickicht geschehen war, und auch die Zeit stimmte nicht. Aber bei der Untersuchung mußte ich bei meiner Geschichte bleiben. Und dann wurde Gerald beschuldigt. In meinen wildesten Phantasien hätte ich mir das nicht vorgestellt. Jetzt sehe ich natürlich ein, wie viel meine Aussage dazu beigetragen hat.«

»Daher das Ipekakuanha«, warf Peter ein.

»Ich war in eine solche Zwickmühle geraten«, erklärte Lady Mary, »daß ich es für das beste hielt, mich einzuschließen, um alles nicht noch schlimmer zu machen.«

»Hast du immer noch gedacht, Goyles habe es getan?«

»Ich wußte überhaupt nicht, was ich denken sollte«, antwortete sie. »Ich weiß es jetzt noch nicht, Peter. Wer hätte es sonst tun können?«

»Ehrlich gesagt«, antwortete Seine Lordschaft, »wenn er es nicht getan hat, weiß ich auch nicht, wer sonst.«

»Er ist davongelaufen«, erklärte Lady Mary.

»Das scheint er gut zu können, schießen und davonlaufen«, sagte Peter grimmig.

»Wenn er dir das nicht angetan hätte«, sagte Mary langsam, »hätte ich das nie erzählt, ich wäre eher gestorben. Aber natürlich, mit seinen revolutionären Doktrinen, und wenn man an das rote Rußland denkt, an all das Blut, das bei den Unruhen und Aufständen vergossen wurde, ich nehme an, daß man dann kein Menschenleben mehr hoch wertet.«

»Mein liebes Kind«, warf die Herzogin-Witwe ein, »mir scheint, daß Mr. Goyles sein eigenes Leben sehr hoch einschätzt. Du mußt diese Dinge gerecht ansehen. Auf Menschen schießen und davonlaufen ist nicht sehr heroisch!«

»Was ich nicht verstehe«, griff Wimsey rasch ein, »ist, wie Geralds Revolver in das Dickicht kam.«

»Ich möchte wissen«, sagte die Herzogin-Witwe, »ob Denis tatsächlich ein Falschspieler war.«

»Ich möchte wissen, was es mit der grünäugigen Katze auf sich hat«, sagte Parker.

»Denis hat mir nie eine Katze geschenkt«, erklärte Mary, »das war ein Märchen.«

»Waren Sie je mit ihm in einem Juweliergeschäft in der Rue de la Paix?«
»O ja, oft. Und er hat mir einen brillantbesetzten Schildpattkamm geschenkt, aber nie eine Katze.«
»Wir können also dieses ausführliche Geständnis der letzten Nacht ad acta legen«, sagte Lord Peter und blätterte Parkers Notizen noch einmal durch. »Es ist gar nicht so schlecht, Mary, keineswegs schlecht. Du hast ein ausgesprochenes Fabuliertalent, das ist mein Ernst! Du mußt nur noch mehr auf die Details achten. Zum Beispiel hättest du den schwerverwundeten Mann nicht den ganzen Weg bis zum Haus schleppen können, ohne daß dein Mantel von oben bis unten mit Blut beschmiert gewesen wäre. Übrigens, kannte Goyles überhaupt Cathcart?«
»Nicht daß ich wüßte.«
»Denn Parker und ich hatten eine andere Theorie, die Goyles immerhin vom Allerschlimmsten entlasten würde. Sag es ihr, lieber Freund, es war ja deine Idee.«
Auf dieses Drängen hin erklärte Parker die Erpressungs- und Selbstmord-Theorie.
»Das klingt ganz plausibel«, sagte Mary, »theoretisch, meine ich. Aber es paßt überhaupt nicht zu George, ich meine: Erpressung ist etwas so Gemeines.«
»Das beste also wird sein«, sagte Peter, »daß wir uns Goyles vorknöpfen. Er hat den Schlüssel zur Lösung des Rätsels. Parker, alter Freund, das Ende der Jagd steht bevor.«

10

Am nächsten Tag fand auf der Polizei eine Besprechung mit Mr. Goyles statt. Auch Mr. Murbles war zugegen sowie Mary, die unbedingt dabeisein wollte. Zuerst tobte der junge Mann ein bißchen, aber bald tat die trockene Art des Anwalts ihre Wirkung.
»Lord Peter Wimsey hat Sie als denjenigen erkannt«, begann Mr. Murbles, »der gestern abend einen Mordanschlag auf ihn verübt hat. Mit erstaunlicher Großmut sieht er davon ab, deswegen Anklage gegen Sie erheben zu lassen. Wir wissen ferner, daß Sie in der Nacht, da Hauptmann Cathcart erschossen wurde, im Garten des Jagdhauses *Riddlesdale* waren. Sie werden zweifellos bei der

Verhandlung als Zeuge vernommen werden, aber Sie würden den Fall wesentlich erleichtern, wenn Sie uns jetzt eine Erklärung abgäben. Das ist eine rein freundschaftliche, private Unterredung, Mr. Goyles. Wie Sie sehen, ist kein Vertreter der Polizei zugegen. Wir bitten Sie lediglich um Ihre Unterstützung. Ich mache Sie aber darauf aufmerksam, daß es zwar Ihr Recht ist, unsere Fragen nicht zu beantworten, daß aber eine solche Weigerung die schwersten Folgen für Sie zeitigen könnte.«

»Tatsächlich ist das also eine Drohung«, erwiderte Goyles. »Wenn ich Ihnen nicht antworte, lassen Sie mich unter Mordverdacht verhaften.«

»Um Gottes willen, nein, Mr. Goyles«, widersprach der Anwalt. »Wir würden lediglich die Informationen, die wir besitzen, der Polizei weiterleiten, die dann das täte, was sie für angebracht hält. Nein, eine Drohung wäre ganz regelwidrig. Was den Überfall auf Lord Peter anbelangt, so wird Seine Lordschaft natürlich nach seinem Ermessen handeln.«

»Jedenfalls ist es eine Drohung, Sie können es nennen, wie Sie wollen«, entgegnete Goyles mürrisch. »Außerdem bin ich bereit zu sprechen, besonders, da Sie sehr enttäuscht sein werden. Ich vermute, daß du mich verraten hast, Mary.«

Mary wurde rot vor Empörung.

»Meine Schwester war ungemein loyal Ihnen gegenüber, Mr. Goyles«, erwiderte Lord Peter. »Ich kann Ihnen sagen, daß sie sich Ihretwegen schwere persönliche Unannehmlichkeiten zugezogen, ja sich sogar in Gefahr begeben hat. Sie wurden in London entdeckt, weil Sie bei Ihrem höchst hastigen Rückzug aus *Riddlesdale* unverkennbare Spuren hinterlassen hatten. Als meine Schwester zufällig ein an mich unter meinem Familiennamen gerichtetes Telegramm öffnete, eilte sie sofort nach London, um Sie unter eigener Bloßstellung zu decken. Zum Glück hatte ich bereits ein Duplikat des Telegramms in meiner Londoner Wohnung erhalten. Selbst dann war ich noch nicht Ihrer Identität sicher, ehe ich Ihnen zufällig im Sowjetklub begegnete. Ihre Anstrengungen jedoch, eine Unterredung mit mir zu vermeiden, verschafften mir völlige Gewißheit, dazu noch einen ausgezeichneten Vorwand, Sie festnehmen zu lassen. Ich bin Ihnen dankbar für Ihren Beistand.«

Mr. Goyles blickte wütend vor sich hin.

»Ich weiß nicht, wie du denken konntest, George ...« begann Mary.

»Das ist ja egal, was ich denke«, unterbrach der junge Mann sie grob. »Ich sehe, daß du ihnen jedenfalls alles gesagt hast. Ich werde meine Geschichte so kurz wie möglich erzählen, und Sie, meine Herren, werden sehen, daß ich verdammt wenig weiß. Wenn Sie mir nicht glauben, kann ich's nicht ändern. Ich kam so ungefähr um Viertel vor drei an und parkte das Motorrad auf dem Feldweg.«

»Wo waren Sie um 23 Uhr 50?«

»Auf der Straße von Northallerton. Meine Versammlung war erst um 22 Uhr 45 zu Ende. Dafür kann ich hundert Zeugen bringen.«

Wimsey notierte sich die Adresse des Versammlungslokals.

»Ich kletterte über den Zaun und ging durch das Dickicht.«

»Sie sahen keinen Menschen und keine Leiche?«

»Niemand, weder tot noch lebendig.«

»Bemerkten Sie Blut- oder Fußspuren auf dem Weg?«

»Nein. Ich benutzte meine Taschenlampe nicht, um nicht vom Haus aus gesehen zu werden. Ich konnte gerade den Weg erkennen. Kurz vor drei kam ich zur Tür des Wintergartens und stolperte über etwas. Ich bückte mich, und es fühlte sich wie ein menschlicher Körper an. Ich war erschrocken, ich dachte, es könnte Mary sein, die in Ohnmacht gefallen war, oder so etwas. Da knipste ich die Taschenlampe an und sah, daß es Cathcart war – tot.«

»Sind Sie sicher, daß er tot war?«

»Mausetot.«

»Einen Augenblick«, griff der Anwalt ein. »Sie sagten, daß es Cathcart war. Kannten Sie ihn denn?«

»Nein. Ich meinte, daß ich einen Toten sah, und später erfuhr ich, daß es Cathcart war.«

»Also von sich aus wissen Sie auch jetzt noch nicht, daß es Cathcart war?«

»Ich erkannte ihn an den Bildern in den Zeitungen.«

»Es ist sehr wichtig, bei einer Aussage genau zu sein, Mr. Goyles. Eine Bemerkung wie die Ihrige könnte bei der Polizei oder bei Gericht einen ungünstigen Eindruck machen«, sagte Murbles und rückte seinen Zwicker zurecht.

»Und dann?« fragte Peter.

»Ich glaubte, auf dem Weg Schritte zu hören, und da ich es nicht für klug hielt, bei einer Leiche gefunden zu werden, verdrückte ich mich.«

»Oh!« sagte Peter gedehnt. »Das war eine sehr einfache Lösung. Sie überließen es dem Mädchen, das Sie heiraten wollten, allein die peinliche Entdeckung zu machen, daß ein toter Mann im Garten lag und daß ihr tapferer Freier Fußspuren hinterlassen hatte. Was erwarteten Sie eigentlich von ihr – was sollte sie denken?«

»Ich war in einer sehr dummen und peinlichen Situation«, verteidigte sich Mr. Goyles.

»Ja«, stimmte Lord Peter ironisch zu, »drei Uhr morgens ist eine sehr häßliche kalte Zeit. Das nächstemal, wenn Sie eine Entführung planen, setzen Sie sie auf sechs Uhr abends oder spätestens zwölf Uhr nachts fest. Sie scheinen Konspirationen besser anzetteln als ausführen zu können. Außerdem glaube ich, ein Mensch von Ihrem Temperament sollte keine Schußwaffe bei sich tragen. Warum in aller Welt haben Sie vorgestern Ihren Revolver auf mich abgefeuert, Sie Idiot? Sie wären jetzt in einer verdammt unangenehmen Situation, wenn Sie mich zufällig in den Kopf oder ins Herz oder an sonst einer wichtigen Körperstelle getroffen hätten. Wenn Sie solche Angst vor einer Leiche haben, warum gehen Sie dann herum und schießen auf Menschen? Warum? Wenn Sie eben die Wahrheit gesagt haben, waren Sie ja nie in der geringsten Gefahr. Mein Gott, wenn ich an die Zeit und an die Mühen denke, die wir verschwendet haben, um Sie zu schnappen, Sie Esel! Und die arme Mary, die vor Sorgen fast verging und sich beinahe umgebracht hat, weil sie glaubte, Sie wären nur deshalb davongelaufen, weil Sie einen Grund dafür hatten!«

»Du mußt seine schwachen Nerven berücksichtigen«, warf Mary kühl ein.

»Wenn Sie wüßten, was das für ein Gefühl ist, dauernd bespitzelt und verfolgt und gehetzt zu werden«, begann Mr. Goyles.

»Ich hatte den Eindruck, daß ihr Leute vom Sowjetklub es genießt, verdächtigt zu werden«, schnitt ihm Lord Peter das Wort ab. »Es sollte doch der stolzeste Moment Ihres Lebens sein, wenn Sie für einen gefährlichen Burschen gehalten werden.«

»Der Hohn von Menschen Ihrer Art«, entgegnete Goyles erbost, »nährt am meisten den Klassenhaß . . .«

»Lassen wir das beiseite«, mischte sich Mr. Murbles ein. »Jedermann ist vor dem Gesetz gleich, und Ihnen ist es gelungen, sich in eine sehr unangenehme Situation zu bringen, junger Mann.« Er drückte auf eine Klingel, und Parker kam mit einem Polizisten herein. »Wir wären Ihnen dankbar«, sagte Mr. Murbles, »wenn Sie den jungen Mann unter Aufsicht hielten. Wir lassen keine Anklage gegen ihn erheben, solange er sich anständig benimmt, aber er darf nicht verschwinden, ehe der Fall verhandelt wird.«

»Jawohl, Sir«, sagte Parker.
»Einen Moment«, sagte Mary. »Mr. Goyles, hier ist der Ring, den Sie mir gegeben hatten. Leben Sie wohl. Wenn Sie nächstens in einer öffentlichen Versammlung wieder entscheidende Taten verlangen, werde ich kommen und Beifall klatschen. Sie reden ausgezeichnet über solche Dinge. Aber sonst, glaube ich, ist es besser, wenn wir uns nicht wiedersehen.«
Noch bevor Mr. Goyles etwas zu entgegnen vermochte, hatte Parker erstaunt, aber nicht unangenehm berührt, seinen Schutzbefohlenen aus dem Zimmer befördert. Mary ging ans Fenster und biß sich auf die Lippen.
Lord Peter trat zu ihr. »Hör mal, Mary, Mr. Murbles hat uns zum Lunch eingeladen. Sir Impey Biggs kommt auch.«
»Den möchte ich jetzt nicht kennenlernen. Es ist sehr freundlich von Mr. Murbles.«
»Ach, komm doch. Biggs ist eine Berühmtheit, und er ist fabelhaft anzuschauen, wie eine Marmorstatue. Er wird dir von seinen Kanarienvögeln erzählen.«
Mary mußte trotz ihrer eigensinnigen Tränen lachen.
»Es ist lieb von dir, Peter, daß du versuchst, das Baby zu amüsieren. Aber ich kann nicht. Ich würde mich nur wieder lächerlich machen, und einmal am Tag genügt mir.«
»Quatsch!« widersprach Peter. »Goyles hat sich heute zwar nicht von seiner besten Seite gezeigt, aber er war ja auch in einer höchst schwierigen Situation. Komm doch mit!«
»Ich hoffe, daß Lady Mary sich doch entschließen kann, mein bescheidenes Junggesellenheim zu verschönern«, sagte der Anwalt hinzutretend, »ich würde es als eine große Ehre ansehen. Ich glaube, ich habe seit zwanzig Jahren keine Dame mehr unter meinem Dach begrüßen dürfen. Mein Gott, ja, es ist wirklich zwanzig Jahre her!«
»In dem Fall kann ich natürlich nicht ablehnen«, erwiderte Lady Mary.
Mr. Murbles hatte eine entzückende alte Wohnung im Staple Inn mit Ausblick auf einen Ziergarten, in dem es einen Springbrunnen und reizende kleine Blumenbeete gab. Es herrschte eine altmodische Atmosphäre, die sehr gut zu dem überkorrekten Juristen paßte. Lady Mary fühlte sich in dieser Umgebung sehr wohl.
»Ich fürchte, daß wir auf Sir Impey einige Minuten warten müssen«, erklärte Mr. Murbles nach einem Blick auf die Uhr. »Er ist der Gegenanwalt im Fall Quangle & Hamper, er hofft, daß der

Fall heute zu Ende kommt. Ein blendender Mann, Sir Impey. Es handelt sich um jene Firma, die behauptet, neunundfünfzig verschiedene Krankheiten mit ein und derselben Pille kurieren zu können, aber Sir Impey läßt sich nicht verblüffen. Wir haben wirklich Glück, daß wir ihn gewonnen haben ... ah, ich glaube, da kommt er!«

Eilige Schritte auf der Treppe kündigten den großen Anwalt an, der, noch mit Perücke und Talar, unter vielen Entschuldigungen hereingestürmt kam.

»Entschuldigen Sie bitte vielmals, Murbles!« rief Sir Impey. »Gegen Ende wurde es leider recht langweilig. Ich tat mein Bestes, aber der liebe alte Dawson wird allmählich völlig taub und ist furchtbar umständlich. Wie geht es Ihnen, Wimsey? Sie schauen ja aus, als wären Sie auf dem Kriegspfad gewesen. Können wir gegen irgend jemand eine Anzeige wegen des Überfalls erstatten?«

»Etwas viel Besseres«, warf Mr. Murbles ein, »wegen Mordversuchs.«

»Ausgezeichnet«, sagte Sir Impey.

»Aber wir haben beschlossen, auf Anzeige zu verzichten«, erklärte Mr. Murbles, den Kopf schüttelnd.

»Wirklich! Mein lieber Wimsey, das ist unrecht, wir armen Anwälte müssen leben! Ihre Schwester? Ich hatte nicht das Vergnügen, Sie in *Riddlesdale* kennenzulernen, Lady Mary. Ich hoffe, daß Sie wiederhergestellt sind.«

»Völlig, danke schön«, erwiderte Mary mit Nachdruck.

»Mr. Parker, natürlich ist Ihr Name mir bestens bekannt. Wimsey kann ja nichts ohne Sie tun, das weiß ich. Murbles, bringen diese Herren einen Haufen wertvoller Informationen? Ich interessiere mich riesig für diesen Fall.«

»Erst wollen wir essen«, entgegnete der alte Anwalt.

»Sehr richtig. Im Moment reizt mich auch nur diese wunderbare Hammelkeule, entschuldigen Sie meine Freßgier.«

»Also wollen wir anfangen«, sagte Mr. Murbles strahlend. »Leider, meine lieben jungen Leute, bin ich so altmodisch, daß ich diese neue Mode des Cocktailtrinkens nicht mitmache.«

»Sehr gut«, stimmte Wimsey zu. »Verdirbt den Geschmack und beeinträchtigt die Verdauung. Auch ist es keine englische Sitte, sie kommt aus Amerika, die Folge: Prohibition. Oh, das ist aber großartig, Sir, Sie geben uns ja einen berühmten Rotwein zu trinken. Es ist direkt eine Sünde, dabei Cocktail nur zu erwähnen.«

»Jawohl, das ist ein 75er Lafitte«, erklärte Mr. Murbles. »Er ist sehr selten, sehr selten, ich gebe ihn sonst nie jemandem unter Fünfzig zu trinken, aber Sie, Lord Peter, sind ein Kenner, verstehen mehr als mancher, der doppelt so alt ist wie Sie.«

»Danke vielmals, Sir, das ist ein Kompliment, das ich sehr zu schätzen weiß. Darf ich die Flasche herumgehen lassen, Sir?«

»Bitte sehr. Nach dem Lunch möchte ich Sie bitten, etwas wirklich Kurioses zu kosten«, fuhr Murbles fort. »Ein wunderlicher alter Klient von mir ist kürzlich gestorben und hinterließ mir ein Dutzend Flaschen 47er Portwein.«

»Großer Gott!« rief Peter, »ein 47er! Der wird doch kaum noch trinkbar sein, Sir.«

»Das befürchte ich auch«, stimmte Mr. Murbles zu. »Es ist ein Jammer, aber ich finde, daß man so einer bemerkenswerten Antiquität Ehre erweisen sollte.«

»Es ist natürlich ein Ereignis, so etwas gekostet zu haben«, sagte Peter. »Es ist, als sähe man die göttliche Sarah Bernhardt – keine Stimme mehr, die Blüte ist vorbei, der Schmelz ist dahin, aber sie ist noch immer klassisch.«

»Ah!« seufzte Mr. Murbles. »Ich erinnere mich noch an sie in ihren großen Zeiten. Wir alten Männer haben wenigstens den Trost, einige wunderbare Erinnerungen zu haben.«

»Sehr richtig, Sir«, stimmte Peter zu. »Und Sie werden ihnen noch viele weitere zufügen können. Aber wieso hat dieser alte Herr einen so köstlichen Wein zu alt werden lassen können?«

»Mr. Featherstone war ein wunderlicher Mensch«, antwortete Mr. Murbles. »Vielleicht war er aber auch sehr weise. Er stand im Ruf, ungemein geizig zu sein. Als frommer Christ genoß er die Vorfreude auf die Glückseligkeit im Jenseits, aber wie Sie sehen, schob er auch die Verwirklichung irdischer Freuden möglichst lange hinaus. Ein sehr seltsamer Mensch, sehr seltsam. Er hatte nichts vom abenteuerlichen Geist der heutigen Generation.«

»Wie merkwürdig und rührend«, sagte Mary.

»Vielleicht hatte er sein Herz an etwas Unerreichbares gehängt«, meinte Parker.

»Ich weiß nicht«, sagte Mr. Murbles. »Es heißt, daß die Frau seiner Träume nicht nur ein Traum gewesen sei, aber er habe sich nie entschließen können, ihr einen Antrag zu machen.«

»Ach«, erklärte Sir Impey forsch, »je mehr ich bei Gericht sehe und höre, desto mehr neige ich zur Ansicht, daß Mr. Featherstone das bessere Teil erwählt hat.«

»Und Sie sind entschlossen, seinem Beispiel zu folgen, wenigstens in dieser Hinsicht? Wie, Sir Impey?« entgegnete Mr. Murbles mit einem sanften Lachen.

Parker blickte zum Fenster hinaus. Es begann zu regnen. Der 47er Portwein war natürlich völlig verdorben, nicht einmal eine Spur seines alten Geschmackes und Feuers war mehr vorhanden. Lord Peter blickte sinnend in das Glas in seiner Hand. »Er hat den Geschmack einer Leidenschaft, die ihren Höhepunkt überschritten und sich erschöpft hat«, sagte er mit unerwartetem Ernst. »Aber wir wollen jetzt von unserem Fall sprechen, wir haben Ihnen sehr viel zu berichten, Sir.«

Mit Hilfe von Parker informierte er die beiden Juristen über den Stand der Nachforschungen, und Lady Mary wiederholte tapfer ihr Geständnis.

»Sie sehen«, erklärte Peter am Schluß, »daß dieser Mr. Goyles sehr viel verloren hat, indem er kein Mörder ist. Er hätte eine schöne düstere Figur als mitternächtlicher Mörder abgegeben, aber wie die Dinge nun liegen, müssen wir überlegen, wie wir ihn als Zeugen verwerten können.«

»Zunächst, Lord Peter«, entgegnete Mr. Murbles langsam, »muß ich Ihnen und Mr. Parker gratulieren zu dem Fleiß und der Intelligenz, mit der Sie vorgegangen sind.«

»Ich glaube, wir können sagen, daß wir einige Fortschritte gemacht haben«, sagte Parker.

»Wenn auch nur negative«, fügte Peter hinzu.

»Sehr richtig«, stimmte ihm Sir Impey zu und wendete sich ihm mit einem Ruck zu. »Sehr negative Erfolge. Und nachdem Sie nun die Arbeit der Verteidigung ernsthaft behindert haben, was gedenken Sie als nächstes zu tun?«

»Es ist unerhört, so etwas zu sagen«, rief Peter empört, »nachdem wir so viele Fragen für Sie geklärt haben!«

»Ja, und gerade die Fragen«, widersprach der große Anwalt, »die am besten ungeklärt geblieben wären.«

»Verdammt noch mal, wir wollen die Wahrheit herausbekommen.«

»So, das wollen Sie?« fragte Sir Impey trocken. »Ich nicht, ich kümmere mich nicht einen Pfifferling um die Wahrheit. Mir ist es egal, wer Cathcart ermordet hat, ich will nur beweisen, daß es nicht Denver gewesen ist. Und ich kann zufrieden sein, wenn es mir gelingt, Denver vom schlimmsten Verdacht zu befreien. Schauen Sie sich meine Lage an: mein Klient kommt da mit einer Geschichte von einem Streit und einem verdächtigen Revolver, er weigert sich, die Beweise für seine Aussagen beizubringen, und hat ein völlig ungenügendes, idiotisches Alibi. Ich will das Gericht verwirren durch geheimnisvolle Fußspuren, Widersprüche hinsichtlich der Tatzeit, ein Mädchen mit einem Geheimnis und unbestimmte Andeutungen, die vielleicht auf einen Einbruch und ein Leidenschaftsdrama hindeuten könnten. Und da kommen Sie und erklären die Fußspuren, entlasten den Unbekannten, beseitigen die Zeitwidersprüche, klären die Motive des Mädchens auf und erwecken sorgfältig von neuem den Verdacht, der von Anfang an bestanden hat. Was soll man da machen?«

»Ich habe immer behauptet«, knurrte Peter, »daß ein Strafverteidiger der unmoralischste Mensch auf Gottes weitem Erdboden ist. Jetzt haben wir den Beweis.«

»Na, na«, griff Mr. Murbles ein, »das heißt doch nur, daß wir nicht auf unseren Lorbeeren ausruhen dürfen. Sie müssen weitermachen, mein Lieber, und müssen einen positiven Beweis erbringen. Wenn dieser Goyles Cathcart nicht umgebracht hat, müssen wir den richtigen Mörder finden.«

»Wenigstens haben wir das eine Glück«, meinte Biggs, »daß Sie vorigen Donnerstag noch zu krank waren, um vor dem Gericht auszusagen, Lady Mary, und daß der Ankläger den Fall auf einem um drei Uhr morgens abgefeuerten Schuß aufbauen wird. Wenn irgend möglich, beantworten Sie keine Fragen, vielleicht kommen wir damit durch.«

»Aber wird man ihr überhaupt noch glauben?« fragte Peter zweifelnd.

»Um so besser, wenn sie unglaubwürdig ist. Die Anklage stützt sich auf ihre Aussage. Sie werden schwer hergenommen werden, Lady Mary, aber das darf Ihnen nichts ausmachen, das gehört zum Spiel. Sie bleiben bei Ihrer Geschichte, und wir werden alles Weitere machen. Verstehen Sie?« Sir Impey drohte mit dem Finger.

»Ich verstehe«, antwortete Mary, »ich werde schwer hergenommen werden, aber ich soll dickköpfig sagen: ›Ich sage jetzt die Wahrheit.‹ Das wollen Sie doch?«

»Jawohl«, sagte Biggs. »Übrigens, Denver weigert sich wohl noch immer anzugeben, wo er in der Nacht gewesen ist?«

»Kategorisch«, antwortete Mr. Murbles. »Die Wimseys sind eine sehr hartnäckige Familie«, fügte er hinzu, »und ich fürchte, wir werden ihn nicht zum Sprechen bringen. Wenn wir auf andere Weise die Wahrheit entdecken und damit dem Herzog entgegentreten könnten, ließe er sich vielleicht breitschlagen.«

»Also, wir haben nun, wie mir scheint, noch drei Aufgaben«, sagte Parker. »Erstens müssen wir versuchen, das Alibi auch ohne die Hilfe des Herzogs aufzuklären. Zweitens müssen wir von neuem die Tatsachen prüfen, um den wirklichen Mörder zu finden. Und drittens muß die Pariser Polizei Licht in Cathcarts Vergangenheit bringen.«

»Ich glaube, ich weiß, wo ich zunächst Informationen über den zweiten Punkt kriegen werde«, erklärte Wimsey plötzlich. »In Grider's Hole.«

»Ah!« Parker stieß einen Pfiff aus. »Das hatte ich vergessen. Dort haust ja dieser blutdürstige Bauer, der die Hunde auf dich gehetzt hat, nicht wahr?«

»Mit seiner bemerkenswerten Frau, jawohl. Wie findest du das? Dieser Kerl ist wahnsinnig eifersüchtig auf seine Frau und mißtraut jedem, der in ihre Nähe kommt. Als ich dort war und erwähnte, daß ein Freund von mir in der vorherigen Woche in der Gegend gewesen sein könnte, geriet er in Wut und drohte, dem Burschen den Hals umzudrehen. Er schien zu wissen, wen ich meinte. Da ich nun nur Goyles, wie wir inzwischen wissen, im Sinn hatte, dachte ich, daß er der Mann wäre. Aber nehmen wir an, es sei Cathcart gewesen. Wir wissen ja jetzt, daß Goyles vor Mittwoch nie in der Gegend gewesen ist, also konnte dieser Grimethorpe nichts von ihm wissen. Doch Cathcart konnte nach Grider's Hole gegangen und von dem Bauern gesehen worden sein. Etwas spricht für diese Theorie: als ich dort war, verwechselte mich Mrs. Grimethorpe offensichtlich mit jemandem, den sie kannte, und eilte herunter, um mich zu warnen. Ich dachte die ganze Zeit, sie hätte meine alte Mütze und den Regenmantel vom Fenster aus gesehen und mich mit Goyles verwechselt, aber jetzt fällt mir ein, daß ich dem Kind, das mir die Tür öffnete, sagte, ich käme vom Jagdhaus *Riddlesdale*. Wenn die Kleine das ihrer Mutter wiederholt hat, muß sie angenommen haben, ich sei Cathcart.«

»Nein, nein, Wimsey, das kann nicht stimmen«, warf Parker ein, »sie mußte doch inzwischen erfahren haben, daß Cathcart tot war.«

»Oh, verdammt noch mal! Ja, das wird wohl stimmen, es sei denn, daß dieser alte Satan ihr die Nachricht vorenthalten hat. Das würde er natürlich getan haben, wenn er Cathcart umgebracht hätte. Er würde ihr kein Wort davon sagen.«

»Aber du hast doch gesagt, daß Grimethorpe ein Alibi hätte?«

»Ja, aber wir haben es nicht nachgeprüft.«

»Und wie könnte er erfahren haben, daß Cathcart an dem Abend in das Dickicht gehen würde?«
Peter überlegte.
»Vielleicht hat er ihn hinbestellt«, gab Mary zu bedenken.
»Richtig, richtig!« rief Peter eifrig. »Wir glaubten doch, Cathcart hätte mit Goyles eine Verabredung getroffen. Nehmen wir aber an, Grimethorpe habe ihn bestellt unter der Drohung, Gerald etwas zu verraten.«
»Wollen Sie etwa andeuten, Lord Peter«, erwiderte Mr. Murbles in einem Ton, der Peters Ungestüm dämpfen sollte, »daß Mr. Cathcart zu der Zeit, da er mit Ihrer Schwester verlobt war, zweifelhafte Beziehungen zu einer verheirateten Frau unterhalten hätte, die gesellschaftlich weit unter ihm stand?«
»Entschuldige bitte, Mary«, sagte Wimsey.
»Das macht nichts«, entgegnete Mary. »Es würde mich nicht überraschen. Denis hatte ziemlich kontinentale Ansichten über Ehe und ähnliche Dinge.«
Obwohl Parker die Schattenseiten des Londoner Lebens seit langem kannte, blickte er düster, die Stirn runzelnd, mit gutbürgerlicher Mißbilligung ins Kaminfeuer.
»Wenn Sie dieses Grimethorpe-Alibi erschüttern können«, sagte Sir Impey, die Fingerspitzen zusammenlegend, »könnten wir vielleicht etwas daraus machen. Was meinen Sie, Murbles?«
»Schließlich haben ja Grimethorpe und der Knecht zugegeben«, sagte der alte Anwalt, »daß Grimethorpe Mittwoch nacht nicht in Grider's Hole gewesen ist. Wenn er nicht beweisen kann, daß er sich in Stapley aufgehalten hat, könnte er in *Riddlesdale* gewesen sein.«
»Natürlich!« rief Wimsey. »Er ist allein fortgefahren, hat irgendwo haltgemacht und seinen Karren stehen lassen, ist zurückgeschlichen, hat Cathcart getroffen, hat ihn umgebracht und ist am nächsten Tag nach Haus getrudelt mit der Geschichte, Maschinen gekauft zu haben.«
»Oder er mag sogar in Stapley gewesen sein«, warf Parker ein, »ist früher fortgegangen oder später hingegangen und hat vorher oder nachher den Mord verübt. Wir werden die Zeiten sehr genau prüfen.«
»Hurra!« rief Wimsey. »Am besten fahre ich nach *Riddlesdale* zurück.«
»Ich bleibe hier«, sagte Parker, »es könnte etwas von Paris kommen.«

»Richtig. Aber benachrichtige mich sofort, wenn du irgend etwas hörst. Übrigens, alter Freund –«
»Ja?«
»Fällt dir auch auf, daß es bei diesem Fall zu viele Möglichkeiten gibt? Dutzende von Menschen mit Geheimnissen und Entführungen . . .«
»Du bist gemein, Peter«, sagte Lady Mary.

11

Lord Peter unterbrach seine Reise nach Norden in York, wohin der Herzog von Denver aus dem Gefängnis in Northallerton überführt worden war. Dank seiner Überredungskunst gelang es Peter, die Erlaubnis zu erwirken, seinen Bruder zu besuchen. Gerald sah schlecht aus und war sichtlich bedrückt durch die Gefängnisatmosphäre, blieb jedoch nach wie vor störrisch.
»Das Ganze ist ja ein Riesenpech, lieber Gerald«, begann Peter, »aber deine Haltung ist fabelhaft. Entsetzlich, wie langsam die Gerichte arbeiten. Aber wenigstens gewinnen wir dadurch Zeit.«
»Es ist ein Skandal«, bemerkte der Herzog. »Und ich möchte wissen, was Murbles sich eigentlich denkt. Kommt hierher und versucht mich einzuschüchtern. Eine Unverschämtheit! Man könnte meinen, daß er mich verdächtigt.«
»Hör mal, Gerald«, erwiderte sein Bruder ernst, »warum gibst du nicht dein Alibi an? Das wäre die Lösung. Aber wenn jemand nicht sagen will, was er getan hat –«
»Es ist nicht meine Aufgabe, etwas zu beweisen«, erwiderte Gerald würdevoll. »Die haben zu beweisen, daß ich dort war und den Kerl ermordet habe. Ich bin nicht verpflichtet zu sagen, wo ich war. Ich bin so lange unschuldig, bis man meine Schuld nachgewiesen hat, oder nicht? Das Ganze ist eine Schande. Da wird ein Mord verübt, und die geben sich nicht die geringste Mühe, den wirklichen Mörder zu finden. Ich gebe mein Ehrenwort, von einem Eid gar nicht zu reden, daß ich Cathcart nicht ermordet habe, obwohl das Schwein es verdient hätte, und die kümmern sich nicht darum. In der Zwischenzeit geht der Mörder gemütlich durch die Lappen.«
»Warum machst du dann nicht kurzen Prozeß?« drängte Peter. »Ich meine nicht hier und nicht mir gegenüber« – Peter warf einen vielsagenden Blick auf den Wärter in Hörweite –, »aber sag es

doch Murbles, dann könnten wir uns an die Arbeit machen.«
»Ich wünschte, du würdest dich aus der Sache raushalten«, knurrte der Herzog. »Es ist schon schlimm genug für Helen, die Arme, und für Mutter und alle, auch ohne daß du die Gelegenheit ergreifst, Sherlock Holmes zu spielen. Ich hatte gedacht, du würdest um der Familie willen den Anstand haben, dich ruhig zu verhalten. Ich mag in einer verdammt scheußlichen Situation sein, aber ich biete wenigstens kein öffentliches Schauspiel.«
»Zum Teufel noch mal!« stieß Lord Peter so heftig hervor, daß der Wärter zusammenzuckte. »Du bietest das Schauspiel! Es ist nur deine Schuld, daß es so weit gekommen ist. Glaubst du, mir macht es Spaß, daß mein Bruder und meine Schwester vor Gericht geschleppt werden? Daß Reporter überall herumwimmeln? Daß man in jeder Zeitung deinen Namen liest und daß diese grauenhafte Geschichte mit einem großen Theater im Oberhaus endet, wo ein Haufen Leute deinetwegen in Purpur und Hermelin eine Komödie abspielen werden? Mach nun endlich Schluß, Gerald!«
»Der steht bevor«, entgegnete sein Bruder. »Gott sei Dank sind noch einige anständige Männer in der Aristokratie übriggeblieben, die das Wort eines Gentleman zu bewerten wissen und die nicht wie mein eigener Bruder nach juristischen Spitzfindigkeiten urteilen.«
»Entschuldige bitte, mein Lieber«, sagte Peter, wieder beherrscht. »Es tut mir leid, daß ich mich so habe gehenlassen. Wenn du es nicht sagen willst, dann sage es halt nicht. Jedenfalls arbeiten wir alle wie wahnsinnig, und wir sind sicher, bald den Mörder zu finden.«
»Du würdest das besser der Polizei überlassen«, entgegnete Denver. »Ich weiß, daß du gerne Detektiv spielst, aber ich meine, daß es eine Grenze geben sollte.«
»Das ist eine sehr üble Grenze«, widersprach Wimsey. »Ich sehe das nicht als Spiel an, und ich halte mich nicht draußen, weil ich weiß, daß ich wertvolle Arbeit leiste. Aber ich kann auch deinen Standpunkt verstehen. Es tut mir sehr leid, wenn du dich über mich ärgerst. Du hältst mich wohl für gefühllos, doch das bin ich nicht, und ich werde dich hier rauskriegen, auch wenn Bunter und ich dabei zugrunde gehen sollten. Also, auf Wiedersehen!«
Vor dem Tor wartete Bunter.
Während sie zusammen durch die Straßen der alten Stadt wanderten, fragte er: »Bunter, ist meine Art wirklich aufreizend, auch wenn ich es gar nicht will?«

»Es ist möglich, Mylord, wenn Euer Lordschaft entschuldigen wollen, daß die impulsive Art Eurer Lordschaft mißverstanden werden kann, besonders von Personen mit beschränkter . . .«
»Seien Sie vorsichtig, Bunter!«
»Mit begrenzter Phantasie, Mylord.«
»Wohlerzogene Engländer haben keine Phantasie, Bunter.«
»Bestimmt nicht, Mylord. Ich meine nichts Herabsetzendes.«
»Bunter, dort kommt ein Reporter!«
»Hier hinein, Mylord.«
Bunter schob seinen Herrn in die kühle Leere der Kathedrale. »Ich erlaube mir vorzuschlagen, Mylord«, flüsterte er hastig, »daß wir die Haltung und den äußeren Schein von Betenden annehmen, wenn Euer Lordschaft entschuldigen wollen.«
Als die Luft wieder rein war, schlichen sich Herr und Diener leise davon.

Für seinen Besuch des Marktfleckens Stapley zog Peter einen alten Anzug und derbe Stiefel an, setzte einen uralten Hut mit heruntergeschlagener Krempe auf und vervollkommnete seinen Aufzug durch einen kräftigen Eschenstock. Nur mit Bedauern ließ er seinen Lieblingsstock zurück: ein schönes Malakkarohr, das für Detektive besonders geeignet war, da es einen Degen barg und einen Kompaß im Griff versteckt hielt. Er fand aber, daß dieser Stock in den einfachen Landeskindern womöglich Voreingenommenheiten gegen ihn wecken könnte, da er einen städtischen, um nicht zu sagen hochmütigen Eindruck vermittelte. Seine Verwandlung als Folge seines lobenswerten Berufseifers illustrierte treffend den Ausspruch einer bekannten Schriftstellerin: »Jede Selbstaufopferung ist ein trauriger Irrtum.«
Die Kleinstadt machte einen schläfrigen Eindruck, als er auf einem der Riddlesdaler Einspänner, Bunter neben sich und den zweiten Gärtner, Wilkes, auf dem Rücksitz, seinen Einzug hielt. Es war ein grauer, kalter Morgen; jeden Moment würde es zu regnen anfangen.
»Wo ist die beste Kneipe, Wilkes?«
»*Zum fröhlichen Maurer*, Mylord . . . ein schönes, angesehenes Lokal, oder das *Goldene Faß* am Marktplatz, oder *Die Krone* an der anderen Seite des Marktplatzes.«
»Wo gehen die Leute am Markttag gewöhnlich hin?«
»In die *Krone*, die ist am beliebtesten; Tim Watchett, der Wirt, ist lustig. Greg Smith vom *Goldenen Faß* ist mürrisch und grob, aber

er hat gutes Bier.«
»Hm ... ich könnte mir denken, daß unser Freund Grobheit und gutes Bier einem freundlichen Wirt vorzieht. Auf ins *Goldene Faß*. Und wenn sich das als eine Niete erweist, trudeln wir hinüber zur *Krone* und knöpfen uns den geschwätzigen Watchett vor.«
So fuhren sie in den Hof eines großen Steinhauses, dessen verwittertes Schild die verwaschenen Umrisse eines großen Fasses zeigte. Zu dem mürrischen Stallknecht, der das Pferd übernahm, sagte Peter in seiner leutseligen Art: »Ekelhaftes Wetter, nicht wahr?«
»Äh.«
»Heute sind viele Leute hier, wie?«
»Öh!«
»Aber an Markttagen werdet ihr viel zu tun haben?«
»Äh.«
»Die Leute kommen wohl von weither, nehme ich an?«
»Hüh und Hott!« rief der Stallknecht und führte das Pferd gemächlich in den Stall. Der liebenswürdige Lord Peter fühlte sich in einer Weise geschnitten, wie er noch nie abgefertigt worden war.
»Immer mehr bin ich überzeugt«, erklärte Seine Lordschaft, »daß das Grimethorpes Stammkneipe ist. Gehen wir an die Theke. Wilkes, Sie können irgendwo zu Mittag essen, ich weiß nicht, wie lange wir hierbleiben werden.«
»Sehr wohl, Mylord.«
An der Theke im *Goldenen Faß* stand Mr. Greg Smith und prüfte mürrisch eine lange Rechnung. Lord Peter bestellte für Bunter und sich ein Bier bei ihm, was der Wirt als Zumutung aufzufassen schien, denn er deutete mit einer Kopfbewegung auf die Kellnerin. Es gehörte sich, daß Bunter, nachdem er seinem Herrn für das Glas Bier gedankt hatte, eine Unterhaltung mit dem Mädchen anknüpfte, während Lord Peter Mr. Smith seine Achtung erwies.
»Ah!« sagte Seine Lordschaft genießerisch. »Das ist mal ein Bier, Mr. Smith. Man hat mir gesagt, ich solle hierhergehen, wenn ich wirklich gutes Bier trinken will, und, bei Gott, man hat mich in das richtige Lokal geschickt.«
»Öh!« erwiderte Mr. Smith, »'s ist nicht mehr wie früher, heut taugt's nicht mehr viel.«
»Also ich kann mir kein besseres wünschen. Übrigens, ist Mr. Grimethorpe heute in der Stadt?«
»Äh?«
»Ist Mr. Grimethorpe heute in Stapley?«
»Woher soll ich das wissen?«

»Ich dachte, er käme immer hierher.«
»Äh!«
»Vielleicht habe ich den Namen verwechselt. Aber ich denke, daß er ein Mensch ist, der dorthin geht, wo es das beste Bier gibt.«
»Äh?«
»Also wenn Sie ihn nicht gesehen haben, wird er heute nicht hergekommen sein.«
»Wer?«
»Mr. Grimethorpe von Grider's Hole.«
»Warum habt Ihr das nicht gleich gesagt?«
»Ist er heute hier?«
»Das weiß ich nicht.«
»An Markttagen wird er herkommen, denke ich.«
»Manchmal.«
»Es ist ein langer Weg. Man kann doch hier übernachten, nehme ich an?«
»Wollt Ihr hier übernachten?«
»Nein, ich glaube nicht. Ich dachte an meinen Freund Grimethorpe. Er wird hier wohl öfter übernachten?«
»Manchmal.«
»Ist er jetzt hier?«
»Nein.«
»Oh!« sagte Wimsey und dachte ärgerlich: Wenn alle Einheimischen so stur sind, werde ich hier übernachten müssen. Laut fügte er hinzu: »Also, wenn er das nächste Mal herkommt, sagen Sie ihm, ich hätte nach ihm gefragt.«
»Und wer seid Ihr?« erkundigte sich Mr. Smith feindselig.
»Oh, sagen Sie Brooks aus Sheffield«, antwortete Lord Peter freundlich lächelnd. »Guten Morgen. Ich werde Ihr Bier empfehlen.«
Mr. Smith grunzte etwas. Lord Peter schlenderte langsam hinaus. Bald folgte ihm Mr. Bunter munteren Schrittes und mit einem Anflug von Schmunzeln.
»Na?« erkundigte sich Seine Lordschaft. »Ich hoffe, daß die junge Dame mitteilsamer war als dieser Kerl.«
»Das junge Mädchen war sehr freundlich, Mylord, doch leider völlig uninformiert. Sie kennt Mr. Grimethorpe, aber er übernachtet nicht hier. Sie hat ihn einige Male in Gesellschaft eines Mannes namens Zedekiah Bone gesehen.«
»Dann suchen Sie mal diesen Bone«, sagte Seine Lordschaft, »und erstatten Sie mir in zwei Stunden Bericht. Ich werde mein Glück in

der *Krone* versuchen. Um zwölf treffen wir uns unter diesem Ding.«

Das »Ding« war ein rosafarbener Granitblock, der einen zackigen Felsen darstellte und von zwei steinernen Infanteristen mit Stahlhelmen bewacht wurde. Mr. Bunter betrachtete das scheußliche Monument eingehend, um es wiederzufinden, und entfernte sich dann respektvoll. Lord Peter machte sich forschen Schrittes zur *Krone* auf.

Mr. Timothy Watchett von der *Krone* war der krasse Gegensatz zu Mr. Greg Smith. Ein scharfäugiger kleiner Mann von etwa fünfundfünfzig Jahren, mit so vergnügten, lustigen Augen und von einer so flinken, kecken Beweglichkeit, daß Lord Peter sofort wußte, woher er stammte.

»Guten Morgen, Chef«, sagte er freundlich, »wann waren Sie das letzte Mal am Piccadilly Circus?«

»Schwer zu sagen, Sir. Es werden so fünfunddreißig Jahre her sein. Oft sag' ich zu meiner Frau: ›Liz, ich möcht' dir so gern das alte London zeigen, bevor ich sterbe.‹ Aber da kommt dies und dann kommt das, und so fliegt die Zeit dahin. Ein Tag wie der andere. Ich weiß schon gar nicht mehr, wie alt ich bin, Sir.«

»Na ja, Sie haben noch viel Zeit«, erwiderte Lord Peter.

»Ich hoffe es, Sir. Ich kann mich nie an diese Menschen hier im Norden gewöhnen. Die sind so langsam, Sir . . . Am Anfang, als ich hergekommen bin, hab' ich mich grün und blau über sie geärgert, und wie sie sprechen! Ich hab' lange gebraucht, um mich dran zu gewöhnen. Das nennt ihr Englisch, hab' ich immer gesagt. Aber Geschäft bleibt Geschäft, Sir. Und ich fang' auch schon an wie die zu reden!«

»Ich glaube, es besteht keine große Gefahr, daß Sie ein Yorkshire-Mann werden«, tröstete ihn Lord Peter. »Ich habe doch auf den ersten Blick erkannt, woher Sie stammen und wußte sofort: ›Hier stehe ich auf Heimatboden!‹«

»Das ist recht, Sir. Und was darf ich Ihnen anbieten, Sir? Entschuldigen Sie, Sir, aber habe ich Sie nicht schon mal gesehen?«

»Ich glaube nicht«, antwortete Peter, »aber da fällt mir ein, kennen Sie einen gewissen Mr. Grimethorpe?«

»Ich kenne fünf Grimethorpes. Welchen meinen Sie?«

»Mr. Grimethorpe von Grider's Hole.«

Das fröhliche Gesicht des Wirtes verdüsterte sich. »Ist das ein Freund von Ihnen, Sir?«

»Das nicht. Ein Bekannter.«

»Jetzt hab' ich's!« rief Mr. Watchett und schlug auf die Theke. »Ich hab's doch gewußt, daß ich Ihr Gesicht kenne! Leben Sie nicht in *Riddlesdale*, Sir?«

»Augenblicklich bin ich dort.«

»Ich hab's gewußt!« rief Mr. Watchett triumphierend. Er bückte sich, holte einen Haufen Zeitungen hinter der Theke hervor und blätterte sie aufgeregt mit wohlangefeuchtetem Daumen durch. »Da! *Riddlesdale!* Da haben wir's, natürlich!«

Er schlug einen ungefähr vierzehn Tage alten Daily Mirror auf, auf dessen erster Seite die dicke Schlagzeile stand: RÄTSEL UM RIDDLESDALE. Darunter war ein ausgezeichnetes Foto mit dem Text: »Lord Peter Wimsey, der Sherlock Holmes des Londoner Westends, der Zeit und Kraft aufwendet, um die Unschuld seines Bruders, des Herzogs von Denver, zu beweisen.« Mr. Watchett strahlte.

»Ich kann Ihnen gar nicht sagen, wie stolz ich darauf bin, daß Sie mein Lokal beehren, Mylord! Hallo, Jem, bedien die Herren dort drüben, du siehst doch, daß sie warten! Ich hab' all Ihre Fälle verfolgt, Mylord, in den Zeitungen. Spannend wie Kriminalromane. Und zu denken –«

»Hören Sie, lieber Freund«, unterbrach ihn Lord Peter, »würden Sie bitte nicht so laut sprechen. Könnten Sie mir einige Auskünfte geben und darüber Stillschweigen bewahren?«

»Kommen Sie mit mir ins Hinterzimmer, Mylord, niemand hört uns dort«, sagte Mr. Watchett eifrig und hob die Thekenklappe. »Hallo, Jem! Bring 'ne Flasche –. Was wünschen Sie, Mylord?«

»Also, ich weiß nicht, wie viele Lokale ich heute noch aufsuchen muß«, sagte Seine Lordschaft.

»Jem, bring zwei Flaschen von dem alten Ale! Ein Spezial-Ale, Mylord. Danke, Jem, du bedienst die Kunden! Bitte sehr, Mylord.«

Lord Peter erfuhr von Mr. Watchett, daß Mr. Grimethorpe ziemlich oft in die *Krone* zu kommen pflegte, namentlich an Markttagen. Vor etwa zehn Tagen war er völlig betrunken und krakeelend spät abends mit seiner Frau gekommen, die wie üblich vor ihm zitterte. Grimethorpe hatte Schnaps bestellt, aber Mr. Watchett hatte sich geweigert, ihn zu servieren. Es hatte Krach gegeben, und Mrs. Grimethorpe hatte sich bemüht, ihren Mann nach draußen zu befördern. Grimethorpe hatte sie unter wüsten Beschimpfungen zu Boden geschlagen, so daß Mr. Watchett ihn durch die Knechte rauswerfen ließ und ihm für immer das Lokal verboten hatte. Von allen Seiten hatte er gehört, daß Grimethorpe, der wegen seiner

Reizbarkeit schon von jeher berüchtigt war, in der letzten Zeit geradezu diabolisch geworden sei.

»Könnten Sie vielleicht angeben, wann diese Verschlimmerung eingetreten ist?«

»Also, Mylord, wenn ich's mir überlege, so etwa Mitte vorigen Monats ... vielleicht noch ein bißchen früher.«

»Hm!«

»Nicht, daß ich damit etwas andeuten will, Euer Lordschaft«, fügte Mr. Watchett rasch hinzu.

»Bestimmt nicht. Was meinen Sie denn?«

»Ah!« stieß Mr. Watchett hervor. »Ja, was denn?«

»Sagen Sie, erinnern Sie sich, ob Grimethorpe am 13. Oktober – einem Mittwoch – nach Stapley gekommen ist?«

»Das war der Tag. Richtig! Ja, jetzt erinnere ich mich, denn ich hab' es merkwürdig gefunden, daß er an einem Tag, an dem kein Markt war, hergekommen ist. Er hat gesagt, er müßte sich wegen Maschinen umsehen, Drillbohrer und so weiter. Richtig. Er war hier.«

»Erinnern Sie sich, um wieviel Uhr er kam?«

»So um die Mittagszeit, denke ich. Die Kellnerin wird's wissen. Hallo, Bet!« rief er durch die Seitentür. »Erinnerst du dich, ob Grimethorpe am 13. Oktober, ein Mittwoch war's, hier zu Mittag gegessen hat? Es war der Tag, an dem der arme Herr in Riddlesdale ermordet worden ist.«

»Grimethorpe von Grider's Hole?« fragte die Kellnerin, ein junges, gutgewachsenes Yorkshire-Mädchen. »Ja, er hat hier zu Mittag gegessen und ist zum Schlafen zurückgekommen. Ich irr' mich nicht, denn ich hab' ihn bedient, ich hab' ihm am Morgen Wasser raufgebracht, und er hat mir nur zwei Pence Trinkgeld gegeben.«

»Empörend!« sagte Lord Peter. »Hören Sie, Miss Elisabeth, sind Sie sicher, daß es der 13. war? Ich habe nämlich mit einem Freund gewettet, und ich möchte nicht gern das Geld verlieren. Sind Sie ganz sicher, daß er Mittwoch nacht hier geschlafen hat?«

»Es war bestimmt Mittwoch, Sir, denn ich erinnere mich noch, daß die Männer am nächsten Tag an der Theke über den Mord gesprochen haben und daß sie Mr. Grimethorpe davon erzählt haben.«

»Was hat Mr. Grimethorpe dazu gesagt?«

»Das ist aber komisch«, rief das junge Mädchen, »daß Sie mich das fragen. Allen ist aufgefallen, wie merkwürdig er sich benommen hat. Er ist auf einmal kreideweiß geworden, dann hat er sich seine Hände angeschaut, erst die eine, dann die andere, dann hat er sich das Haar aus der Stirn gestrichen. Er war wie betäubt. Wir haben geglaubt, daß er wieder besoffen ist. Er ist meistens besoffen.«

»Ein Scheusal«, bestätigte Peter. »Übrigens, um wieviel Uhr ist Grimethorpe ins Bett gegangen?«

»Kurz vor zwei Uhr morgens«, antwortete das Mädchen, den Kopf zurückwerfend. »Das Haus war verschlossen, Jem hat runtergehen müssen, um ihn reinzulassen.«

»So!« sagte Peter. »Zwei Uhr, das war also, genau genommen, schon Donnerstag, nicht wahr? Da könnte ich's ja deichseln, da hätte ich die Wette doch nicht verloren. Vielen Dank. Mehr wollte ich nicht wissen.«

Bet zog sich grinsend und kichernd zurück und verglich im stillen die Großzügigkeit des fremden Herrn mit dem Geiz von Mr. Grimethorpe.

Lord Peter erhob sich. »Ich bin Ihnen unendlich dankbar, Mr. Watchett«, sagte er. »Ich möchte jetzt noch ein paar Worte mit Jem sprechen. Aber reden Sie, bitte, mit niemandem darüber.«

»Ich werd' mich hüten. Viel Glück, Mylord.«

Jem bestätigte alles, was Bet gesagt hatte. Grimethorpe war am 14. Oktober gegen 1 Uhr 50 in der Frühe betrunken und mit Schmutz bespritzt zurückgekommen. Er hatte gemurmelt, er sei mit einem Mann namens Watson zusammengewesen.

Als nächster wurde der Stallknecht befragt. Es sei unmöglich, daß man ein Pferd und einen Wagen nachts aus dem Hof holen könne, ohne daß er es merken würde. Er kenne Watson, der sei ein Fuhrunternehmer und wohne in der Windon Street. Lord Peter belohnte den Knecht mit einem guten Trinkgeld und machte sich auf den Weg zur Windon Street.

Aber dieser Besuch erbrachte keine weiteren Aufschlüsse. Um Viertel nach zwölf traf Lord Peter am rosafarbenen Denkmal wieder mit Bunter zusammen.

»Glück gehabt?« fragte Lord Peter.

»Es ist mir gelungen, gewisse Auskünfte einzuholen, Mylord, die ich schriftlich niedergelegt habe. Gesamtspesen für Bier für meine Wenigkeit und Zeugen 7 Shilling 2 Pence, Mylord.«

Lord Peter zahlte das Geld wortlos, und dann gingen sie zur *Krone*. Nachdem sie im Nebenzimmer Platz genommen und das Mittagessen bestellt hatten, stellten sie gemeinsam eine Liste zusammen über das, was Grimethorpe am Mittwoch, dem 13., und Donnerstag, dem 14. Oktober, gemacht hatte:

13. Oktober

12.30 Ankunft in der *Krone*.
13.00 Mittagessen.
15.00 G. bestellt zwei Drillbohrer bei einem Mr. Gooch im Trimmer's Lane.
16.30 G. trinkt mit Gooch auf den Geschäftsabschluß.
17.00 G. geht zu dem Fuhrunternehmer John Watson wegen Transport von Hundefutter. Watson ist abwesend. Mrs. Watson sagt, sie erwarte ihn abends zurück. G. sagt, er käme wieder vorbei.
17.30 G. geht zu Mark Dolby, dem Krämer, um wegen einiger Lachskonserven zu reklamieren.
17.45 G. geht zu Mr. Hewitt, dem Optiker, um die Rechnung für seine Brille zu bezahlen, und feilscht wegen des Betrages.
18.00 G. trinkt mit Zedekiah Bone im *Goldenen Faß*.
18.45 G. geht wieder zu Mrs. Watson. Watson ist noch nicht zurück.
19.00 G. wird vom Polizisten Z. gesehen, wie er im *Blauen Eber* mit mehreren Männern trinkt. Er stößt Drohungen gegen einen Unbekannten aus.
19.20 G. verläßt den *Blauen Eber* mit zwei Männern, die noch nicht identifiziert sind.

14. Oktober

1.15 G. wird von dem Fuhrunternehmer Watson etwa anderthalb Kilometer vor Stapley auf der Landstraße nach Riddlesdale aufgegabelt. Er ist völlig beschmutzt, wütender Stimmung und betrunken.
1.45 G. wird von James Johnson, dem Hausknecht, in die *Krone* eingelassen.
9.00 G. wird von Elisabeth Dobbin geweckt.
9.30 G. an der Theke der *Krone*. Hört von dem Mord in Riddlesdale. Benimmt sich verdächtig.
10.15 G. kassiert bei der Lloyds Bank einen Scheck über £ 129.17.8.
10.30 G. zahlt Gooch die Drillbohrer.
11.15 G. verläßt die *Krone* und fährt nach Grider's Hole zurück.

Lord Peter betrachtete die Liste einige Minuten lang und legte den Finger auf die große Lücke von sechs Stunden nach 19 Uhr 20. »Wie viele Kilometer sind es bis Riddlesdale, Bunter?«

»Etwa 22 Kilometer, Mylord.«
»Der Schuß wurde um 23 Uhr 50 gehört. Das konnte er nicht zu Fuß schaffen. Hat Watson erklärt, warum er erst um zwei Uhr morgens von seiner Fahrt zurückgekommen ist?«
»Jawohl, Mylord. Er habe damit gerechnet, gegen elf Uhr zurück zu sein, aber sein Pferd habe zwischen King's Fenton und Riddlesdale ein Eisen verloren. So habe er im Schritt nach Riddlesdale – ungefähr 5½ km – gehen müssen, wo er gegen zehn ankam und den Schmied aus dem Bett holen mußte. Er ging in den *Goldenen Stern*, bis dort geschlossen wurde, und dann in die Wohnung eines Freundes, wo er noch ein paar Gläser trank. Um 0 Uhr 40 brach er auf und gabelte Grimethorpe etwa 1½ km vor Stapley in der Nähe der Straßenkreuzung auf.«
»Der Schmied und der Freund werden die Aussage ja bestätigen können. Aber wir müssen diese zwei Männer vom *Blauen Eber* finden.«
»Jawohl, Mylord. Gleich nach dem Essen werde ich es versuchen.«
Es war ein gutes Essen. Aber damit schien sich ihr Glück für diesen Tag erschöpft zu haben, denn um drei Uhr waren die beiden Männer noch nicht ausfindig gemacht, und die Spur schien sich zu verlieren.
Wilkes, der Gärtnerjunge, trug aber von sich aus zur Nachforschung bei. Er hatte beim Mittagessen einen Mann aus King's Fenton kennengelernt, und sie hatten natürlich über den geheimnisvollen Mord im Jagdhaus gesprochen. Der Fremde hatte berichtet, er kenne einen alten Mann, der in einer Hütte am Moor wohne, und der habe gesagt, in der Mordnacht, mitten in der Nacht, habe er einen Mann über den Hügel gehen sehen. »Und da ist mir auf einmal in den Sinn gekommen, daß das der Herzog hätte sein können!« verkündete Wilkes strahlend.
Weitere Erkundigungen ergaben, daß der alte Mann Groot hieß und daß Wilkes Lord Peter und Bunter am Ziegenpfad absetzen könnte, der zu Groots Hütte führte.
Wäre Lord Peter dem Rat seines Bruders gefolgt und hätte sich mehr um englischen Jagdsport als um Inkunabeln und Verbrechen in London gekümmert, wäre Bunter in dem Moor aufgewachsen statt in einem Dorf bei Kent, oder hätte wenigstens einer der drei seinen gesunden Menschenverstand gebraucht, so wäre dieser absurde Vorschlag nie gemacht, noch viel weniger an einem Novembertag im Norden von Yorkshire befolgt worden. So aber stiegen Lord Peter und Bunter zehn Minuten vor vier aus der Kutsche,

schickten Wilkes fort und marschierten den Moorpfad hinauf bis zu der Hütte, die am Rande des Hügelgeländes lag.
Der Mann war schwerhörig, und nach einer halben Stunde hatten sie nur wenig aus ihm herausbekommen. In einer Oktobernacht, die die Mordnacht hätte sein können, habe er bei seinem Torffeuer gesessen, als – er glaube, gegen Mitternacht – ein großer Mann aus der Dunkelheit aufgetaucht sei. Der Mann habe wie ein Süd-Engländer gesprochen und gesagt, er habe sich im Moor verirrt. Der alte Groot sei zur Tür getreten und habe ihm den Weg nach Riddlesdale gezeigt. Der Fremde sei dann verschwunden, nachdem er ihm einen Shilling in die Hand gedrückt habe. Er könne die Kleidung des Fremden weiter nicht beschreiben, er habe wohl einen weichen Hut getragen und einen Mantel und, soweit er sich entsinne, auch Gamaschen. Er sei ziemlich sicher, daß es in der Mordnacht war, denn später habe er darüber nachgedacht und angenommen, daß es einer der Leute aus dem Jagdhaus hätte sein können, möglicherweise der Herzog. Er sei aber zu dieser Erkenntnis erst allmählich gekommen und habe sie für sich behalten, da er nicht gewußt habe, an wen er sich wenden sollte.
Damit mußten sich die beiden Detektive begnügen. Lord Peter hatte dem alten Groot zweieinhalb Shilling in die Hand gedrückt, und gegen fünf Uhr befanden sie sich oberhalb des Moors.
»Bunter«, sagte Lord Peter in der Dunkelheit, »ich bin ab-so-lut sicher, daß der Schlüssel zu allem in Grider's Hole zu finden ist.«
»Gut möglich, Mylord.«
Lord Peter zeigte mit dem Finger nach Südosten. »Dort ist Grider's Hole«, sagte er. »Wir wollen hingehen.«
»Sehr wohl, Mylord.«
Wie zwei Kinder marschierten Lord Peter und Bunter forschen Schrittes auf dem schmalen Moorpfad in Richtung Grider's Hole, ohne zurückzublicken, so daß sie nicht sahen, wie eine große weiße, drohende Nebelmasse sich lautlos in der Novemberdämmerung über die kahlen Hänge des Hügellandes legte.
»Bunter!«
»Hier Mylord!« Die Stimme klang dicht an Lord Peters Ohr.
»Gott sei Dank! Ich dachte schon, Sie wären völlig verschwunden. Das hätten wir vorher wissen können!«
»Jawohl, Mylord.«
Der Nebel hatte sie von hinten überfallen, dick, kalt, erstickend, und sie konnten einander nicht sehen, obwohl sie nur ein bis zwei Meter auseinander waren.

»Ich bin ein Idiot, Bunter!« erklärte Lord Peter.
»Keineswegs, Mylord.«
»Bleiben Sie stehen und sprechen Sie weiter.«
»Jawohl, Mylord.«
Peter tastete sich nach rechts und klammerte sich an Bunters Arm.
»Was sollen wir jetzt tun?«
»Das kann ich nicht sagen, Mylord, da ich mit Nebel keine Erfahrungen habe. Hat diese Erscheinung besondere Eigenschaften, Mylord?«
»Ich glaube, keine zuverlässigen. Zuweilen bewegt sich der Nebel, zuweilen bleibt er tagelang an einer Stelle hängen. Wir müssen die Nacht durch warten und sehen, ob er sich bei Tagesanbruch hebt.«
»Jawohl, Mylord. Leider ist es etwas feucht.« Bunter nieste und bat höflich um Entschuldigung.
»Wenn wir in Richtung Südosten gehen«, erklärte Seine Lordschaft, »kommen wir nach Grider's Hole. Und dort muß man uns einfach für die Nacht unterbringen oder uns einen Führer geben. Ich habe meine Taschenlampe bei mir, und wir können nach dem Kompaß gehen. Oh, verdammt!«
»Mylord?«
»Ich habe den falschen Stock. Dieser verdammte Eschenstock hier! Kein Kompaß, Bunter. Wir sind erledigt.«
»Könnten wir nicht den Hang hinuntergehen, Mylord?«
Peter zögerte. Erinnerungen an das, was er gehört und gelesen hatte, tauchten in ihm auf, und er wußte, daß bergauf oder bergab im Nebel das gleiche ist. Man kann sich kaum vorstellen, daß ein Mensch so völlig hilflos ist. Die Kälte war eisig. »Wir können es ja versuchen«, antwortete er unentschlossen.
»Ich habe gehört, Mylord, daß man im Nebel immer im Kreis geht«, sagte Bunter, von einem verspäteten Sicherheitsbedürfnis gepackt.
»An einem Abhang bestimmt nicht«, entgegnete Lord Peter, der aus Widerspruchsgeist auf einmal kühn wurde.
Bunter, außerhalb seines Elementes, schien ratlos.
»Schlimmer kann's nicht werden, als es schon ist«, sagte Lord Peter. »Wir wollen es versuchen und dauernd um Hilfe rufen.«
Er packte Bunters Hand, und vorsichtig tasteten sie sich in dem kalten dicken Nebel vorwärts.
Wie lange dieser Alptraum währte, konnte keiner von ihnen sagen. Ihre eigenen Schreie erschreckten sie. Wenn sie aber zu schreien aufhörten, war das tödliche Schweigen noch schrecklicher. Sie stol-

perten über dicke Heidekrautbüschel. Es war erstaunlich, wie sie, der Sicht beraubt, die Unebenheiten des Geländes falsch einschätzten, und es fiel ihnen sehr schwer, bergauf und bergab zu unterscheiden. Die Kälte drang ihnen bis auf die Knochen, und doch rann ihnen vor Entsetzen und Anstrengung der Schweiß von der Stirn.

Plötzlich – es schien ihnen, als sei es ein paar Meter vor ihnen – ein grauenhafter, langer Schrei, dann wieder einer und wieder.

»Mein Gott! Was ist das?«

»Ein Pferd, Mylord.«

»Natürlich.« Beide erinnerten sich, im Krieg Pferde so schreien gehört zu haben. Da war ein brennender Stall in Flandern gewesen ...

»Das arme Tier«, sagte Peter. Impulsiv ging er in die Richtung, aus der die Schreie kamen und ließ Bunters Hand los.

»Kommen Sie zurück, Mylord!« schrie Bunter, zu Tode erschrocken. Und dann, in einem Anflug von furchtbarer Klarheit: »Um Gottes willen, bleiben Sie stehen, Mylord! Das Moor!«

Ein schriller Schrei erscholl in der undurchdringlichen Finsternis. Ein grauenhaft saugendes Geräusch folgte.

12

»Ich bin direkt hineingeraten«, drang Wimseys Stimme aus der Finsternis. »Ich sinke immer tiefer ein. Kommen Sie nur nicht her, sonst schnappt es auch Sie. Wir müssen schreien. Grider's Hole kann nicht weit sein.«

»Ich bitte Eure Lordschaft, weiter zu brüllen«, erwiderte Bunter. »Ich glaube, ich kann zu Ihnen kommen«, keuchte er und öffnete mit den Zähnen den Knoten eines Strickes.

»Hallo!« schrie Lord Peter gehorsam. »Hilfe! Hallo! Hallo!«

Bunter tastete sich behutsam mit seinem Stock in Richtung der Stimme vorwärts.

»Bleiben Sie dort, Bunter! Ich bin schon bis zu den Hüften drin –«

»Ich komme«, rief Bunter. »Schreien Sie weiter. Jetzt fängt es an, sumpfig zu werden.«

Er tastete den Boden sorgfältig ab, stieß auf ein Grasbüschel, das verhältnismäßig fest zu sein schien, und steckte seinen Stock hinein.

»Hallo! Hilfe!« schrie Lord Peter aus voller Lunge.
Bunter befestigte das eine Ende des Strickes an seinem Spazierstock, zog den Gürtel seines Regenmantels fest, legte sich vorsichtig flach auf den Bauch und kroch, das andere Ende des Strickes in der Hand, langsam vorwärts.
Der Boden, auf dem er kroch, schwankte entsetzlich, das schlammige Wasser klatschte ihm ins Gesicht. Er suchte mit den Händen nach Grasbüscheln, auf die er sich stützen konnte.
»Schreien Sie weiter, Mylord!«
»Hier!« Die Stimme, die nun schwächer klang, kam von rechts. Bunter hatte auf seiner Suche nach Grasbüscheln die Richtung verloren. »Ich wage nicht, rascher zu kommen«, erklärte er. Er hatte das Gefühl, als krieche er schon seit Jahren.
»Gehen Sie zurück, solange noch Zeit ist«, rief Peter. »Ich bin jetzt schon bis zur Taille eingesunken. Herrgott, was für eine verdammte Art abzukratzen!«
»Das werden Sie nicht«, knurrte Bunter. Seine Stimme war plötzlich ganz nah. »Jetzt, bitte, Ihre Hände!«
Ein paar quälende Sekunden lang tasteten zwei Paar Hände über den unsichtbaren Schlamm. Dann sagte Bunter: »Halten Sie jetzt die Hände ruhig!« Er machte mit den Armen langsame kreisende Bewegungen. Es fiel ihm schwer, das Gesicht aus dem Schlamm zu halten. Seine Hände glitten über die glitschige Oberfläche. Plötzlich stießen sie auf einen Arm. »Gott sei Dank!« stieß Bunter hervor. Er schob sich ein bißchen vorwärts, seine Arme waren dem alles verschlingenden Morast gefährlich nahe. Peters Hände tasteten sich langsam an Bunters Armen bis zu dessen Schultern hinauf, dann packte der getreue Diener seinen Herrn unter den Achseln und versuchte ihn zu ziehen. Durch die Anstrengung sanken seine Knie in das Moor ein. Rasch streckte er sich wieder aus. Ohne sich auf seine Knie stützen zu können, vermochte er nichts, doch wenn er sie benutzte, bedeutete das sicheren Tod. Es blieb ihnen nichts anderes übrig, als in dieser verzweifelten Stellung zu warten, bis Hilfe kam – oder bis die Anstrengung zu groß wurde. Er konnte nicht einmal schreien, er konnte seinen Mund kaum über dem Wasser halten. Der Druck auf seinen Schultern war unerträglich, allein das Atmen verursachte ihm einen quälenden Schmerz im Hals.
»Sie müssen weiter schreien, Mylord!«
Wimsey brüllte, aber seine Stimme wurde schwächer.
»Bunter, mein Guter«, sagte er keuchend. »Es tut mir so leid, daß

ich Sie in diese Situation gebracht habe.«
»Ich bitte Sie, Mylord!« stieß Bunter, den Mund im Schlamm, hervor. Plötzlich kam ihm ein Gedanke. »Wo ist denn Ihr Stock, Mylord?«
»Ich habe ihn verloren, er muß aber hier in der Nähe sein, wenn er nicht versunken ist.«
Bunter machte vorsichtig seinen linken Arm frei und tastete herum. Da berührte seine Hand den Stock, der auf ein festes Grasbüschel gefallen war. Er zog ihn heran und schob ihn quer über seine Arme, so daß er sein Kinn darauf stützen konnte. Die Erleichterung für seinen Nacken war so groß, daß sein Mut wiederkehrte. Er hatte das Gefühl, als könne er es in dieser Lage ewig aushalten.
»Hilfe.«
Die Minuten schlichen wie Stunden dahin.
»Sehen Sie was?«
Rechts von ihnen tauchte ein schwacher flackernder Schimmer auf. Mit der Energie der Verzweiflung schrien beide gemeinsam: »Hilfe! Hilfe! Hallo! Hallo! Hilfe!«
Als Antwort ertönte ein Schrei. Das Licht schwankte, kam näher. Ein sich ausdehnender Lichtfleck kam im Nebel auf sie zu.
»Wo seid ihr?«
»Hier!«
»Hallo!« Eine Pause. Dann sagte eine Stimme plötzlich ganz nahe: »Hier is'n Stock.«
»Folgt dem Strick!« schrie Bunter.
Sie hörten zwei Stimmen. Dann zog jemand an dem Strick.
»Hier! Hier! Wir sind zwei! Eilt euch!«
Die Männer besprachen sich.
»Könnt ihr noch aushalten?«
»Ja, wenn ihr rasch macht.«
»Wir holen ein paar Bretter. Ihr seid zwei, sagst du?«
»Ja.«
»Tief drin?«
»Der eine.«
»Jem kommt.«
Ein platschendes Geräusch kündete Jems Ankunft mit einem Brett an. Dann klatschte nach endlosem Warten ein zweites Brett auf den schwankenden Boden; wieder wurde am Strick gezerrt, der Schein der Laterne tanzte hin und her. Schließlich wurde ein drittes Brett nachgeworfen. Das Licht tauchte plötzlich aus dem Nebel

hervor. Eine Hand packte Bunter am Fußgelenk.
»Wo ist der andere?«
»Hier. Er ist schon fast bis zum Hals drin. Haben Sie einen Strick?«
»Natürlich. Jem! Den Strick!«
Bunter packte den Strick, der im Nebel auftauchte, und band ihn um die Brust seines Herrn.
»Jetzt komm zurück und zieh mit.«
Bunter kroch vorsichtig über das Brett zurück. Alle drei zogen mit aller Kraft an dem Strick – es war, als wollten sie versuchen, die Welt aus ihren Angeln zu heben.
»Ich fürchte, ich sitze in Australien fest«, keuchte Lord Peter entschuldigend.
Langsam zogen sie das Seil auf sich zu.
Plötzlich ließ das Moor seine Beute mit einem platschenden Geräusch los. Die drei am Strick fielen rückwärts auf die Bretter. Eine unkenntliche, völlig verschlammte Masse lag vor ihnen, hilflos keuchend. Sie schleppten die Gestalt eilig weiter, als fürchteten sie, der Morast würde wieder nach ihr greifen. Der widerliche Gestank des Moores umgab sie. Sie krochen über das Brett, das zweite, das dritte, und richteten sich schließlich taumelnd auf, als sie festen Boden unter den Füßen hatten.
»Was für ein widerlicher Ort!« sagte Lord Peter schwach. »Entschuldigen Sie, wie heißt das hier? Ich hab's vergessen.«
»Na, du hast aber Glück gehabt«, sagte der eine Retter. »Wir haben was schreien hören. Nur wenige kommen aus Peter's Pott tot oder lebendig wieder raus.«
»Also diesmal war Peter beinahe drin«, sagte Seine Lordschaft und fiel ihn Ohnmacht.

Lord Peter empfand die Erinnerung an seinen Einzug in den Bauernhof Grider's Hole stets wie einen Alptraum. Nebelschwaden drangen in den Raum, als die Tür geöffnet wurde, die Flammen des Kaminfeuers flackerten, eine Petroleum-Hängelampe verbreitete einen schwachen Lichtschimmer. Das schöne Medusenhaupt von Mrs. Grimethorpe, deren blasses Gesicht sich erschreckend weiß gegen ihr schwarzes Haar abhob, beugte sich über ihn. Eine haarige Pranke packte sie an der Schulter und riß sie zurück.
»Schamloses Frauenzimmer! Was glaubst du denn? Wart, bis du gerufen wirst.«
Stimmen. Stimmen und wilde Gesichter, die Lord Peter von allen

Seiten anstarrten.
»Peter's Pott? Was wollten die um diese Zeit nachts im Moor? Bestimmt nichts Gutes. Nur ein Narr oder ein Dieb kommt in dem Nebel hierher.« Der Bauer wandte sich wütend zu Bunter. »Scher dich raus und nimm den da mit, das sag' ich dir. Ihr habt hier nichts zu suchen.«
»Aber, William!« begann seine Frau. Mit einem Ruck drehte er sich zu ihr um und schnappte wie ein Hund nach ihr: Sie wich zurück.
»Aber, aber«, sagte ein Mann, den Wimsey dunkel als denjenigen erkannte, mit dem er sich bei seinem ersten Besuch angefreundet hatte. »Du mußt die zwei die Nacht über hier lassen, mein' ich, oder du kriegst Scherereien mit den Leuten im Jagdhaus. Nicht davon zu reden, was die Polizei sagen würde. Schaff' ihn zum Feuer, Mann«, sagte er zu Bunter und wandte sich wieder an den Bauer. »Man würde dich ins Kittchen stecken, wenn die zwei draußen an Lungenentzündung oder Rheumatismus verrecken.«
Das schien Grimethorpe einzuleuchten. Knurrend gab er nach, und die zwei halberfrorenen und erschöpften Männer wurden näher zum Feuer geschleppt. Jemand brachte zwei große Krüge mit dampfendem Grog. Wimseys Kopf begann sich zu klären, dann verschwamm ihm wieder alles vor den Augen. Er war betrunken.
Er merkte, daß er nach oben gebracht und in ein Bett gelegt wurde. Es war ein riesiges Bett in einem großen, altertümlichen Zimmer. Im Kamin loderte ein Feuer. Bunter half Lord Peter aus den Kleidern und rieb ihn ab. Ab und zu kam ein Mann und half. Von unten her schallte das Gebrüll Grimethorpes. Er fluchte gotteslästerlich.
Lord Peter wälzte sich im Bett zur Seite.
»Bunter, geht's Ihnen gut? Ich habe mich ja noch gar nicht bei Ihnen bedankt ...«
Er versank wieder in Bewußtlosigkeit.
Als Wimsey die Augen öffnete, kämpfte sich eine blasse Novembersonne durch das Fenster. Es schien, daß der Nebel seine Mission erfüllt hatte und abgezogen war. Für eine Weile wußte Lord Peter nicht, wo er sich befand und wie er hergekommen war. Erst allmählich konnte er sich wieder erinnern. Er spürte eine entsetzliche Schlaffheit. Seine Schultermuskeln schmerzten heftig. Als er sich flüchtig untersuchte, fand er, daß seine Haut unter den Armhöhlen und um Brust und Rücken aufgerieben war, dort wo der rettende

Strick ihn aus dem Moor gezogen hatte. Da ihn jede Bewegung schmerzte, legte er sich wieder zurück und schloß die Augen.
Die Tür ging auf und Bunter trat ein, korrekt gekleidet, in der Hand ein Tablett, von dem ein köstlicher Duft von Eiern und Speck emporstieg.
»Hallo, Bunter!«
»Guten Morgen, Mylord! Ich hoffe, daß Euer Lordschaft gut geschlafen haben.«
»Ich bin munter wie ein Fisch im Wasser, danke schön. Nur habe ich ein Gefühl, als hätte mich ein Riese mit eisernen Fingern heftig massiert. Wie geht's Ihnen?«
»Danke der gütigen Nachfrage, Mylord, ich habe in den Armen noch ein etwas müdes Gefühl. Sonst kann ich zum Glück sagen, daß ich nichts mehr von dem schlimmen Abenteuer spüre. Gestatten, Euer Lordschaft.«
Er stellte das Tablett behutsam auf Lord Peters Knie.
»Ich bin so tief in Ihrer Schuld, Bunter, ich kann das nie vergelten. Aber Sie wissen ja, daß ich es nie vergessen werde. Gut, gut, ich sage nichts weiter! Trotzdem – vielen Dank. Hat man Ihnen übrigens ein anständiges Bett gegeben? Gestern abend war ich nicht imstande, mich darum zu kümmern.«
»Ich habe ausgezeichnet geschlafen, ich danke sehr, Euer Lordschaft.« Mr. Bunter deutete auf ein Feldbett, das in der Ecke stand. »Man wollte mir ein anderes Zimmer geben, Mylord, aber unter den gegebenen Umständen zog ich es vor, bei Eurer Lordschaft zu bleiben – in der Annahme, Sie würden entschuldigen, daß ich mir diese Freiheit genommen habe. Ich sagte den Leuten, ich hätte Angst, daß die Gesundheit Eurer Lordschaft durch den langen Aufenthalt im Moor gelitten haben könnte. Außerdem beunruhigte mich der Gedanke, welche Absichten wohl Grimethorpe haben würde. Ich fürchtete, daß er keineswegs gastfreundlich gesinnt sei und daß er etwas Übereiltes tun könnte, wenn wir nicht beieinander wären.«
»Da haben Sie recht. Er sieht aus wie der geborene Mörder. Ich muß aber heute morgen mit ihm reden oder mit Mrs. Grimethorpe. Ich möchte schwören, daß sie uns etwas sagen kann. Was meinen Sie?«
»Ich glaube, daß daran kaum zu zweifeln ist, Mylord.«
»Das Schlimmste ist, daß ich nicht weiß, wie ich mit ihr allein reden kann«, sprach Wimsey, mit vollem Mund kauend, weiter. »Ihr reizender Gatte scheint ein höchst unangenehmes Mißtrauen gegen

jedes behoste Wesen zu hegen, das ihr auch nur in die Nähe kommt. Wenn er herausfände, daß wir, sagen wir, privat mit ihr reden, könnten ihn seine Gefühle zu bedauerlichen Taten hinreißen.«

»Jawohl, Mylord.«

»Aber der Kerl muß sich ja irgendwann um seine Arbeit kümmern, und dann haben wir vielleicht dazu Gelegenheit. Eine merkwürdige Frau! Direkt schön, nicht wahr? Was sie nur mit Cathcart angestellt haben mag?« fügte er sinnend hinzu.

Bunter zog es vor, über diesen delikaten Punkt keine Meinung zu äußern.

»Na, Bunter, das beste ist wohl, wenn ich jetzt aufstehe. Ich glaube, daß wir hier nicht allzu willkommen sind, der Blick unseres Gastgebers gefiel mir gestern abend gar nicht.«

»Nein, Mylord. Er hat sich sehr dagegen gewehrt, daß Euer Lordschaft dieses Zimmer zugewiesen bekam.«

»Wessen Zimmer ist denn das?«

»Es ist das eheliche Schlafgemach, Mylord. Es schien am geeignetsten zu sein, mit dem Kaminfeuer, und das Bett war schon gemacht. Mrs. Grimethorpe war sehr freundlich, Mylord, und der Mann, den sie Jake nennen, erklärte Grimethorpe, daß es zweifellos zu seinem finanziellen Vorteil wäre, Euer Lordschaft mit Rücksicht zu behandeln.«

»Hm. Ein reizender, raffgieriger Charakter! So, jetzt hab' ich's geschafft.« Lord Peter hatte sich erhoben. »Großer Gott, wie steif bin ich! Bunter, habe ich irgend etwas anzuziehen?«

»Ich habe den Anzug Eurer Lordschaft getrocknet und gebürstet, so gut ich es konnte, Mylord, bin allerdings nicht ganz zufrieden damit.«

»Bunter, Sie sind großartig«, erwiderte Seine Lordschaft. »Ich sehne mich nach einem warmen Bad. Wie steht's mit Rasierwasser?«

»Das kann ich aus der Küche besorgen, Mylord.«

Bunter trottete davon. Lord Peter zog knurrend und stöhnend Hemd und Hose an und trat ans Fenster. Wie bei wackeren Landbewohnern üblich, war es hermetisch geschlossen; ein dicker Papierstreifen war zwischen die Ritzen im Fensterrahmen gestopft. Er zog das Papier heraus und schob das Schiebefenster hoch. Der Wind trug den herben Geruch des Moores ins Zimmer. Gierig atmete Lord Peter ihn ein. Es war zu schön, die alte Sonne wiederzusehen.

Es wäre gräßlich gewesen, in Peter's Pott im Moor zu versinken. Eine Weile stand er da, dankbar, daß er noch am Leben war. Dann trat er vom Fenster zurück, um sich fertig anzuziehen. Den Papierstreifen hielt er noch immer in der Hand, und er wollte ihn gerade ins Feuer werfen, als ein Wort seine Aufmerksamkeit erregte. Er entfaltete das Papier und begann zu lesen. Je mehr er las, desto höher zog er die Brauen. Bunter, der mit dem Rasierwasser zurückkam, betrachtete erstaunt seinen Herrn: wie festgenagelt stand er da, das Papier in einer Hand, eine Socke in der andern, und pfiff leise eine schwierige Stelle aus einer Bach-Kantate vor sich hin.

»Bunter«, erklärte Seine Lordschaft, »ich bin der größte Idiot auf Gottes weitem Erdboden. Wenn ich etwas direkt vor der Nase habe, sehe ich es nicht, sondern hole ein Fernrohr und suche die Lösung in Stapley. Ich verdiente es, mit dem Kopf nach unten gekreuzigt zu werden, um die Blutarmut in meinem Hirn zu beheben. Gerald! Gerald! Aber natürlich, das ist doch ganz klar! Dieser alte Dummkopf! Warum hat er nur Murbles oder mir nichts gesagt?«

Mr. Bunter trat ein paar Schritte näher, ein Bild respektvoller Neugier.

»Schauen Sie sich das an, schauen Sie sich das an!« rief Wimsey und brach in ein nervöses Lachen aus. »Mein Gott! Steckt in dem Fensterrahmen, wo jedermann es finden kann. Das ist echt Gerald. In Riesenlettern steht sein Name drauf, und er läßt das Papier offen herumliegen, dann geht er weg und schweigt ritterlich.«

Es war der vermißte Brief von Tommy Freeborn.

Es gab keinen Zweifel. Da war es – das Beweisstück, das Denvers Aussage bestätigte! Mehr noch – es war sein Alibi für die Nacht des 13. Oktober. Nicht Cathcart also, sondern Denver.

Denver, der vorschlug, daß die Jagdgesellschaft im Oktober nach *Riddlesdale* zurückkehren sollte, wo sie im August die Jagdsaison für Sumpfhühner eröffnet hatten. Denver, der sich um halb zwölf aus dem Haus schlich und drei Kilometer querfeldein marschierte, in einer Nacht, da der Bauer Grimethorpe außer Haus war, um Maschinen zu kaufen. Denver, der sorglos in einer stürmischen Nacht eine klappernde Fensterscheibe mit einem wichtigen Brief festklemmte, auf dem groß und breit sein Name stand. Denver, der um drei Uhr in der Frühe zurückmarschierte wie ein von Liebesabenteuern heimkehrender Kater, um vor dem Wintergarten über die Leiche eines seiner Gäste zu solpern. Denver, der mit seinen sturen englischen Gentleman-Ehrbegriffen starrköpfig lieber ins Gefängnis wanderte, als seinem Anwalt zu sagen, wo er gewesen war. Denver, dessen Stimme die Frau an jenem denkwürdigen Tag zu erkennen glaubte, als sie sich dessen Bruder in die Arme warf. Denver, der ruhig die ungeheure Maschinerie seiner Verurteilung durch die edlen Lords in Bewegung setzte, um den Ruf einer Frau zu schützen.

Wahrscheinlich fand gerade heute eine Ausschußsitzung der Lords statt, »eine Überprüfung der Protokolle des Hauses hinsichtlich früherer kriminalistischer Verhandlungen gegen Mitglieder des Oberhauses, um raschestens den Prozeß gegen den Herzog von Denver einzuleiten und dem Hohen Hause zu berichten, welche geeigneten Schritte dazu unternommen werden sollten«. Diese edlen Lords würden feststellen, daß eine Adresse an Seine Majestät gerichtet werden müßte, um Seine Majestät von dem vorgesehenen Datum der Verhandlung in Kenntnis zu setzen; ferner oblag ihnen die Vorbereitung für die Einrichtung der Königlichen Galerie in Westminster, die demütige Bitte um Gewährung von hinreichenden Polizeikräften, um die Zugänge zum Oberhaus freizuhalten, die Bitte an Seine Majestät, einen Lord-Oberrichter zu ernennen, sowie für die Befolgung der Anordnung zu sorgen, daß alle Lords der Verhandlung in ihrer Robe beiwohnen, daß jeder Lord, wenn er seinen Urteilsspruch abgab, seine Meinung auf Ehre und Gewissen durch Auflegung der rechten Hand aufs Herz bekräftigte, daß der Stabträger im Sitzungssaal sei, um im Namen des Königs Schweigen zu verlangen, und so weiter und so weiter, endlos. Und dort, in eine Fensterritze geklemmt, befand sich das schmutzige Stück Papier, das diese ganze monströse Zeremonie überflüssig gemacht hätte, wenn es früher entdeckt worden wäre.

Die Abenteuer im Moor hatten Lord Peters Nerven völlig erschüttert. Er setzte sich aufs Bett und lachte, daß ihm die Tränen über die Wangen rollten.

Bunter war sprachlos. Sprachlos zog er ein Rasiermesser hervor – bis zum Ende seiner Tage würde Wimsey nie erfahren, woher der Getreue es beschafft hatte – und begann es nachdenklich auf seiner Handfläche abzuziehen.

Schließlich riß sich Wimsey zusammen und taumelte zum Fenster, um sich durch die Moorluft abkühlen zu lassen. Lautes Brüllen und Jaulen drang an sein Ohr, und er sah, wie der Bauer Grimethorpe unten im Hof zwischen seinen Hunden stand. Wenn sie zu laut jaulten, schlug er mit der Peitsche auf sie ein, und dann heulten sie noch lauter. Plötzlich blickte er zum Fenster hinauf, und sein Gesicht verzerrte sich so haßerfüllt, daß Wimsey schleunigst zurücktrat. Während Bunter ihn rasierte, schwieg er.

Die Unterredung, die Lord Peter bevorstand, war delikat und die Situation, wie man sie auch betrachtete, recht unangenehm. Er schuldete seiner Gastgeberin großen Dank, andererseits war Denvers Lage so, daß mindere Rücksichten in den Hintergrund treten mußten. Dennoch – Seine Lordschaft war sich noch nie so gemein vorgekommen wie jetzt, da er in Grider's Hole die Treppe hinunterging.

In der großen Küche saß eine dicke Bauersfrau und rührte in einem Topf mit Irish-Stew herum. Lord Peter fragte sie nach Mr. Grimethorpe und erfuhr, daß er ausgegangen sei.

»Könnte ich dann bitte mit Mrs. Grimethorpe sprechen?«

Die Frau blickte ihn zweifelnd an, wischte sich die Hände an der Schürze ab, ging in den Nebenraum und rief: »Mrs. Grimethorpe!«

Von außen antwortete eine Stimme.

»Der Herr will dich sprechen.«

»Wo ist Mrs. Grimethorpe?« fragte Peter hastig.

»In der Milchkammer, denk' ich.«

»Ich gehe zu ihr«, sagte Wimsey und ging quer über den Hof. Mrs. Grimethorpe tauchte in einem dunklen Türrahmen auf.

Wie sie dort stand, das totenblasse Gesicht und das schwere schwarze Haar vom kalten Sonnenlicht beleuchtet, war sie schöner denn je. Ihre großen dunklen Augen und der schön geschwungene Mund deuteten in nichts auf Yorkshire-Abstammung hin. Die Form der Nase und der Backenknochen wiesen auf unendlich ferne Ahnen.

Lord Peter riß sich zusammen.

Sie ist Ausländerin, sagte er sich sachlich. Vielleicht jüdischer oder spanischer Einschlag. Ein bemerkenswerter Typ. Ich kann Gerald verstehen. Ich könnte nicht mit Helen leben. Aber los!

Rasch ging er auf sie zu.

»Guten Morgen«, sagte sie, »geht es Ihnen besser?«

»Ausgezeichnet, danke vielmals. Ich danke Ihnen für Ihre Güte, die ich nicht zu vergelten weiß.«

»Sie können sie am besten damit vergelten, daß Sie sofort weggehen«, erwiderte sie mit ihrer wie aus der Ferne klingenden Stimme. »Mein Mann mag keine Fremden und vor allem Sie nicht, nachdem Ihr letzter Besuch so unerfreulich war.«

»Ich gehe sofort, aber erst muß ich ein paar Worte mit Ihnen spre-

chen.« Er blickte über ihre Schultern in den dunklen Raum. »Vielleicht dort?«
»Was wollen Sie von mir?« Aber sie trat zurück und ließ es zu, daß Peter ihr folgte.
»Mrs. Grimethorpe, ich bin in einer höchst peinlichen Situation. Sie wissen, daß mein Bruder, der Herzog von Denver, im Gefängnis sitzt und verdächtigt wird, den Mord in der Nacht des 13. Oktober verübt zu haben.«
Ihr Gesicht veränderte sich nicht. »Ich habe es gehört.«
»Er hat sich kategorisch geweigert anzugeben, wo er zwischen elf Uhr abends und drei Uhr morgens gewesen ist. Diese Weigerung bringt ihn in Lebensgefahr.«
Sie sah ihn unverwandt an.
»Aus Gründen der Ehre fühlt er sich verpflichtet, nicht zu sagen, wo er war, obwohl ich weiß, daß er, wenn er spräche, eine Zeugin zu seiner Entlastung beibringen könnte.«
»Er scheint ein ehrenwerter Mann zu sein.« Die kalte Stimme zitterte ein wenig.
»Ja, das ist er. Von seinem Standpunkt aus handelt er bestimmt richtig. Sie werden aber verstehen, daß ich als sein Bruder wünsche, daß alles ins richtige Licht gesetzt wird.«
»Ich verstehe nicht, warum Sie mir das sagen. Ich nehme an, daß er, wenn es sich um etwas Entehrendes handelt, nicht will, daß es bekannt wird.«
»Das schon. Aber für uns, für seine Frau, seinen jungen Sohn, für seine Schwester und für mich sind seine Sicherheit und sein Leben von höchster Bedeutung.«
»Von größerer Bedeutung als seine Ehre?«
»Das Geheimnis ist zwar in gewisser Hinsicht schmachvoll und wird seiner Familie Schmerz bereiten, aber es wäre eine unendlich größere Schande, wenn er wegen Mordes hingerichtet würde. Dieses Schandmal müßte dann eine ganze Familie tragen. Die Entrüstung über die Wahrheit wird, so fürchte ich, in unserer höchst ungerechten Gesellschaftsordnung mehr die Person, die sein Alibi bezeugen kann, treffen als uns.«
»Können Sie dann erwarten, daß die betreffende Person als Zeuge fungiert?«
»Um die Verurteilung eines unschuldigen Menschen zu verhindern? Ja, ich glaube, daß ich das erwarten darf.«
»Ich wiederhole: warum erzählen Sie all das mir?«
»Weil Sie, Mrs. Grimethorpe, sogar noch besser als ich wissen, daß

mein Bruder an diesem Mord unschuldig ist. Es trifft mich sehr, daß ich Ihnen das sagen muß.«

»Ich weiß nichts von Ihrem Bruder.«

»Entschuldigen Sie, bitte, das ist nicht wahr.«

»Ich weiß nichts. Und außerdem, wenn der Herzog nicht reden will, so sollten Sie seine Gründe respektieren. Sie verschwenden Ihre Zeit. Warum bemühen Sie sich nicht, den wirklichen Mörder zu ergreifen? Wenn Sie das tun, brauchen Sie sich wegen des Alibis nicht den Kopf zerbrechen. Die Beweggründe Ihres Bruders sind doch seine Sache.«

»Ich wünschte, Sie würden eine andere Haltung einnehmen«, erwiderte Wimsey. »Glauben Sie mir, ich hätte alles in meiner Macht Stehende getan, um Sie zu schonen. Ich habe mich bemüht, den richtigen Mörder zu finden, aber vergebens. Ende des Monats wird wahrscheinlich die Verurteilung erfolgen.«

Ihre Lippen zuckten ein wenig, aber sie schwieg.

»Ich hatte gehofft«, sprach er weiter, »daß wir uns miteinander eine Erklärung hätten ausdenken können, vielleicht nicht ganz der Wahrheit entsprechend, aber klar genug, um meinen Bruder zu entlasten. So aber muß ich leider den Beweis vorlegen, den ich in Händen habe, und die Dinge müssen ihren Lauf nehmen.«

Der Hieb saß. Ihre Wangen färbten sich dunkelrot. Sie umklammerte den Griff des Butterfasses.

»Was meinen Sie mit Beweis?« fragte sie.

»Ich kann beweisen, daß mein Bruder in der Nacht des 13. Oktober in dem Zimmer geschlafen hat, in dem ich die letzte Nacht verbracht habe«, erklärte Wimsey.

Sie zuckte zusammen. »Das ist eine Lüge! Sie können es nicht beweisen. Er wird es bestreiten, und ich werde es bestreiten.«

»Von wem wurde dann dieses Papier in die Ritze des Schlafzimmerfensters gesteckt?«

Der Anblick des Briefes raubte ihr die Fassung. Wie unter einer Last brach sie über dem Tisch zusammen. Ihre bisher gleichmütigen Gesichtszüge verzerrten sich zu einer Maske des Entsetzens.

»Nein, nein, nein! Es ist eine Lüge! Gott helfe mir!« stieß sie laut hervor.

»Leise!« fuhr Wimsey sie an. »Man könnte Sie hören.« Er richtete sie wieder auf. »Sagen Sie die Wahrheit, und wir werden sehen, ob wir einen Ausweg finden. Ist es wahr, daß er in der Nacht hier war?«

»Sie wissen es ja.«

»Wann kam er?«
»Um Viertel nach zwölf.«
»Wer hat ihn ins Haus gelassen?«
»Er hatte Schlüssel.«
»Wann ist er fortgegangen?«
»Kurz nach zwei.«
»Ja, das paßt alles gut. Dreiviertel Stunden für den Hinweg und ebensoviel für den Rückweg. Er hat den Brief in die Ritze gesteckt, weil das Fenster klapperte?«
»Es war sehr stürmisch, und ich war nervös. Bei jedem Laut glaubte ich, mein Mann käme zurück.«
»Wo war Ihr Mann?«
»In Stapley.«
»Hatte er Verdacht geschöpft?«
»Ja, schon seit einiger Zeit.«
»Seit mein Bruder im August hier war?«
»Ja. Er konnte keinen Beweis finden, sonst hätte er mich umgebracht. Sie haben ihn ja gesehen, er ist ein Teufel.«
Wimsey schwieg. Die Frau starrte ihn ängstlich an und schien in seinem Gesicht einen Hoffnungsschimmer zu entdecken, denn sie packte seinen Arm. »Wenn Sie mich als Zeugin nennen, wird er es erfahren«, sagte sie. »Er wird mich umbringen. Um Gottes willen, haben Sie Mitleid! Dieser Brief ist mein Todesurteil. Haben Sie Mitleid mit mir! Mein Leben ist eine Hölle, und wenn ich sterbe, werde ich wegen dieser Sünde in die Hölle kommen. Finden Sie eine andere Möglichkeit! Sie können es, Sie müssen!«
Wimsey machte sich sanft frei. »Bitte, Mrs. Grimethorpe, man könnte uns sehen. Sie tun mir unendlich leid, und wenn ich meinen Bruder freikriegen kann, ohne Sie in die Sache zu verwickeln, so werde ich es tun. Aber Sie wissen, wie schwierig das ist. Warum verlassen Sie Ihren Mann nicht? Seine Brutalität ist doch niemandem verborgen?«
Sie lachte. »Glauben Sie, er würde mich am Leben lassen, auch wenn das Gesetz mich freigibt? Sie kennen ihn ja. Glauben Sie es?«
Wimsey glaubte es nicht. »Ich verspreche Ihnen, Mrs. Grimethorpe, daß ich alles tun werde, um zu vermeiden, Sie als Zeugin in die Sache hineinzuziehen. Aber wenn es sein müßte, werde ich dafür sorgen, daß Sie von dem Moment an, da Ihnen die Aufforderung zugestellt wird, polizeilichen Schutz erhalten.«
»Und für den Rest meines Lebens?«

»Wenn Sie erst in London sind, werden wir dafür sorgen, daß Sie von diesem Mann loskommen.«
»Das können Sie nicht. Wenn ich als Zeugin aufgerufen werde, bin ich verloren. Aber Sie werden eine andere Möglichkeit finden?«
»Ich werde es versuchen, aber ich kann nichts versprechen. Ich werde alles tun, um Sie zu schützen. Doch wenn Sie meinen Bruder liebhaben ...«
»Ich weiß es nicht. Er war lieb und gut zu mir, er war so ganz anders. Aber ich habe furchtbare Angst!«
Wimsey drehte sich um. Ihre entsetzten Augen hatten einen Schatten auf der Schwelle gesehen. Grimethorpe stand in der Tür.
»Ah, Mr. Grimethorpe«, rief Wimsey fröhlich, »da sind Sie ja! Es freut mich riesig, Sie zu sehen, ich muß Ihnen danken, daß Sie mich aufgenommen haben. Ich sagte es gerade Mrs. Grimethorpe und bat sie, es Ihnen auszurichten, falls ich Sie nicht mehr gesehen hätte. Ich muß jetzt leider fort. Bunter und ich sind Ihnen beiden für Ihre Güte und Liebenswürdigkeit unendlich dankbar. Könnte ich die zwei wackeren Burschen sprechen, die uns aus Peter's Pott gezogen haben? Ein schauerliches Ding, gerade vor der Haustür, nicht wahr? Ich möchte den beiden danken.«
»Die haben mir unwillkommene Gäste gebracht«, erwiderte der Mann wütend. »Schert euch weg, bevor ich euch rausschmeiße.«
»Sofort! Leben Sie wohl, Mrs. Grimethorpe, und tausend Dank.«
Er rief Bunter, entlohnte seine Retter gebührend, nahm freundlichen Abschied von dem vor Wut kochenden Bauern und entfernte sich mit schmerzenden Gliedern und verwirrten Gedanken.

13

»Gott sei Dank«, sagte Parker, »das wäre geschafft.«
»Ja, und doch nicht«, erwiderte Lord Peter.
»Natürlich ist es sehr unangenehm, diese Frau bloßzustellen«, meinte Parker in seiner verständnisvollen und wohltuenden, angenehmen Art, »aber eben nicht zu vermeiden.«
»Ich weiß. Es ist alles schön und gut und so weiter. Vor allem muß man auf Gerald, der die arme Frau in diese Lage gebracht hat, auch Rücksicht nehmen. Ich weiß. Und wenn es uns nicht gelingt, diesen Grimethorpe mit Erfolg abzuwehren, und er schneidet ihr die

Kehle durch, wird sich Gerald sein Leben lang Vorwürfe machen. Ich kann nur sagen, was für Idioten waren wir, daß wir nicht von vornherein die Wahrheit erkannt haben! Natürlich ist meine hochadelige Schwägerin eine sehr gute Frau, aber Mrs. Grimethorpe! Ich erzählte dir damals, daß sie mich mit Gerald verwechselt hatte. Für den Bruchteil einer Sekunde war ich im siebenten Himmel! Ich hätte es damals begreifen müssen. Unsere Stimmen sind gleich, und sie konnte mich in der dunklen Küche nicht sehen. Ich glaube, daß in der Frau kein Fünkchen Gefühl mehr zurückgeblieben ist außer purem Entsetzen ...« Wimsey sah träumerisch vor sich hin, dann fuhr er energisch fort: »Weißt du, Charles, ich möchte wirklich herausbekommen, wer Cathcart umgebracht hat. Vor dem Gesetz genügt es, Geralds Unschuld zu beweisen, aber Mrs. Grimethorpe hin, Mrs. Grimethorpe her, es ist von Berufs wegen eine Schande für uns. Als Bruder bin ich zufrieden, als Detektiv aber gedemütigt. Außerdem ist von allen Verteidigungsmitteln ein Alibi das schwierigste, es sei denn, daß eine Anzahl unabhängiger, desinteressierter Zeugen es wirklich einwandfrei bestätigten. Wenn Gerald weiterhin schweigt, so wird man höchstens sagen können, daß entweder er oder Mrs. Grimethorpe sich ritterlich verhalten.«

»Aber du hast doch den Brief?«

»Ja. Aber wie können wir beweisen, daß er an dem Abend angekommen ist? Der Umschlag ist vernichtet. Fleming kann sich nicht erinnern. Gerald könnte ihn schon Tage vorher bekommen haben. Oder er könnte gefälscht sein, oder ich könnte ihn ja selbst ins Fenster gesteckt haben und behaupten, ihn dort gefunden zu haben. Schließlich kann man mich ja kaum als desinteressiert bezeichnen.«

»Bunter hat es doch gesehen.«

»Nein, Charles. Ausgerechnet in dem Moment war er nicht im Zimmer, er holte gerade Rasierwasser.«

»Oh!«

»Zudem kann nur Mrs. Grimethorpe das beschwören, was wirklich das Wichtigste ist, nämlich den Zeitpunkt von Geralds Ankunft und Aufbruch. Wenn er nicht spätestens vor halb eins in Grider's Hole war, ist es belanglos, ob er überhaupt dort war oder nicht.«

»Dann könnten wir ja Mrs. Grimethorpe sozusagen in Reserve halten«, schlug Parker vor, »und strengen uns in der Zwischenzeit an, den Mörder ausfindig zu machen.«

»Gut«, stimmte Lord Peter zu. »Übrigens, ich habe im Jagdhaus eine Entdeckung gemacht, wenigstens glaube ich es. Hast du bemerkt, daß eines der Fenster vom Arbeitszimmer mit Gewalt geöffnet wurde?«

»Wirklich?«

»Ja, ich habe unverkennbare Spuren gefunden, lange nach dem Mord, aber es waren Kratzer am Riegel, die anscheinend von einem Taschenmesser herrühren.«

»Was für Idioten waren wir, daß wir nicht gleich nachgesehen haben.«

»Warum hätten wir das tun sollen? Ich fragte Fleming danach, und er sagte, jetzt, da er darüber nachdenke, erinnere er sich, daß er am Donnerstag morgen das Fenster offen gefunden hatte, was er sich nicht erklären konnte. Und da ist noch etwas. Ich habe einen Brief von meinem Freund Tim Watchett bekommen. Hier ist er: ›Mylord! Unter Bezugnahme auf unsere Unterredung teile ich Ihnen ergebenst mit, daß ich einen der Männer ausfindig gemacht habe, die mit dem Betreffenden am Abend des 13. Oktober im *Blauen Eber* waren, und er sagte mir, daß der Betreffende sich sein Fahrrad entliehen hat. Dieses wurde dann später an der Stelle, wo der Betreffende vom Wagen mitgenommen wurde, im Straßengraben mit verbogener Lenkstange und verbogenen Rädern gefunden. In der Hoffnung, weiterhin von Ihrer Gunst beehrt zu werden, zeichne ich mit untertänigster Hochachtung Timothy Watchett.‹ Was hältst du davon?«

»Es lohnt sich, der Sache nachzugehen«, antwortete Parker. »Wenigstens werden wir nicht mehr durch grauenhafte Zweifel behindert.«

»Nein. Aber ich muß sagen, daß Mary, obwohl sie meine Schwester ist, eines der blödesten Weiber ist, die es gibt. Zunächst einmal, daß sie sich überhaupt mit diesem gräßlichen Kerl eingelassen hat . . .«

»Da hat sie sich großartig verhalten«, widersprach Parker und wurde rot. »Gerade weil sie deine Schwester ist, kannst du nicht beurteilen, wie wunderbar sie sich verhalten hat. Wie könnte eine großmütige Seele wie die ihre solch einen Kerl durchschauen? Sie konnte nicht glauben, daß ein Mensch so jämmerlich sein kann wie dieser Goyles, bevor es ihr bewiesen wurde. Und selbst dann noch brachte sie es nicht über sich, übel von ihm zu denken, ehe er sich nicht durch seine eigenen Worte verraten hatte. Es war wunderbar, wie sie für ihn kämpfte. Stell dir vor, was das für sie bedeutet haben muß, für sie, eine so fabelhafte ehrliche Frau . . .«

»Schon gut, schon gut!« rief Peter, der seinen Freund offenen Mundes angestarrt hatte. »Und reg dich nicht auf! Ich glaube dir. Erspare es mir. Ich bin ja nur ihr Bruder, alle Brüder sind Narren. Alle Verliebten sind Wahnsinnige – das sagt schon Shakespeare. Willst du Mary haben, alter Freund? Es erstaunt mich zwar, aber ich glaube, Brüder sind immer erstaunt. Gott segne euch, liebe Kinder!«

»Verdammt noch mal, Wimsey«, erwiderte Parker wütend. »Du hast kein Recht, so zu reden. Ich sagte nur, wie sehr ich deine Schwester bewundere. Jedermann muß ihren Mut und ihre Standhaftigkeit bewundern. Du brauchst gar nicht so ausfallend zu werden. Ich weiß, daß sie Lady Mary Wimsey ist und verdammt reich und daß ich nur ein armer Polizeibeamter bin mit einem kümmerlichen Gehalt und einer knappen Pension, aber das ist noch lange kein Grund zu spotten.«

»Ich spotte nicht«, widersprach Peter ärgerlich. »Ich kann mir nicht vorstellen, daß jemand meine Schwester heiraten möchte! Außerdem denke doch, was hätte werden können! Ein Sozialist ohne Erziehung, ein schlapper, widerlicher Kerl, oder ein verdächtiger Falschspieler mit einer mysteriösen Vergangenheit! Mutter und Gerald müssen so weit sein, daß sie froh wären über einen anständigen, gottesfürchtigen Schlosser, von einem Polizeibeamten gar nicht zu reden. Nur fürchte ich, daß Mary, die einen schauderhaften Geschmack hat, was Männer betrifft, einen so anständigen Menschen wie dich gar nicht zu schätzen weiß, alter Knabe.«

Parker schlürfte seinen Portwein und sah im Geiste unvorstellbar herrliche Visionen auftauchen. Wimsey zog seine Brieftasche hervor und ordnete träge den Inhalt. Schließlich kam ihm das Löschblatt in die Hände, das er im Arbeitszimmer von *Riddlesdale* vom Löscher getrennt und dem er damals kaum einen Gedanken gewidmet hatte.

Nachdem Parker seinen Portwein ausgetrunken und mit Mühe wieder in die Wirklichkeit zurückgefunden hatte, erinnerte er sich, daß er Peter etwas hatte erzählen wollen, bevor Lady Marys Name alle übrigen Gedanken aus seinem Kopf verjagt hatte. Er wandte sich seinem Gastgeber zu und öffnete eben den Mund, um zu sprechen, als Lord Peter mit der Faust auf den Tisch schlug, daß Karaffe und Gläser klirrten, und wie erleuchtet ausrief:

»Manon Lescaut!«

»Wie?« fragte Parker.

»Man müßte mein Hirn kochen!« erklärte Seine Lordschaft. »Man müßte es kochen, umrühren und mit Butter und Kohlrüben servieren, denn für was anderes taugt es nicht! Schau mich an!« Parker bedurfte kaum dieser Aufforderung. »Da machen wir uns verrückt wegen Gerald und wegen Mary, da jagen wir hinter Goyles und Grimethorpe und Gott weiß wem her, und die ganze Zeit über habe ich dieses Stück Papier in meiner Brieftasche. Es ist zwar nur ein bekleckstes Stück Löschpapier. Aber Manon, Manon! Charles, wenn ich nur das Hirn einer Blattlaus hätte, hätte das Buch mir die ganze Geschichte erzählen müssen. Stell dir vor, was uns erspart geblieben wäre!«

»Ich wünschte, du wärst nicht so aufgeregt«, erwiderte Parker trocken. »Bestimmt ist es wunderbar für dich, jetzt alles so klar zu sehen, aber ich habe *Manon Lescaut* nie gelesen, und du hast mir das Löschblatt nicht gezeigt, und ich habe nicht die leiseste Ahnung, was du entdeckt hast.«

Lord Peter reichte ihm wortlos das Papier.

»Ich sehe, daß es recht zerknittert und schmutzig ist und stark nach Tabak und Juchtenleder duftet, woraus ich entnehme, daß du es schon lange in deiner Brieftasche hast.«

»Was du nicht sagst!« rief Wimsey ironisch.

»An der einen Ecke sehe ich zwei Tintenflecken«, fuhr Parker fort. »Der eine ist größer als der andere. Jemand wird dort seinen Füller abgeklopft haben. Haben diese Flecken etwas Unheimliches an sich?«

»Ich habe nichts bemerkt.«

»Unter den Flecken hat der Herzog ein paarmal seinen Namen geschrieben, oder vielmehr seinen Titel. Daraus geht hervor, daß die Briefe nicht sehr intim waren.«

»Diese Annahme ist gerechtfertigt.«

»Oberst Marchbanks hat eine hübsche Unterschrift.«

»Er kann kaum etwas Böses im Schilde führen«, sagte Peter. »Seine Unterschrift ist die eines ehrlichen Mannes. Weiter!«

»Da ist irgend etwas mit einer Fünf gekritzelt. Ist das das Geheimnisvolle?«

»Es gibt fünf Sinne, fünf Finger, fünf Bücher Moses und so weiter. Aber das nützt mir in dem Fall nichts.«

»Also das wäre alles außer ein paar Buchstaben, ›oe‹ auf der einen Zeile und darunter ›is fou‹.«

»Was sagt dir das?«

»Ich kann ja nicht wissen, was der Herzog da schrieb.«

»Ich glaube nicht, daß das Geralds Schrift ist.«

»Wessen denn?«
»Ich weiß nicht, aber ich kann es mir denken.«
»Und das führt zu etwas?«
»Es erklärt die ganze Geschichte.«
»Ach, spuck es schon aus, Wimsey! Selbst Dr. Watson würde die Geduld verlieren.«
»Langsam! Schau dir noch mal die obere Zeile an.«
»Also da ist nur das ›oe‹, und die zwei Buchstaben stehen so dicht beieinander, daß sie wie ein Diphthong aussehen.«
»Vielleicht ist es kein englisches Wort.«
»Richtig, vielleicht nicht.«
»Oh! Französisch?«
»Du kommst der Sache schon näher.«
»Sœur ... œuvre ... œuf ... bœuf ...«
»Nein, nein. Beim ersten warst du näher.«
»Sœur ... cœur!«
»Cœur. Einen Moment. Betrachte dir das Gekritzel davor.«
»Hm ... er ... cer ...«
»Wie wär's mit percer?«
»Ich glaube, du hast recht, ›percer le cœur‹, ›das Herz durchbohren‹.«
»Ja, oder ›perceras le cœur‹.«
»Das ist besser, denn da ist ein Zwischenraum für ein, zwei Buchstaben.«
»Und jetzt die nächste Zeile.«
»Fou!«
»Wer ist verrückt? Na, schau doch genau hin.«
»Oh, ›is‹, mein Gott, ›suis‹! ›je suis fou‹.«
»Und ich bin der Ansicht, daß die nächsten Wörter ›de douleur‹ heißen oder so etwas Ähnliches.«
»Das könnte sein.«
»Ich sage, es ist so.«
»Na, und wenn schon?«
»Das sagt uns alles.«
»Nichts!«
»Alles, sage ich. Denk doch mal nach! Das wurde am Tag von Cathcarts Tod geschrieben. Wer im Haus würde Worte wie ›perceras le cœur ... je suis fou de douleur‹ schreiben? Es ist nicht Geralds Schrift, und er würde diese Ausdrücke bestimmt nie gebrauchen. Der Oberst oder Mrs. Marchbanks? Kaum denkbar. Freddy? Der könnte keine leidenschaftlichen Briefe auf französisch

schreiben, und wenn's um sein Leben ginge.«
»Nein, natürlich nicht. Es müßte also entweder Cathcart oder ... Lady Mary sein.«
»Quatsch! Es könnte nicht Mary sein.«
»Warum nicht?«
»Dann müßte sie ihr Geschlecht verändert haben.«
»Ah, natürlich, da müßte es ja heißen ›je suis folle‹. Also Cathcart ...«
»Natürlich. Er hat fast sein ganzes Leben in Frankreich verbracht. Denke an das Kontobuch!«
»Mein Gott! Wimsey, wir sind blind gewesen.«
»Ja.«
»Hör mal! Ich wollte dir gerade erzählen: die Sûreté hat mir geschrieben, daß sie einen von Cathcarts Wechseln aufgetrieben haben.«
»Zu wessen Gunsten?«
»Zugunsten von einem Mr. François, der mehrere Häuser in der Nähe vom Etoile besitzt.«
»Und dort Appartements vermietet!«
»Jawohl.«
»Wann geht der nächste Zug? Bunter!«
Bunter war auf den Ruf hin in der Tür erschienen. »Mylord?«
»Der nächste Zug nach Paris?«
»20 Uhr 20, Mylord, vom Bahnhof Waterloo.«
»Den nehmen wir. Wieviel Zeit haben wir noch?«
»Zwanzig Minuten, Mylord.«
»Packen Sie meine Zahnbürste ein und holen Sie ein Taxi.«
»Sehr wohl, Mylord.«
»Aber, Wimsey, was hat das mit dem Cathcart-Mord zu tun? Hat diese Frau –«
»Ich habe keine Zeit«, schnitt ihm Wimsey hastig das Wort ab. »Aber ich bin in ein, zwei Tagen zurück. Inzwischen ...« – er sprang zum Bücherregel – » ... lies das!«
Er warf das Buch seinem Freund in den Schoß und stürmte in sein Schlafzimmer.
Um elf Uhr abends, als der Streifen schmutzigen Wassers, mit Öl und Papierschnitzeln bedeckt, zwischen der *Normannia* und dem Quai immer breiter wurde, während sich die Lichter des Hafens von dem ablegenden Schiff allmählich entfernten und Lord Peter an der Schiffsbar die Bekanntschaft eines zweitklassigen Filmschauspielers machte, saß Charles Parker mit erstauntem Stirnrun-

zeln vor dem Kamin in Piccadilly 110 und las zum erstenmal das delikate Meisterwerk des Abbé Prévost.

14

Der Mordprozeß gegen den Herzog von Denver, der in die Kriminalgeschichte eingehen sollte, fand sofort nach den Weihnachtsferien des Parlaments statt. Die Zeitungen waren voll von diesem sensationellen Ereignis.
Mr. Murbles und Kriminalinspektor Parker führten mit sorgenvollen Gesichtern lange Unterredungen, während sich Sir Impey Biggs, von einigen seiner Satelliten umgeben, für drei Tage völlig von der Außenwelt abschloß. Die Pläne der Verteidiger wurden natürlich streng geheimgehalten, um so mehr, da sie sich noch am Vorabend des Kampfes ihres Hauptzeugen beraubt sahen und keine Ahnung hatten, ob er mit seinen Beweisen eintreffen würde oder nicht.
Lord Peter war nach vier Tagen aus Paris zurückgekommen und in Parkers Wohnung gestürmt. »Ich hab's!« rief er. »Aber es ist ein gewagtes Spiel. Hör zu!«
Eine Stunde lang hatte Parker zugehört und sich fieberhaft Notizen gemacht.
»Das arbeite aus«, sagte Wimsey. »Und benachrichtige Murbles. Ich muß gleich wieder weg!«
Sein nächster Auftritt fand in der amerikanischen Botschaft statt. Der Botschafter war jedoch nicht anwesend, da er zum Dinner ins Königliche Schloß befohlen war. Wimsey verfluchte das Dinner, sprang wieder in sein Taxi und ließ sich zum Buckingham-Palast fahren. Erst nach langem Palaver mit empörten Höflingen erschien ein höherer Hofbeamter, dann ein ganz hoher und schließlich kamen der amerikanische Botschafter und Seine Königliche Hoheit, die noch den letzten Bissen im Munde hatten.
»Ja«, sagte der Botschafter, »natürlich kann das gemacht werden . . .«
»Sicher, sicher«, sagte Seine Hoheit freundlich, »da darf keine Verzögerung eintreten. Es wäre höchst unangenehm, den Prozeß verschieben zu müssen. Ein gräßliches Theater, nicht wahr? Unsere Sekretäre bringen einem ständig Schriftstücke zur Unterschrift wegen zusätzlicher Polizisten und Unterbringungsmöglichkeiten. Viel

Glück, Wimsey! Kommen Sie doch und essen Sie schnell etwas, bis Ihre Papiere ausgestellt sind. Wann geht Ihr Schiff?«

»Morgen früh, Sir. Ich will in einer Stunde den Zug nach Liverpool erreichen, wenn's möglich ist.«

»Das werden Sie bestimmt«, sagte liebenswürdig der Botschafter und unterschrieb einen Zettel.

So stach Seine Lordschaft, mit allen nötigen Dokumenten versehen, am nächsten Morgen in Liverpool in See und überließ es seinen juristischen Vertretern, den ganzen Verteidigungsplan auf den Kopf zu stellen.

»Bitte, die Pairs, zu zwei und zwei nach der Rangordnung, zuerst der jüngste Baron.«

Der Erste Waffenherold, erhitzt und aufgeregt, umtanzte unglücklich die dreihundert britischen Pairs, die sich verlegen in ihre Roben zwängten, während die Herolde sich die größte Mühe gaben, sie in Reih und Glied aufzustellen und zu verhindern, daß sie wieder auseinanderliefen.

»Blödes Theater!« knurrte Lord Attenbury. Er war ein kleiner dicker Herr mit cholerischem Aussehen, der sich zu seinem größten Ärger neben dem Earl of Strathgillan and Begg fand, einem riesenlangen schlanken Edelmann und fanatischen Abstinenzler.

»Hören Sie, Attenbury«, fragte ein freundlicher, rotnasiger Pair mit fünf Reihen Hermelin auf den Schultern, »stimmt es, daß Wimsey nicht zurückgekommen ist?«

»Mylord, Mylord!« schrie der Herold, der verzweifelt herbeigestürzt kam, »Mylord sind wieder außer der Reihe.«

»Äh, was?« fragte der rotnasige Pair. »Oh, verdammt! Da muß man wohl parieren, nicht wahr?« Er wurde von den simplen Earls weggezogen und auf seinen Platz neben dem Herzog von Wiltshire geschoben, der taub und ein entfernter Verwandter der Denvers war.

Die Königliche Galerie war zum Bersten voll. Auf einem der Sitze unter den Gerichtsschranken, die für die Damen der Pairs reserviert waren, thronte die Herzogin-Witwe von Denver, hochelegant gekleidet, und blickte herausfordernd um sich. Sie litt sehr darunter, daß ihre Schwiegertochter neben ihr saß, die die unselige Neigung hatte, unangenehm zu werden, wenn sie sich unglücklich fühlte.

Hinter den imponierenden Reihen der Anwälte mit ihren großen Perücken waren Plätze für die Zeugen reserviert, und dort saß

Bunter, um auszusagen, wenn es die Verteidigung für nötig hielt. Die meisten Zeugen waren im Königlichen Garderobenraum zusammengedrängt, wo sie an den Nägeln kauten und einander anglotzten. Auf beiden Seiten oberhalb der Gerichtsschranken waren die Bänke für die Pairs, die alle nach Recht und Gesetz Richter waren, während auf einem hohen Podium der große Staatssessel für den Lord-Oberrichter bereitstand.

Die Reporter begannen unruhig zu werden. Gedämpft hörte man es von Big Ben langsam elf schlagen. Eine Tür öffnete sich. Die Reporter sprangen auf, die Anwälte erhoben sich, und langsam strömte die Prozession herein, von den Strahlen der durch die hohen Fenster eindringenden Wintersonne beleuchtet.

Der Stabträger bat um Ruhe, die Sitzung wurde eröffnet, und der Sekretär der Königlichen Krone, am Fuße des Thrones kniend, reichte das große Siegel dem Lord-Oberrichter, der es, da er keine Verwendung dafür fand, feierlich dem Sekretär der Krone zurückgab. Letzterer las dann das ermüdende Schriftstück, das nie zu Ende zu gehen schien. Die Verlesung bot der Versammlung Gelegenheit festzustellen, wie schlecht die Akustik im Saale war. Der Stabträger erwiderte: »Gott schütze den König!«, worauf der Erste Waffenherold und die hohen Oberhausbeamten niederknieten und dem Lord-Oberrichter seinen Amtsstab überreichten.

Nachdem das Gerichtsverfahren des langen und breiten vor dem Oberhaus begründet und erörtert und die Namen der Mitglieder des großen Schwurgerichtes aufgezählt worden waren, wurde die Anklage verlesen:

»Die Geschworenen unseres Herrn, des Königs, erklären unter Eid, daß sie den sehr edlen und hochgeborenen Prinzen Gerald Christian Wimsey, Herzog von Denver, Pair des Vereinigten Königreiches von Großbritannien und Irland, für schuldig erachten, am dreizehnten Tag des Monats Oktober im Jahre Unseres Herrn eintausendneunhundertundzwanzig in der Gemeinde Riddlesdale in der Grafschaft Yorkshire Denis Cathcart ermordet zu haben.«

Danach rief der Stabträger Gerald Christian Wimsey, Herzog von Denver, vor den Hohen Gerichtshof, um auf diese Anschuldigung zu antworten. Der Angeklagte wurde vor die Schranken geführt, wo er niederkniete, bis ihn der Lord-Oberrichter aufforderte, sich zu erheben.

Der Herzog von Denver sah klein und verlassen aus. In seinem blauen Straßenanzug war er der einzige unter allen Pairs, dessen Kopf unbedeckt war, aber er hatte eine gewisse Würde an sich, als er zu dem »Stuhl innerhalb der Schranken«, der für edelblütige Gefangene bestimmt ist, geführt wurde, und er hörte die Wiederholung der Anklage durch den Lord-Oberrichter mit einem tiefernsten Ausdruck an, der ihm sehr gut stand.

Nachdem der Herzog auf die Frage, ob er sich schuldig bekenne, mit »Nicht schuldig« geantwortet hatte, erhob sich der Staatsanwalt, Sir Wigmore Wrinching, um im Namen der Krone die Verhandlung zu eröffnen.

Nach der üblichen Einleitung, daß es ich um einen sehr schmerzlichen Fall und um ein sehr feierliches Ereignis handle, wiederholte Sir Wigmore die ganze Geschichte von Anfang bis Ende: der Streit, der Schuß um drei Uhr morgens, der Revolver, die Auffindung der Leiche, das Verschwinden des Briefes und so weiter wurden von neuem aufgerollt. Dann deutete er an, aus der Beweiserhebung gehe hervor, daß der Streit zwischen Denver und Cathcart auf anderen Motiven beruhte als jenen, die der Angeklagte angeführt habe, und es würde sich herausstellen, daß Denver »gute Gründe hatte, eine Bloßstellung von seiten Cathcarts zu fürchten«. Bei diesen Worten wurde beobachtet, daß der Angeklagte unruhig seinen Anwalt betrachtete. Danach ging Sir Wigmore zur Vernehmung der Zeugen über.

Zuerst wurde Lady Mary vernommen. Nachdem sie ihre Beziehungen zu dem Ermordeten geschildert und den Streit zwischen ihrem Bruder und ihrem Verlobten beschrieben hatte, erklärte sie: »Um drei Uhr stand ich auf und ging hinunter.«

»Warum taten Sie das?« fragte Sir Wigmore und blickte sich im Saal um, als wolle er nun einen großen Schlag führen.

»Weil ich eine Verabredung mit einem Freund hatte.«

Die Reporter blickten plötzlich auf, wie Hunde, die einen Knochen erwarten, und Sir Wigmore fuhr so heftig zusammen, daß eines seiner Aktenbündel dem Sekretär des Oberhauses, der unter ihm saß, auf den Kopf fiel.

»Wie bitte? Zeugin, ich mache Sie darauf aufmerksam, daß Sie unter Eid stehen und daher besondere Sorgfalt walten lassen müssen. Wovon erwachten Sie um drei Uhr?«

»Ich schlief nicht. Ich wartete auf meine Verabredung.«

»Und hörten Sie, während Sie warteten, etwas?«

»Nichts.«

»Lady Mary, laut Ihrer eidlichen Aussage bei der Untersuchungsverhandlung sagten Sie: ›Um drei Uhr morgens wurde ich durch einen Schuß geweckt. Ich dachte, es wären Wilddiebe. Der Schuß

war laut und schien in der Nähe des Hauses abgefeuert worden zu sein. Ich ging hinunter, um festzustellen, was es war.‹ Erinnern Sie sich, daß Sie diese Aussage machten?«
»Ja, aber sie war nicht wahr.«
»Nicht wahr?«
»Nein.«
»Trotz dieser Aussage behaupten Sie jetzt noch immer, daß Sie um drei Uhr morgens nichts gehört hätten?«
»Ich hörte nichts. Ich ging hinunter, weil ich eine Verabredung hatte.«
»Mylords«, sagte Sir Wigmore mit hochrotem Gesicht, »ich muß Sie um Erlaubnis bitten, diese Zeugin als eine feindliche Zeugin zu behandeln.«
Doch Sir Wigmores heftigste Angriffe zeitigten keine andere Wirkung als eine Wiederholung der Aussage, daß die Zeugin im Laufe der ganzen Nacht keinen Schuß gehört habe. Auf die Frage, wieso sie bei der Auffindung der Leiche gerufen hatte: »Mein Gott! Gerald, du hast ihn umgebracht!« antwortete sie, daß sie geglaubt habe, es handle sich um die Leiche ihres Freundes, mit dem sie die Verabredung gehabt habe. Hier entstand eine wütende Auseinandersetzung darüber, ob die Geschichte der Verabredung wichtig sei. Schließlich überließ Sir Wigmore die Zeugin wutschnaubend Sir Impey Biggs.
»Entschuldigen Sie, bitte, die Art meiner Frage«, sagte Sir Impey, sich höflich verneigend, »aber würden Sie uns, bitte, sagen, ob Sie der verstorbene Hauptmann Cathcart Ihrer Ansicht nach sehr liebte?«
»Nein, ich bin sicher, daß dies nicht der Fall war. Bei unserer Verlobung handelte es sich um eine Vereinbarung zu unserem beiderseitigen Vorteil.«
»Glauben Sie aufgrund Ihrer Kenntnis seines Charakters, daß er einer tiefen Liebe fähig war?«
»Es ist möglich, daß er für die richtige Frau dieses Gefühl empfinden konnte, denn ich glaube, daß er sehr leidenschaftlich war.«
»Danke schön. Sie haben uns gesagt, daß Sie mit Hauptmann Cathcart häufig zusammen waren, als Sie im Februar in Paris waren. Erinnern Sie sich, daß Sie mit ihm zu einem Juwelier gingen – zu einem Monsieur Briquet in der Rue de la Paix?«
»Möglicherweise, ich kann mich aber nicht genau entsinnen.«
»Können Sie sich erinnern, am 6. Februar mit ihm bei einem Juwelier gewesen zu sein?«

»Das weiß ich nicht mehr.«
»Kennen Sie dieses Schmuckstück?«
Die grünäugige Katze wurde der Zeugin ausgehändigt.
»Nein, das habe ich noch nie gesehen.«
»Hat Ihnen Hauptmann Cathcart ein ähnliches geschenkt?«
»Nein.«
»Haben Sie je solch ein Schmuckstück besessen?«
»Bestimmt nicht.«
»Ich danke Ihnen, Lady Mary.«
James Fleming, der eingehend über den Posteingang befragt wurde, äußerte sich auch diesmal vage und zerfahren und erweckte bei dem Gerichtshof den Eindruck, als sei dem Herzog nie ein Brief ausgehändigt worden. Sir Wigmore lächelte hämisch und überließ den Zeugen Sir Impey, der sich damit begnügte, aus dem Diener herauszuholen, daß er weder das eine noch das andere beschwören könne.
Danach ging Sir Impey zu einem anderen Punkt über. »Erinnern Sie sich, ob mit derselben Post für andere Hausbewohner Briefe ankamen?«
»Ja, ich brachte drei oder vier ins Billardzimmer.«
»An wen waren sie adressiert?«
»Ein paar an Oberst Marchbanks und einer an Hauptmann Cathcart.«
»Hat Hauptmann Cathcart diesen Brief sofort im Billardzimmer geöffnet?«
»Das kann ich nicht sagen, Sir. Ich ging sofort hinaus und brachte Mylord die Post ins Arbeitszimmer.«
»Sagen Sie uns, bitte, noch, wie in *Riddlesdale* morgens gewöhnlich die Briefe zur Post befördert werden.«
»Sie werden in den Postsack geworfen, der verschlossen ist. Seine Gnaden haben einen Schlüssel und das Postbüro hat den andern. Die Briefe werden durch einen Schlitz hineingeworfen.«
»Wurden am Morgen nach Hauptmann Cathcarts Tod die Briefe wie üblich zur Post befördert?«
»Jawohl, Sir.«
»Wer hat sie hingebracht?«
»Ich habe den Sack selbst zur Post gebracht, Sir.«
»Hatten Sie Gelegenheit zu sehen, was für Briefe darin waren?«
»Ich sah, daß das Postfräulein zwei oder drei aus dem Sack nahm, weiß aber nicht, an wen sie adressiert waren.«
»Danke schön.«

Sir Wigmore sprang wie von der Tarantel gestochen auf. »Haben Sie eben zum erstenmal diesen Brief erwähnt, den Sie angeblich Hauptmann Cathcart am Abend des Mordes ausgehändigt haben?« fragte er den Diener.

»Mylords!« schrie Sir Impey. »Ich protestiere gegen diesen Ausdruck. Es ist bisher noch nicht bewiesen, daß ein Mord verübt wurde.«

Das war der erste Hinweis auf die Verteidigungstaktik, die Sir Impey einschlagen wollte, und er erregte Aufsehen damit.

»Mylords«, fuhr Sir Impey auf eine Frage des Lord-Oberrichters fort, »ich erkläre hiermit, daß, solange die Staatsanwaltschaft den Mord nicht bewiesen hat, solch ein Ausdruck keinem Zeugen in den Mund gelegt werden darf.«

»Es wäre wohl besser, Sir Wigmore, wenn Sie ein anderes Wort gebrauchten«, entschied der Lord-Oberrichter.

»Das hat für unseren Fall keine Bedeutung, Mylord, ich beuge mich dem Entschluß Eurer Lordschaft«, erwiderte Sir Wigmore würdevoll und wiederholte seine Frage.

»Ich erzählte Mr. Murbles zum erstenmal vor ungefähr drei Wochen von dem Brief«, antwortete der Diener.

»Mr. Murbles ist der Anwalt des Angeklagten?«

»Jawohl, Sir.«

»Und wieso haben Sie diesen Brief nicht gleich bei der Untersuchungsverhandlung oder bei der Polizeivernehmung erwähnt?« fragte Sir Wigmore wütend und rückte den Kneifer auf seiner ziemlich prominenten Nase zurecht.

»Ich wurde nicht danach gefragt, Sir.«

»Wieso haben Sie plötzlich Mr. Murbles informiert?«

»Er hat mich gefragt, Sir.«

»Oh, er hat Sie gefragt, und Sie erinnerten sich plötzlich daran, als man Sie mit der Nase darauf stieß?«

»Mr. Murbles hat mich auf nichts hingewiesen, Sir. Er fragte mich, ob mit der Post noch andere Briefe gekommen waren, und da fiel es mir ein.«

»Das ist es ja! Als Sie darauf hingewiesen wurden, erinnerten Sie sich daran und nicht vorher.«

»Nein, Sir, das heißt, wenn ich schon vorher danach gefragt worden wäre, hätte ich es erwähnt, aber da ich nicht gefragt wurde, hielt ich es nicht für wichtig, Sir.«

»Sie hielten es nicht für wichtig, daß dieser Herr ein paar Stunden vor seinem Hinscheiden einen Brief erhielt?«

»Nein, Sir. Ich nahm an, daß die Polizei mich danach gefragt hätte, wenn sie es für wichtig gehalten hätte, Sir.«
»Nun, James Fleming, ich behaupte wieder, Sie haben erst daran gedacht, daß Hauptmann Cathcart am Abend vor seinem Tod einen Brief erhielt, als Ihnen der Gedanke von der Verteidigung in den Kopf gesetzt wurde.«
Der Zeuge, dem von dieser Art der Fragestellung der Kopf rauchte, gab eine verworrene Antwort, und Sir Wigmore blickte im Haus umher, als wollte er sagen: Schaut euch den falschen Burschen an!
»Wollen Sie sagen, daß Sie all diese wichtigen Briefe ohne Ermächtigung aus dem Haus trugen und ohne die Polizei zu verständigen?« fuhr er fort.
»Ich hatte meine Anweisungen, Sir.«
»Von wem?«
»Es geschah auf Befehl des Herzogs, Sir.«
»Ah! Wann erhielten Sie diesen Befehl?«
»Es gehörte zu meinen täglichen Pflichten, Sir, jeden Morgen den Sack zur Post zu bringen.«
»Und fiel es Ihnen in einem Fall wie diesem nicht ein, daß die ordnungsgemäße Benachrichtigung der Polizei wichtiger gewesen wäre als die Ausführung Ihrer Befehle?«
»Nein, Sir.«
Sir Wigmore setzte sich angewidert nieder, und Sir Impey übernahm wieder den Zeugen.
»Ist Ihnen zwischen dem Todestag und dem Tag, als Mr. Murbles mit Ihnen darüber sprach, der Brief für Hauptmann Cathcart niemals in den Sinn gekommen?«
»Doch, er kam mir sozusagen in den Sinn, Sir.«
»Wann war das?«
»Vor der Verhandlung beim Großen Schwurgericht, Sir.«
»Und warum sagten Sie nichts davon?«
»Der Herr im Gericht sagte mir, ich solle mich auf die Beantwortung der Fragen beschränken und nichts von mir aus hinzufügen.«
»Wer war dieser diktatorische Herr?«
»Ein Herr von der Staatsanwaltschaft, Sir.«
»Danke schön«, sagte Sir Impey freundlich und setzte sich nieder.
Die Frage des Briefes wurde bei der Vernehmung des Ehrenwerten Freddy weiter erörtert. Sir Wigmore legte großen Wert auf die Versicherung dieses Zeugen, daß der Verstorbene, als er sich am Mittwoch abend zum Schlafengehen zurückzog, in ausgezeichneter

körperlicher und geistiger Verfassung gewesen sei und von seiner bevorstehenden Heirat gesprochen habe. »Er schien besonders vergnügt zu sein«, erklärte der Ehrenwerte Freddy.
»Der Verstorbene war besonders vergnügt, als er zu Bett ging«, wiederholte Sir Wigmore, »und freute sich auf seine bevorstehende Hochzeit. Dessen sind Sie sicher?«
Der Ehrenwerte Freddy bejahte die Frage.
Sir Impey befragte den Zeugen über diesen Punkt nicht, sondern ging sofort zur nächsten Frage über.
»Erinnern Sie sich an die Briefe, die am Abend vor dem Tode gebracht wurden?«
»Ja, ich hatte einen von meiner Tante bekommen. Der Oberst erhielt einige, glaube ich, und es war auch einer für Cathcart gekommen.«
»Las Hauptmann Cathcart seinen Brief sofort an Ort und Stelle?«
»Nein, bestimmt nicht. Wissen Sie, ich machte meinen auf, und dann sah ich, daß er seinen in die Tasche steckte. Ich sagte: ›Entschuldigen Sie, bitte, wenn ich meinen Brief lese.‹ Und er sagte: ›Bitte schön.‹ Aber er las seinen nicht, und ich erinnere mich, daß ich dachte –.«
»Bleiben Sie bei der Sache!« ermahnte ihn der Lord-Oberrichter.
»Aber darum weiß ich doch so genau, daß er seinen nicht geöffnet hat«, entgegnete der Ehrenwerte Freddy beleidigt. »Sehen Sie, ich dachte damals noch, was für ein Heimlichtuer er ist, und daher erinnere ich mich so genau.«
Sir Wigmore, der mit geöffnetem Mund aufgesprungen war, setzte sich wieder.
»Ich danke Ihnen, Mr. Arbuthnot«, sagte Sir Impey lächelnd.
Oberst Marchbanks und Frau bezeugten, gegen halb zwölf Uhr im Arbeitszimmer des Herzogs jemanden gehört zu haben. Sie hätten keinen Schuß oder sonstige Geräusche vernommen. Daraufhin fand kein Kreuzverhör statt.
Mr. Pettigrew-Robinson schilderte lebendig den Streit und versicherte mit Bestimmtheit, er habe die Schlafzimmertür des Herzogs gehen hören.
»Wir wurden dann kurz nach drei Uhr von Mr. Arbuthnot herausgeklopft«, fuhr der Zeuge fort, »und gingen hinunter in den Wintergarten, wo ich sah, daß der Angeklagte und Mr. Arbuthnot das Gesicht des Verstorbenen wuschen. Ich wies die Herren darauf hin, daß sie dadurch wertvolle Spuren beseitigen könnten. Sie hörten

aber nicht auf mich. An der Tür gab es eine Anzahl von Fußspuren, die ich untersuchen wollte, denn es war meine Theorie, daß ...«

»Mylords«, rief Sir Impey, »wir können uns doch nicht die Theorien dieses Zeugen anhören!«

»Sicherlich nicht!« stimmte ihm der Lord-Oberrichter zu. »Beantworten Sie, bitte, die Fragen und fügen Sie nicht Ihre Ansichten hinzu.«

»Bitte sehr«, sagte Mr. Pettigrew. »Ich behaupte ja auch nicht, daß etwas nicht in Ordnung war, aber ich dachte –«

»Lassen wir das, was Sie dachten. Beantworten Sie, bitte, meine Fragen. In welcher Stellung befand sich die Leiche?«

»Der Tote lag auf dem Rücken. Er war offensichtlich umgedreht worden, denn –«

»Sir Wigmore«, griff der Lord-Oberrichter ein, »Sie müssen Ihren Zeugen im Zaum halten.«

»Würden Sie, bitte, bei der Sache bleiben«, sagte Sir Wigmore ziemlich hitzig. »Ihre Schlüsse interessieren uns nicht. Sie sagten, daß die Leiche, als Sie sie sahen, auf dem Rücken lag. Stimmt das?«

»Und Denver und Arbuthnot wuschen sie.«

»Gut. Nun komme ich zu einem andern Punkt. Erinnern Sie sich an ein Mittagessen im Königlichen Automobilklub?«

»Jawohl. Ich aß dort eines Tages Mitte August, ich glaube, es war der 16. oder 17.«

»Würden Sie uns, bitte, sagen, was bei der Gelegenheit geschah?«

»Ich war nach dem Lunch ins Rauchzimmer gegangen, hatte es mir in einem Sessel mit hoher Lehne bequem gemacht und las Zeitungen, als ich den Herzog von Denver, begleitet von Hauptmann Cathcart, hereinkommen sah. Das heißt, ich sah sie beide in dem großen Spiegel über dem Kaminsims. Sie bemerkten nicht, daß jemand im Raum war, sonst wären sie wohl etwas vorsichtiger gewesen, denke ich mir. Sie ließen sich in meiner Nähe nieder und sprachen miteinander, dann beugte sich Cathcart vor und sagte leise etwas, das ich nicht verstehen konnte. Der Angeklagte sprang mit entsetztem Gesicht hoch und rief: ›Um Gottes willen, verrate mich nicht, Cathcart, das gäbe einen furchtbaren Krach!‹ Cathcart erwiderte etwas Beruhigendes. Ich konnte ihn nicht verstehen, er sprach mit sehr verhaltener Stimme, und der Angeklagte entgegnete: ›Also halte, bitte, den Mund. Ich kann es mir nicht leisten, daß irgend jemand das erfährt.‹ Der Angeklagte schien höchst beunruhigt, Hauptmann Cathcart jedoch lachte. Dann senkten sie wieder ihre Stimmen, und ich verstand nichts mehr.«

»Danke schön.«

Sir Impey behandelte den Zeugen mit satanischer Höflichkeit. »Sie sind mit einer ausgezeichneten Beobachtungsgabe und einem hervorragenden Scharfsinn gesegnet, Mr. Pettigrew-Robinson«, begann er, »zweifellos lieben Sie es, diese Ihre sympathischen Gaben zur Beobachtung der menschlichen Charaktere zu verwenden, nicht wahr?«

»Ich glaube, ich kann mich als Erforscher der menschlichen Natur bezeichnen«, antwortete Mr. Pettigrew geschmeichelt.

»Zweifellos bringen Ihnen die Menschen großes Vertrauen entgegen?«

»Jawohl. Ich kann von mir sagen, daß ich gewissermaßen ein Beichtvater bin.«

»In der Nacht von Hauptmann Cathcarts Tod war Ihre vielseitige Erfahrung zweifellos ein großer Trost und eine große Hilfe für die Familie?«

»Sie benutzten meine Erfahrungen nicht, Sir«, platzte Mr. Pettigrew heraus. »Man ignorierte mich völlig!«

»Danke, das genügt«, schnitt ihm Sir Impey hastig das Wort ab.

Mr. Pettigrew zog sich zurück und hinterließ den Eindruck eines grollenden Menschen.

Mrs. Pettigrew-Robinson hatte zu ihrer früheren Aussage bei der Untersuchungsverhandlung wenig hinzuzufügen.

Miss Cathcart, die Tante des Toten, wurde von Sir Impey über Cathcarts Eltern befragt und erklärte mit tiefer Mißbilligung in der Stimme, daß sich ihr Bruder, obwohl er ein welterfahrener Mann gewesen sei, in mittleren Jahren mit einer neunzehnjährigen italienischen Sängerin »eingelassen« habe und sich von ihr so »betören« ließ, daß er sie heiratete. Achtzehn Jahre später seien die beiden gestorben. »Kein Wunder«, erklärte Miss Cathcart, »bei dem Lebenswandel, den sie führten.« Der Junge sei nach dem Tode seiner Eltern ihrer Obhut überlassen worden. Sie schilderte dann ausführlich, wie Denis sich immer gegen ihren Einfluß gewehrt, mit Männern, die sie mißbilligte, verkehrt habe und schließlich nach Paris gegangen sei, um sich dort auf seine Art auf die diplomatische Laufbahn vorzubereiten. Seit dieser Zeit habe sie ihn kaum mehr gesehen.

Ein interessanter Punkt kam beim Verhör von Inspektor Craikes

zur Sprache. Als Craikes ein Taschenmesser gezeigt wurde, erkannte er es als das, welches in Mr. Cathcarts Tasche gefunden worden war.
»Sehen Sie irgend etwas Auffallendes an der Klinge?« fragte Sir Impey.
»Ja, einen leichten Kratzer in der Nähe des Griffes.«
»Könnte er dadurch entstanden sein, daß mit dem Messer ein Fensterriegel gewaltsam geöffnet wurde?«
Der Inspektor hielt es zwar für möglich, zweifelte aber, daß ein so kleines Messer zu einem solchen Zweck geeignet sei. Dann wurde der Revolver gezeigt und die Frage nach dem Besitzer aufgeworfen.
»Mylords«, erklärte Sir Impey, »wir bestreiten nicht, daß der Revolver dem Herzog gehört.«
Der Gerichtshof blickte erstaunt drein.
Nachdem Hardraw, der Jagdhüter, über den Schuß, den er um 23 Uhr 50 gehört hatte, seine Aussage gemacht hatte, kam der medizinische Sachverständige an die Reihe.
Sir Impey Biggs: »Könnte sich Hauptmann Cathcart die Wunde selbst zugefügt haben?«
»Gewiß.«
»Wäre daraufhin sofort der Tod eingetreten?«
»Nein. Aus den Blutspuren, die auf dem Weg gefunden wurden, geht klar hervor, daß der Tod nicht sofort eingetreten ist.«
»Könnte es aufgrund der gefundenen Spuren Ihrer Ansicht nach möglich sein, daß der Verstorbene sich noch zum Haus geschleppt hat?«
»Ja, ohne weiteres. Er könnte genügend Kraft dazu gehabt haben.«
»Ist es möglich, daß er nach seiner Verwundung noch einige Zeit lebte?«
»Aufgrund des Befundes ist es wahrscheinlich.«
Demgegenüber stellte der Vertreter der Anklage noch einmal fest, es sei ebensogut möglich, daß der Verstorbene aus unmittelbarer Nähe von jemand anderem angeschossen und noch lebend zum Haus geschleppt wurde.
Sir Wigmore: »Was ist Ihrer Erfahrung nach bei Selbstmördern üblicher, daß sie sich in die Brust oder in den Kopf schießen?«
»In den Kopf ist wohl üblicher.«
»Ist es so üblich, daß man auf einen Mord schließen kann, wenn sich die Wunde in der Brust befindet?«

»So weit würde ich nicht gehen.«
»Aber bei solchen Voraussetzungen würden Sie sagen, daß eine Wunde im Kopf eher auf Selbstmord schließen läßt als eine am Körper?«
»Jawohl.«
Sir Impey Biggs: »Aber Selbstmord durch einen Schuß ins Herz ist doch nicht unmöglich?«
»Keineswegs.«
»Es hat solche Fälle gegeben?«
»O ja, viele.«
»Vom ärztlichen Standpunkt aus halten Sie also einen Selbstmord nicht für ausgeschlossen?«
»Nein, keineswegs.«
Damit wurde die Verhandlung vertagt.

15

Als sich Sir Impey Biggs am zweiten Verhandlungstag erhob, um seine Verteidigungsrede zu halten, war offensichtlich, daß er besorgt aussah – etwas sehr Ungewöhnliches bei ihm. Seine Rede war kurz, aber mit den wenigen Worten erregte er großes Aufsehen unter den zahlreichen Versammelten.
»Mylords, nun, da ich den Standpunkt der Verteidigung klarlegen möchte, befinde ich mich in einer höchst ungewöhnlichen, peinlichen Situation. Nicht, daß ich am Wahrspruch Eurer Lordschaften den geringsten Zweifel hege. Es ist vielleicht nie leichter gewesen, die Unschuld eines Angeklagten so klar zu beweisen wie in dem Falle meines edlen Klienten. Aber ich möchte Ihnen gleich zu Beginn erklären, daß ich mich vielleicht gezwungen sehen werde, um Vertagung zu bitten, da ein wichtiger Zeuge und ein entscheidendes Beweisstück noch nicht eingetroffen sind. Mylords, ich halte hier in meinen Händen ein Kabel von diesem Zeugen. Ich werde Ihnen seinen Namen nennen. Es handelt sich um Lord Peter Wimsey, den Bruder des Angeklagten. Das Kabel wurde gestern in New York aufgegeben. Ich werde Ihnen den Inhalt vorlesen: ›Beweis erhalten Stop Fliege heute abend mit Pilot Grant zurück Stop Eidlich beglaubigte Kopien folgen mit Schiff S. S. Lucarnia für den Fall, daß Flugzeug verunglückt Stop Hoffe Donnerstag einzutreffen.‹ Mylords, in diesem Augenblick zerteilt dieser ausschlag-

gebende Zeuge die Lüfte hoch über dem weiten Ozean. In diesem Winterwetter trotzt er Gefahren, die jedes kühne Herz außer dem seinen und dem des weltberühmten Fliegers, dessen Hilfe er sich gesichert hat, abschrecken würden. Er setzt sein Leben aufs Spiel, damit kein Moment verlorengeht, um seinen edlen Bruder von dieser entsetzlichen Anklage zu befreien. Mylords, das Barometer fällt!«

Eine unheimliche Stille hatte sich über die Bänke gesenkt. Die Lords in Purpur und Hermelin, ihre Damen in kostbaren Pelzmänteln, die Anwälte in ihren weiten Talaren und riesigen Perücken, der Lord-Oberrichter auf seinem hohen Sessel, die Sekretäre und die Herolde, alle saßen wie erstarrt auf ihren Plätzen. Nur der Angeklagte blickte verblüfft von seinem Anwalt zu dem Lord-Oberrichter und zurück, und die Reporter kritzelten wie wild Meldungen mit aufregenden Schlagzeilen, malerischen Lobpreisungen und alarmierenden Wetterprophezeiungen: »Herzogssohn fliegt über den Atlantischen Ozean«; »Brüderliche Liebe«; »Kommt Wimsey rechtzeitig?«; »Riddlesdale-Mordfall: erstaunliche Wendung«. Fernschreiber sandten die Nachrichten in die Welt hinaus.

Nach einer kurzen Erklärung, daß er beabsichtige, nicht nur die Unschuld seines edlen Klienten zu beweisen, sondern auch jede Einzelheit der Tragödie zu klären, ging Sir Impey Biggs ohne weitere Verzögerung dazu über, seine Zeugen aufmarschieren zu lassen.

Der erste war Mr. Goyles, der bezeugte, er habe Cathcart um drei Uhr morgens bereits tot gefunden, den Kopf dicht bei dem Wassertrog, der neben dem Brunnen stand. Ellen, das Dienstmädchen, bestätigte James Flemings Aussage hinsichtlich des Postsacks und erklärte, daß sie jeden Tag das oberste Blatt des Löschers im Studierzimmer abgerissen habe. Die Aussage des Kriminalinspektors Parker interessierte wesentlich mehr und rief Staunen hervor. Seine Beschreibung der Entdeckung der grünäugigen Katze wurde gewissermaßen verschlungen. Auch schilderte er eingehend die Fußspuren und die Schleppspuren, namentlich den Abdruck der Hand im Blumenbeet. Dann wurde das Löschpapier gezeigt. Fotografien davon gingen von Hand zu Hand.

Eine lange Diskussion entstand um diese beiden Punkte. Sir Impey behauptete, der Handabdruck auf dem Blumenbeet rühre daher, daß ein Mensch sich bemüht hatte, sich aus einer liegenden Stellung zu erheben, Sir Wigmore hingegen versuchte zu beweisen, der Verstorbene habe diese Spur dadurch hinterlassen, daß er sich da-

gegen gewehrt habe, weitergeschleppt zu werden.
»Die Richtung der Finger zum Haus hin spricht doch dagegen, daß er geschleppt wurde«, erklärte Sir Impey.
Sir Wigmore hingegen war der Ansicht, der verwundete Mann sei mit dem Kopf nach vorn geschleppt worden.
»Wenn ich Sie am Kragen packte und hinter mir herzöge«, sagte Sir Wigmore, »hätten Sie doch den Kopf nach vorn. Mylords werden mich verstehen!«
»Es scheint«, bemerkte der Lord-Oberrichter, »daß das ein Fall ist, der durch die Praxis entschieden werden muß.« (Gelächter.) »Ich schlage vor, daß während der Mittagspause einige von uns das Experiment machen, wozu man ein Mitglied des Hauses in der Größe des Verstorbenen auswählen sollte.« (Die edlen Lords musterten einander.)
Inspektor Parker erwähnte auch die Spuren am Fenster des Arbeitszimmers, die auf eine gewaltsame Öffnung schließen ließen.
»Ihrer Ansicht nach könnte der Riegel mit dem Taschenmesser, das in der Tasche des Verstorbenen gefunden wurde, gewaltsam geöffnet worden sein?«
»Ich weiß, daß es möglich ist, denn ich machte mit einem ähnlichen Messer das Experiment«, erwiderte Parker.
Dann wurden die wenigen Buchstaben auf dem Löschblatt vorwärts und rückwärts gelesen und in jeder möglichen Weise ausgelegt; die Verteidigung behauptete, die Sprache sei französisch und die Worte lauteten: »Je suis fou de douleur«, während die Anklage feststellte, diese Annahme sei an den Haaren herbeigezogen. Ein Handschriftensachverständiger wurde dann hinzugezogen und verglich diese Buchstaben mit einem Originalbrief von Cathcart. Aufgrund seiner Aussage wurde er vom Staatsanwalt in die Zange genommen.
Nachdem diese kniffligen Punkte den edlen Lords zur Beurteilung unterbreitet worden waren, ließ die Verteidigung eine Reihe von langweiligen Zeugen aufmarschieren: den Direktor einer Londoner Depositenkasse und Monsieur Turgeot, den Direktor des Crédit Lyonnais, die mit vielen Einzelheiten Cathcarts finanzielle Situation schilderten; den Concierge des Hauses in der Rue St. Honoré und die Putzfrau, Madame Leblanc. Die edlen Lords begannen zu gähnen, mit Ausnahme einiger, die ihre Titel ihrer wirtschaftlichen Betätigung verdankten und sich bei den Ausführungen Monsieur Turgeots plötzlich Notizen machten und einander verständnisvolle Blicke zuwarfen.

Die nächsten Zeugen waren Monsieur Briquet, der Juwelier aus der Rue de la Paix, und seine Verkäuferin, die die Geschichte von der ausländischen, großen blonden Dame und dem Kauf der grünäugigen Katze erzählte. Hier wurden alle wieder wach. Nachdem Sir Impey die Versammelten daran erinnert hatte, daß dieser Kauf im Februar stattfand, als Cathcarts Verlobte in Paris war, forderte er die Verkäuferin auf, sich im Saal umzublicken und zu sagen, ob jene fremde Dame anwesend sei. Das dauerte recht lange, aber die Antwort war schließlich negativ.
»Ich möchte, daß darüber kein Zweifel besteht«, erklärte Sir Impey, »und mit der gütigen Erlaubnis des gelehrten Generalstaatsanwaltes werde ich nun die Zeugin mit Lady Mary Wimsey konfrontieren.«
Als Lady Mary der Zeugin gegenübergestellt wurde, erklärte diese sofort aufs bestimmteste: »Nein, das ist nicht die Dame: Diese Dame hier habe ich noch nie in meinem Leben gesehen. Es besteht eine gewisse Ähnlichkeit in der Größe, in Haarfarbe und Haarschnitt, aber ihr Typ ist völlig verschieden. Mademoiselle ist eine charmante englische Dame, aber die andere war eine Frau, um derentwillen man mordet, sich umbringt oder alle andern zum Teufel schickt, und, glauben Sie mir, meine Herren« – sie lächelte ihr erlauchtes Publikum freundlich an –, »wir haben in unserem Geschäft Gelegenheit, solche Damen kennenzulernen.«
Als die Zeugin sich zurückzog, herrschte große Aufregung. Sir Impey kritzelte ein einziges Wort auf einen Zettel und reichte ihn Mr. Murbles. Das Wort lautete: »Großartig!« Mr. Murbles kritzelte zurück: »Ich habe ihr kein Wort gesagt, das ist doch fabelhaft?« und lehnte sich schmunzelnd in seinem Stuhl zurück.
Als nächster Zeuge schilderte Professor Hébert, ein hervorragender französischer Völkerrechtler, Cathcarts vielversprechende Anfänge als zukünftiger Diplomat vor dem Krieg in Paris. Dann kam ein Zeuge mit dem aristokratischen Namen du Bois-Gobey Houdin, der sich ganz genau an eine höchst unangenehme Auseinandersetzung erinnerte, als er einmal in einem Klub mit Capitaine Cathcart gespielt hatte. Er habe diesen Vorfall später Monsieur Thomas Freeborn, dem distinguierten englischen Ingenieur, berichtet. Parker hatte dank seinem Fleiß diesen Zeugen ausgegraben, und er blickte mit unverhohlenem Grinsen auf Sir Wigmore, der um Fassung rang. Inzwischen war der Nachmittag weit vorgerückt. Der Lord-Oberrichter fragte die Lords, ob es ihnen genehm wäre, daß die Sitzung auf den nächsten Morgen punkt zehn Uhr vertagt

würde, und die Lords antworteten in mustergültigem Chor mit »Ja«. Somit wurde die Sitzung aufgehoben.
Schwarze Wolken rasten von Westen her über den Himmel, während die edlen Herren auf den weiten Parlamentsplatz hinausströmten und die Möwen schreiend über dem Fluß kreisten. Charles Parker zog seinen alten Regenmantel fester um sich, als er in einen Bus kletterte, um nach Hause zu fahren. Bunter kehrte traurig nach Piccadilly 110 zurück und wanderte ruhelos bis sieben Uhr in der Wohnung auf und ab. Dann ging er ins Wohnzimmer und stellte das Radio an.
»Hier London«, ertönte die gefühllose Stimme des Ansagers. »Die Wettervorhersage: Ein großes Tief überquert den Atlantischen Ozean, ein zweites breitet sich über den britischen Inseln aus. Stürme mit schweren Regen- und Schneefällen werden vorherrschen und im Süden und Südwesten zu Orkanen anschwellen . . .«
»Man kann nie wissen«, murmelte Bunter. »Ich werde in seinem Schlafzimmer Feuer machen.«

16

Lord Peter spähte durch die dahinrasenden eisigen Wolken. Die dünnen, stählernen Verstrebungen des Flugzeugs, das ihm unglaublich zerbrechlich erschien, gaben den Blick frei auf das weite, schimmernde Land, das wie eine gleitende Landkarte kaleidoskopartig unter ihnen lag. Vor sich sah Lord Peter den glatten, regentriefenden Lederrücken seines Gefährten, der sich verbissen über den Steuerknüppel beugte. Er konnte nur hoffen, daß Grant von dem Erfolg des kühnen Unternehmens überzeugt war. Das Dröhnen der Maschine verschluckte jedes Wort. Windstöße schüttelten sie hin und her.
Lord Peter wandte seine Gedanken von der augenblicklichen ungemütlichen Situation ab und dachte an sein letztes seltsames Erlebnis. Fetzen der Unterhaltung kreisten in seinem Kopf.
»Mademoiselle, ich habe zwei Erdteile durchstreift auf der Suche nach Ihnen.«
»*Voyons*, dann scheint es wirklich sehr dringend zu sein. Aber machen Sie rasch, denn der große Bär kann bald kommen und knurren, und ich liebe nicht *des histoires*.«

Auf einem niedrigen Tischchen hatte eine Lampe gestanden, und Lord Peter erinnerte sich an den Glanz von kurzem, goldblondem Haar, das im Lichtschein schimmerte. Sie war ein schlankes großes Mädchen, das aus riesigen, schwarzgoldenen Kissen zu ihm aufblickte.
»Mademoiselle, es kommt mir unglaublich vor, daß Sie mit einem Herrn namens van Humperdinck zusammen sind, mit ihm essen und tanzen.«
Welcher Wahnwitz hatte ihn getrieben, das zu sagen, da die Zeit so kurz und Geralds Angelegenheit von solcher Bedeutung war?
»Monsieur van Humperdinck tanzt nicht. Haben Sie mich in zwei Erdteilen gesucht, um mir das zu sagen?«
»Nein, ich meine es ernst.«
»*Eh bien*, nehmen Sie Platz!«
Sie war ganz offen gewesen. »Ja, der arme Kerl! Aber das Leben ist seit dem Krieg sehr teuer geworden. Ich hatte verschiedene gute Gelegenheiten zurückgewiesen. Aber immer *des histoires*. Und so wenig Geld! Sehen Sie, man muß doch vernünftig sein. Man wird doch auch einmal alt, man muß doch vorsorgen.«
»Sicherlich.«
Sie hatte einen ganz leichten Akzent, ihm sehr vertraut: Wien vor dem Krieg, die Hauptstadt der unglaublichen Torheiten. »Ja, ja, ich hatte ihm geschrieben, sehr liebenswürdig, sehr vernünftig; ich habe ihm gesagt: ›Ich bin keine Frau für schlechte Zeiten.‹ Das ist doch verständlich, nicht wahr?«
Das Flugzeug geriet in ein Luftloch, die Propeller schwirrten hilflos in der Leere, dann wurde das Surren wieder regelmäßig, und die Nase des Flugzeugs richtete sich von neuem nach oben.
»Ich habe es in der Zeitung gelesen. Armer Junge! Warum sollte ihn jemand erschossen haben?«
»Mademoiselle, darum komme ich ja zu Ihnen. Mein Bruder, den ich innig liebe, ist des Mordes angeklagt. Es ist möglich, daß er gehängt wird.«
»Brr!«
»Wegen eines Mordes, den er nicht verübt hat.«
»*Mon pauvre enfant!*«
»Mademoiselle, ich flehe Sie an, ernst zu sein. Ich bitte Sie, versuchen Sie, sich zu erinnern, was in Cathcarts Brief stand.«
»Aber, *mon pauvre ami*, wie soll ich das? Ich habe ihn nicht gelesen. Er war sehr lang, sehr langweilig, voll von Geschichten. Die Sache war ja zu Ende ...« Aber seine Verzweiflung hatte sie ge-

rührt, und sie sagte: »Vielleicht ist doch nicht alles verloren. Es ist möglich, daß der Brief noch irgendwo liegt. Wir wollen Adèle fragen, meine Zofe. Sie sammelt Briefe, um Leute zu erpressen – ja, ich weiß, daß sie das tut. Aber sie ist unersetzlich, um meine Garderobe in Ordnung zu halten. Warten Sie, wir wollen mal sehen.«
Die Suche war vergeblich, und Adèle behauptete, nichts zu wissen.
»Es ist ein Jammer, daß Mademoiselle Adèle den Brief nicht finden kann, der so wertvoll für mich ist«, sagte Lord Peter.
Das Wort »wertvoll« brachte Adèle auf eine Idee. In der Schmuckkassette war noch nicht nachgesehen worden. Sie brachte sie herbei.
»Sucht der Herr diesen Brief?«
Da unterbrach das plötzliche Erscheinen Mr. Cornelius van Humperdincks, sehr reich und dick und mißtrauisch, die Unterhaltung. Adèle aber wurde in taktvoller, unauffälliger Weise von Lord Peter am Fahrstuhl belohnt.

Mr. Murbles wurde kurz nach Mitternacht durch ein heftiges Klopfen an seiner Haustür aus dem Schlaf geschreckt. Als er den Kopf beunruhigt aus dem Fenster streckte, sah er den Portier im Regen stehen und hinter ihm eine Gestalt, die Mr. Murbles nicht gleich erkannte.
»Mr. Murbles, bitte, kommen Sie sofort«, antwortete eine weibliche Stimme anstelle des Portiers, »Bunter hat mich angerufen. Da ist eine Frau gekommen, die eine Aussage machen will. Bunter will sie nicht allein lassen, sie ist so verängstigt, aber er sagt, es sei ungeheuer wichtig.«
»Hat er ihren Namen gesagt?«
»Eine Mrs. Grimethorpe.«
»Wunderbar! Einen Moment, liebe Lady Mary, ich lasse Sie sofort herein.«
Und überraschend schnell erschien Mr. Murbles im Morgenrock an der Haustür und bat sie einzutreten. Dann lief er ans Telefon.
»Ist dort Biggs? Hier Murbles. Die Frau mit dem Alibi –«
»Ja?«
»Ist von sich aus gekommen.«
»Großer Gott! Das ist ja kaum zu glauben!«
»Kommen Sie, bitte, sofort in Wimseys Wohnung!«
»Sofort!«
Es war eine merkwürdige Gesellschaft, die sich an Lord Peters Kaminfeuer versammelte: die Frau mit dem kreidebleichen Gesicht,

die bei jedem Geräusch zusammenschreckte; die Juristen mit ihren kühlen, beherrschten Gesichtern; Lady Mary; der tüchtige, wackere Bunter.

Mrs. Grimethorpes Geschichte war einfach. Sie war seit ihrer Unterhaltung mit Lord Peter die selbstquälerischen Gedanken nicht mehr losgeworden, und als ihr Gatte im *Goldenen Faß* zechte, hatte sie das Pferd angespannt und war nach Stapley gefahren.

»Ich konnte nicht länger schweigen. Es ist besser, daß mein Mann mich umbringt, denn ich bin sowieso unglücklich, als daß sie den Herzog hängen für etwas, das er nicht getan hat. Er war so gut.«

Die Anwälte steckten die Köpfe zusammen.

»Sie hat die Brücken hinter sich abgebrochen«, sagte Sir Impey. »Für uns ist die große Frage, ob sich das Risiko lohnt. Wir wissen noch nicht, was Wimsey an Beweisen mitbringt.«

»Gerade darum neige ich dazu, trotz des Risikos diese Zeugin zu benennen«, sagte Mr. Murbles.

»Ich bin bereit, das Risiko auf mich zu nehmen«, erklärte Mrs. Grimethorpe tapfer.

»Das wissen wir sehr zu schätzen«, entgegnete Sir Impey. »Werden Sie beschwören, um welche Zeit Seine Gnaden nach Grider's Hole kam, Mrs. Grimethorpe?«

»Es war Viertel nach zwölf, ich hatte auf die Küchenuhr geschaut, und die geht richtig.«

»Und wann ist er fortgegangen . . .«

»Fünf Minuten nach zwei.«

»Und wie lange braucht man, wenn man schnell geht, um von Grider's Hole nach *Riddlesdale* zu kommen?«

»Ungefähr eine Stunde. Es ist ein schlechter Weg, und man muß über einen Hügel.«

»Sie dürfen sich vom Staatsanwalt nicht beirren lassen, Mrs. Grimethorpe! Er wird versuchen zu beweisen, daß der Herzog Zeit hatte, Cathcart zu ermorden, entweder bevor er fortging, oder nachdem er zurückgekommen ist. Indem wir zugeben, daß der Herzog etwas verschweigen wollte, verschaffen wir dem Staatsanwalt das, was ihm bisher gefehlt hat, nämlich das Motiv: Er hat einen Menschen ermordet, der etwas von ihm wußte.«

Ein drückendes Schweigen folgte.

»Darf ich Sie fragen, Mrs. Grimethorpe«, fragte schließlich Sir Impey, »weiß jemand etwas davon?«

»Mein Mann, ich bin ganz sicher«, antwortete sie heiser. »Aber er hatte keinen Beweis. Und in der Nacht –«

»Welcher Nacht?«
»Der Nacht des Mordes – da hat er mir eine Falle gestellt. Aber er hatte in Stapley zuviel getrunken und ist die Nacht über im Straßengraben gelegen, sonst würde man jetzt einen zweifachen Mörder suchen.«
»Ich glaube, das beste wird sein«, sagte Sir Impey, »diese Aussage zu benutzen und dafür zu sorgen, daß die Dame Schutz erhält.«
»Ich nehme sie mit zu meiner Mutter«, erklärte Lady Mary energisch.
»Aber Lady Mary, das wäre unter den gegebenen Umständen völlig unangebracht«, widersprach Mr. Murbles.
»Mutter will es!« entgegnete Lady Mary. »Bunter, ein Taxi!«
So läutete Lady Mary vom Londoner Haus der Herzogin-Witwe Charles Parker an und teilte ihm die Neuigkeit mit.

17

Der Sturm hatte sich verausgabt, ein wunderbarer frischer Tag folgte, ein kräftiger Wind fegte die letzten Wolkenfetzen vom tiefblauen Himmel.
Der Herzog hatte sich ungefähr eine Stunde lang mit seinen Anwälten gestritten, bevor er in den Gerichtssaal beordert wurde.
»Ich werde nichts aussagen«, erklärte der Herzog starrköpfig. »Ich kann sie nicht daran hindern, als Zeugin aufzutreten. Hochanständig von ihr! Aber ich fühle mich dadurch nur noch jämmerlicher.«
»Lassen Sie es dabei bewenden«, rief Mr. Murbles. »Lassen Sie ihn auf die Anklagebank gehen und sich wie ein vollkommener Ehrenmann verhalten, das wird den Leuten gefallen.«
Sir Impey, der bis zum frühen Morgen an seinem Schreibtisch gesessen und die ganze Verteidigungsrede auf den Kopf gestellt hatte, nickte.
Die Aussage der ersten Zeugin dieses Tages brachte eine Überraschung. Mrs. Eliza Briggs war die Besitzerin eines Schönheitssalons in der Bond Street. Sie hatte eine große aristokratische Kundschaft beiderlei Geschlechts und unterhielt eine Filiale in Paris.
Der Verstorbene sei seit Jahren in London und in Paris ihr Kunde gewesen. Er habe sich massieren und maniküren lassen. Wenn man bei einem Mann von Eitelkeit sprechen könne, so sei er übereitel gewesen. Sir Wigmore verzichtete darauf, die Zeugin ins

Kreuzverhör zu nehmen, und die edlen Lords wunderten sich, was der ganze Auftritt sollte.

Als Sir Impey eben das Wort ergreifen wollte, entstand an der Tür ein Durcheinander, und ein Gerichtsbeamter bahnte sich den Weg durch die Menge, um ihm einen Zettel zu überreichen. Sir Impey las ihn, wurde rot, blickte in den Saal hinunter, faltete seine Hände und erklärte mit so lauter Stimme, daß sogar der taube Herzog von Wiltshire ihn zu verstehen vermochte:

»Mylords, ich bin überglücklich, Ihnen mitteilen zu können, daß unser Hauptzeuge eingetroffen ist. Ich bitte Lord Peter Wimsey um seine Aussage.«

Alle Hälse reckten und verdrehten sich, aller Augen richteten sich auf die völlig verschmutzte, in einen ölbefleckten Mantel gehüllte Gestalt, die freundlich lächelnd durch den langen Saal kam. Sir Impey Biggs gab den Zettel an Mr. Murbles weiter, wandte sich zu Lord Peter, der laut gähnend seinen Freunden zunickte, und verlangte, daß der Zeuge vereidigt werde.

Der Zeuge sagte folgendes aus: »Ich bin Peter Wimsey, Bruder des Angeklagten, wohnhaft in Piccadilly 110. Da ich auf einem Löschblatt Abdrücke eines Briefes entdeckt hatte, fuhr ich nach Paris, um eine gewisse Dame aufzusuchen. Es handelt sich um Mademoiselle Simone Vonderaa. Ich stellte in Paris fest, daß sie in Gesellschaft eines Mr. van Humperdinck Paris verlassen hatte. Ich folgte ihr nach New York, und es gelang mir schließlich, sie dort ausfindig zu machen. Ich bat sie, mir den Brief zu geben, den Cathcart ihr am Abend vor seinem Tod geschrieben hatte.« (Aufregung im Auditorium.) »Ich zeige Ihnen diesen Brief, den Mademoiselle Vonderaa mit ihrer Unterschrift beglaubigt hat, damit Sir Wigmore nichts dagegen einwenden kann. (Vergnügtes Murmeln, in das sich die empörten Proteste des Staatsanwaltes mischten.) Es tut mir leid, daß ich so plötzlich hereinplatze, aber ich habe diesen Brief erst vorgestern bekommen. Wir sind zwar so rasch wie möglich zurückgekommen, aber wir mußten in der Nähe von Whitehaven wegen eines Motordefektes notlanden, und wenn wir einen Kilometer vorher hätten landen müssen, wäre ich jetzt nicht hier.« (Beifall, der schleunigst vom Lord-Oberrichter zum Schweigen gebracht wurde.)

»Mylords!« begann Sir Impey, »Sie alle sind Zeugen, daß ich diesen Brief zum erstenmal sehe. Ich habe keine Ahnung vom Inhalt, aber ich bin gewillt, dieses Dokument auf der Stelle vorzulesen.«

»Zuerst muß einwandfrei geklärt werden, ob es sich um die Handschrift des Toten handelt«, entgegnete der Lord-Oberrichter.

Miss Lydia Cathcart wurde aufgerufen, um die Handschrift zu identifizieren, dann wurde der Brief dem Lord-Oberrichter überreicht, der verkündete: »Der Brief ist französisch geschrieben, wir müssen einen vereidigten Dolmetscher zuziehen.«

»Sie werden feststellen«, sagte Lord Peter, »daß die wenigen Bruchstücke von Wörtern auf dem Löschpapier mit dem Brief übereinstimmen.«

Endlich wurde inmitten einer atemlosen Stille der Brief vorgelesen:

Riddlesdale Lodge, Stapley, N. E. Yorkshire
13. Oktober 1923

Simone! Ich habe gerade Deinen Brief erhalten. Was soll ich sagen? Bitten oder Vorwürfe haben keinen Sinn. Du würdest sie nicht verstehen, Du würdest sie nicht einmal lesen. Ich wußte ja immer, daß Du mich eines Tages verlassen würdest. Seit acht Jahren erleide ich alle Höllenqualen der Eifersucht. Ich habe alles gewußt, ich habe Dich dennoch geliebt. Wirklich, mein Liebes, ich habe mir nie die geringsten Illusionen gemacht. Erinnerst Du Dich noch an den Abend, an dem ich Dich im Kasino kennenlernte? Du warst siebzehn Jahre alt, und Du warst hinreißend schön, man konnte den Verstand verlieren. Am nächsten Tag warst Du mein, Du hast mir in Deiner reizenden Art gesagt, daß Du mich liebst und daß ich der erste sei. Mein liebes Kind, es war gelogen. Ich glaube, daß Du innerlich über meine Naivität gelacht hast, aber ich war nicht so naiv. Schon bei unserem ersten Kuß habe ich diesen Moment vorausgesehen.

Ich bin schwach genug, Dir nicht zu verschweigen, was Du aus mir gemacht hast. Vielleicht wird es Dir ein wenig leid tun. Aber nein. Wenn Dir etwas leid täte, wärest Du nicht mehr Simone. Vor acht Jahren, vor Ausbruch des Krieges, war ich reich genug, Dir alles zu bieten, was Du Dir wünschtest. Vor dem Krieg warst Du auch weniger anspruchsvoll, Simone. Dreiviertel meines Vermögens hatte ich in Rußland und in Deutschland angelegt: es ging zum Teufel, als ich an der Front war, und meine französischen Anlagen hatten sehr an Wert verloren. Bis zum Ende des Krieges war es Dir gelungen, alle meine Ersparnisse aufzubrauchen. Natürlich war ich ein Narr! Mit einem Hauptmannsgehalt kann man sich keine Geliebte mit einer Wohnung in der Avenue Kléber leisten. Aber ich wagte nicht, zu Dir zu kommen und zu sagen: ›Simone, ich bin arm!‹

Weißt Du, was ich getan habe? Nein, Du hast nie darüber nachgedacht, woher das Geld kam. Ich habe gespielt, verzweifelt, wahnsinnig, ich habe Schlimmeres getan, ich habe falschgespielt. Ich sehe Dich im Geiste achselzuckend sagen: ›Was für ein toller Bursche!‹ Wenn man mich ertappt hätte, wäre ich mit Schimpf und Schande aus der Armee ausgestoßen worden. Auf die Dauer konnte das nicht gutgehen. Es hat einmal in einem Pariser Club einen Skandal gegeben, aber man konnte mir nichts nachweisen. So habe ich mich mit diesem englischen Mädchen verlobt, der Tochter eines Herzogs, von der ich Dir erzählt habe. Eine schöne Sache, nicht wahr? Meine Mätresse mit dem Geld meiner Frau auszuhalten! Aber ich hätte es getan, und ich würde es immer wieder tun, um Dich zurückzugewinnen.

Aber Du verläßt mich. Dieser Amerikaner ist reich, irrsinnig reich. Im Vergleich dazu sind Liebe und Ehre nichts!

Der Herzog kommt mir mit seiner Dummheit sehr entgegen. Er läßt seinen Revolver unverschlossen in der Schreibtischschublade liegen. Gerade vorhin hat er mich wegen dieser Falschspiel-Affäre zur Rechenschaft gezogen. Du siehst, das Spiel ist aus! Ich mache Dir keine Vorwürfe. Wahrscheinlich wird man meinen Selbstmord auf diese Falschspiel-Affäre zurückführen. Um so besser, ich will nicht, daß man meine Liebesgeschichte in den Skandalblättern breittritt. Leb wohl, mein Liebes, meine Angebetete, meine Simone. Werde glücklich mit Deinem neuen Liebhaber. Mein Gott, wie habe ich Dich geliebt, wie liebe ich Dich noch immer, trotz allem. Aber das ist nun vorbei. Du wirst mir nie mehr das Herz durchbohren. Oh! Ich bin verrückt – ich bin verrückt vor Schmerz! Lebe wohl!

Denis Cathcart.

18

Nach der Verlesung dieses Briefes konnte die Vernehmung des Angeklagten nur enttäuschen. Beim Kreuzverhör durch den Generalstaatsanwalt blieb der Herzog stur bei seiner Behauptung, er sei stundenlang im Moor umhergewandert, ohne einen Menschen zu treffen, obwohl er zugeben mußte, daß er um halb zwölf das Haus verlassen hatte und nicht um halb drei, wie er bei der Untersuchungsverhandlung gesagt hatte. Sir Wigmore schlachtete das aus: er behauptete hintergründig, daß Cathcart ihn, den Herzog, erpreßt habe, und stellte bohrende Fragen.

Nach dem Mittagessen erhob sich Sir Impey Biggs und hielt seine Verteidigungsrede: »Mylords! Sie haben gehört, was für Beweise zugunsten meines edlen Klienten gegen die entsetzliche Anklage, er sei des Mordes schuldig, vorgebracht wurden. Drei Tage lang sind Sie und ich mitfühlend der Verhandlung gefolgt. Sie haben gehört, wie Cathcart – gleichsam aus dem Grab – die Geschichte der verhängnisvollen Nacht des 13. Oktober erzählt hat, und ich bin überzeugt, daß Sie keinen Zweifel an deren Wahrheit hegen. Sie wissen, Mylords, daß ich von dem Inhalt dieses Briefes keine Ahnung hatte. In meiner Laufbahn als Strafverteidiger habe ich noch keine melancholischere Geschichte gehört als die jenes unglücklichen Mannes, über den eine verhängnisvolle Leidenschaft Schmach und Schande brachte, die schließlich zum Tode durch eigene Hand führte.

Der edle Herzog wurde Ihnen gegenüber, Mylords, des Mordes an dem jungen Mann bezichtigt. Daß er völlig unschuldig ist, brauche ich wohl nicht mehr zu wiederholen. Der Ablauf der Ereignisse ist so klar, so eindeutig, als seien wir zugegen gewesen, als spiele sich die Tragödie vor unseren Augen ab. Wäre der Tod von Denis Cathcart das einzige Ereignis jener Nacht gewesen, so hätte nie ein Zweifel bestehen können. Da aber aufgrund einer Reihe von beispiellosen Vorfällen die Affäre Denis Cathcart mit so vielen andern Dingen vermengt wurde, will ich die Geschichte noch einmal von Anfang bis Ende aufrollen.

Sie haben gehört, daß Denis Cathcart aus der Verbindung eines entzückenden Mädchens aus dem Süden mit einem Engländer, der zwanzig Jahre älter war als sie, stammte. Sein Vater war leidenschaftlich, herrschsüchtig und zynisch. Bis zum Alter von achtzehn Jahren lebte Denis Cathcart auf dem europäischen Kontinent, reiste von Ort zu Ort und lernte dabei viel von der Welt kennen.

Mit achtzehn Jahren verliert er kurz hintereinander seine beiden Eltern – seine angebetete schöne Mutter und seinen Vater, der es, wäre er am Leben geblieben, wahrscheinlich verstanden hätte, diesen ungestümen Charakter zu bändigen. Er bestimmte zum Vormund seines Sohnes seine Schwester. Mylords, Sie haben Miss Lydia Cathcart gesehen und haben ihre Aussage gehört. Sie werden bemerkt haben, wie gewissenhaft, mit welch christlicher Selbstentsagung sie die ihr anvertraute Pflicht erfüllte und wie es ihr dennoch mißlang, eine nahe Beziehung zwischen sich und ihrem jungen Mündel herzustellen. Er, der arme Junge, der bei jedem Schritt seine Eltern vermißte, kam in Cambridge in die Gesellschaft von jungen Männern, die eine völlig andere Erziehung genossen hatten als er. Ihm, dem Kosmopoliten, mußten diese jungen Leute unglaublich kindisch vorkommen.

Um die diplomatische Laufbahn einzuschlagen, knüpfte Cathcart Bekanntschaft mit den Söhnen reicher, einflußreicher Männer an. Vom weltlichen Gesichtspunkt aus betrachtet, ging es ihm sehr gut, und als er im Alter von einundzwanzig Jahren ein großes Vermögen erbte, schien ihm der Weg zum Erfolg offen. Sowie er seine Examina bestanden hatte, schüttelte er den akademischen Staub Cambridges von den Füßen und siedelte nach Frankreich über, wo er sich in Paris niederließ und sich einen Platz in der internationalen Politik zu schaffen suchte.

Aber nun tritt der entsetzliche Einfluß in sein Leben, der ihm das Vermögen, die Ehre und schließlich das Leben rauben sollte. Er verliebt sich in ein junges Mädchen von jenem exquisiten, überwältigenden Charme und jener Schönheit, für die die österreichische Hauptstadt weltberühmt ist. Mit Leib und Seele verfällt er Simone Vonderaa, so unwiderstehlich wie der Chevalier des Grieux der Manon Lescaut.

Bedenken Sie, daß er in dieser Hinsicht dem strikten kontinentaleuropäischen Kodex folgte: völlige Hingabe, völlige Diskretion. Sie haben gehört, wie ruhig er lebte, wie geordnet seine Verhältnisse zu sein schienen. Wir haben vernommen, wie diskret er seine Bankangelegenheiten handhabte, wie großzügig er Schecks auf sich ausstellte und die Beträge in kleinen Noten einkassierte, wie er von Quartal zu Quartal sein Konto wieder anwachsen ließ, als ob er ein regelrechtes Einkommen bezog. Reich, ehrgeizig, im Besitz einer gefälligen schönen Mätresse – die Welt steht ihm offen.

Dann, Mylords, mitten in diese vielversprechende Laufbahn, schlägt der Blitz des großen Weltkrieges ein, raubt ihm erbarmungslos sein Vermögen, zerschmettert das Gebäude seines Ehrgeizes, verwüstet und vernichtet hier wie überall alles, was sein Leben schön und lebenswert machte.

Sie haben die Geschichte von Denis Cathcarts hervorragender militärischer Karriere gehört. Nach fünf Jahren der Mühsale, der Anstrengungen und Desillusionierung kam er zwar gesund zurück, aber sein Leben war ruiniert.

Von seinem riesigen Vermögen war ihm praktisch nichts geblieben. Sie werden sagen, Mylords, daß das für einen jungen Mann mit solch ausgezeichneter Bildung, mit so hervorragenden Verbindungen, mit so vielen Möglichkeiten keine Rolle spielte. Er brauchte nur ein paar Jahre zu warten, um das wieder aufzubauen, was er verloren hatte. Leider, Mylords, konnte er sich nicht leisten zu warten. Er stand in Gefahr, etwas zu verlieren, das ihm teurer war als Vermögen und Ehrgeiz, etwas, für das er in großen Mengen und sofort Geld benötigte. Mylords, in jenem ergreifenden Brief, der soeben verlesen wurde, ist nichts rührender und entsetzlicher als jenes Geständnis: ›Ich wußte, daß Du mich verlassen würdest.‹ Während dieser ganzen Zeit scheinbarer Glückseligkeit wußte er, daß das Gebäude seines Glücks auf Sand gebaut war. ›Ich habe mir nie die geringsten Illusionen gemacht‹, sagte er. Und trotz dieser Erkenntnis blieb er im Bann ihres verhängnisvollen Zaubers. Wenn einer von Ihnen, Mylords, die Macht der Liebe in dieser unwiderstehlichen, ich möchte sagen schicksalhaften Art kennengelernt hat, versteht er aufgrund dieser Erfahrung Cathcarts Situation besser, als ich es durch meine armseligen Worte verständlich zu machen vermag.

Mylords, ich brauche Ihnen nicht im einzelnen die betrüblichen Kniffe und Kunstgriffe zu schildern, zu denen sich dieser Offizier und Gentleman unglücklicherweise hinreißen ließ. Sie haben die Geschichte mit allen häßlichen Details von den Lippen des Monsieur du Bois-Gobey Houdin gehört. Sie wissen, wie der Verstorbene der Scham und den Gewissensbissen in seinen letzten Worten Ausdruck gegeben hat. Sie wissen, daß er gespielt hat, zunächst ehrlich, dann unehrlich. Sie kennen die Quelle, aus der jene großen Geldbeträge stammten, die er regelmäßig und geheimnisvoll in bar einnahm, um ein Bankkonto aufzufüllen, das ständig beinahe erschöpft war. Wir dürfen auch die Frau nicht zu sehr verurteilen, Mylords. Gemäß ihrer Lebensauffassung behandelte sie ihn nicht unanständig, sie mußte ihre Interessen wahren. Solange er für sie zahlen konnte, gab sie ihm ihre Schönheit und Leidenschaft und Fröhlichkeit und eine gewisse Treue. Als er nicht mehr zahlen konnte, fand sie es nur vernünftig, sich anders einzurichten. Das wußte Cathcart; er brauchte also Geld.

In dieser Situation, Mylords, knüpfte Denis Cathcart seine Beziehungen zu meinem edlen Klienten und seiner Schwester an. Zu jenem Zeitpunkt beginnen all jene Komplikationen, die zu der Tragödie des 13. Oktober führten und die wir in dieser feierlichen und historischen Versammlung zu enträtseln vermochten.

Vor etwa anderthalb Jahren traf Cathcart, der verzweifelt nach einer sicheren Einkommensquelle suchte, den Herzog von Denver wieder, dessen Vater ein Jugendfreund von Cathcarts Vater gewesen war. Sie kamen öfters zusammen, und Cathcart wurde Lady Mary Wimsey vorgestellt, zu einer Zeit, da sie, wie sie uns offen gestand, ›völlig durcheinander‹ war, weil sie sich von ihrem Verlobten, Mr. Goyles, hatte trennen müssen. Lady Mary fühlte das unstillbare Verlangen, sich selbständig zu machen, und nahm Denis Cathcarts Antrag an unter der Bedingung, daß sie in der Ehe völlig frei blieb und ohne seine Einmischung ihr eigenes Leben führen konnte. Was Cathcart mit dieser Ehe bezweckte, wissen wir aus seinen eigenen bitteren Worten, denen ich nichts hinzuzufügen brauche: ›Meine Mätresse mit dem Geld meiner Frau aushalten! Aber ich hätte es getan . . .‹

So standen die Dinge im Oktober dieses Jahres. Cathcart war nun gezwungen, einen großen Teil seiner Zeit in England bei seiner Verlobten zu verbringen, und mußte Simone Vonderaa unbeaufsichtigt in der Avenue Kléber zurücklassen. Er scheint sich ihrer ziemlich sicher gewesen zu sein. Die einzige Schattenseite war, daß Lady Mary bisher vermieden hatte, das Hochzeitsdatum festzusetzen. Das Geld war knapper als sonst in der Avenue Kléber; da lernte Simone Mr. Cornelius van Humperdinck, den amerikanischen Multimillionär, kennen.

Lady Mary fühlte sich je länger, desto unglücklicher über ihre Verlobung. In diesem kritischen Moment erhält Mr. Goyles plötzlich eine Stellung, bescheiden, aber gesichert, die es ihm ermöglicht, eine Frau zu ernähren. Lady Mary trifft ihre Wahl. Sie erklärt sich bereit, mit Mr. Goyles durchzubrennen.

Am Mittwoch, dem 13. Oktober, gegen 21 Uhr 30, geht die Jagdgesellschaft im Jagdhaus *Riddlesdale* zu Bett. Der Herzog von Denver war im Waffenzimmer, die anderen Herren im Billardzimmer, die Damen hatten sich bereits zurückgezogen, als der Diener Fleming mit der Abendpost aus dem Dorf kam. Dem Herzog von Denver brachte er einen Brief mit erstaunlichem, höchst unerfreulichem Inhalt. Auch Denis Cathcart brachte er einen Brief, einen Brief, den wir nie zu sehen bekommen werden, dessen Inhalt aber leicht zu erraten ist.

Sie haben die Aussage von Mr. Arbuthnot gehört, daß Cathcart, bevor er diesen Brief las, vergnügt und hoffnungsvoll hinauf in sein Zimmer gegangen war und erwähnt hatte, er hoffe, daß bald das Heiratsdatum festgesetzt würde. Kurz nach zehn, als der Herzog von Denver ihn in seinem Zimmer aufsuchte, war ein völliger Wandel seiner Stimmung eingetreten. Bevor der Herzog von der

Angelegenheit, die ihn zu Cathcart führte, sprechen konnte, fuhr Cathcart ihn grob an und verlangte, in Ruhe gelassen zu werden. Ist es schwer, Mylords, angesichts dessen, was wir heute gehört haben, aufgrund unseres jetzigen Wissens, daß Mademoiselle Vonderaa am 15. Oktober nach New York abreiste, zu erraten, was für Nachrichten Denis Cathcart erhalten hatte? In diesem unglücklichen Moment kommt der Herzog von Denver und schleudert ihm eine entsetzliche Beschuldigung ins Gesicht. Er beschuldigt Cathcart, diesen Mann, den er unter seinem Dach aufgenommen hat und der im Begriff steht, seine Schwester zu heiraten, ein Falschspieler zu sein. Und als Cathcart diese Beschuldigung nicht zurückweist, als er, anscheinend höchst unverschämt, erklärt, er wolle die edle Dame, mit der er verlobt ist, nicht heiraten, ist es da erstaunlich, daß der Herzog dem Betrüger verbietet, je wieder Lady Mary Wimsey anzurühren oder mit ihr zu sprechen? Ich sage, Mylords, daß kein Mann mit nur einem Funken Ehrgefühl anders gehandelt hätte. Mein Klient begnügt sich damit, Cathcart aufzufordern, am nächsten Morgen das Haus zu verlassen. Als Cathcart wie wahnsinnig in das Unwetter hinausrennt, ruft er ihm noch nach, zurückzukommen, nimmt sich sogar die Mühe, den Diener zu beauftragen, die Wintergartentür für Cathcart offenzulassen. Es stimmt, daß er Cathcart einen gemeinen Gauner genannt hat, aber das war berechtigt. Als er ihm durchs Fenster nachrief: ›Komm zurück, du Idiot!‹, tönte das fast freundlich.

Und nun, Mylords, will ich Ihre Aufmerksamkeit auf die unendliche Schwäche der Anklage gegen meinen edlen Klienten, was das Motiv betrifft, lenken. Es ist behauptet worden, daß der Grund des Streites zwischen den beiden Herren nicht der vom Herzog von Denver in seiner Aussage erwähnte gewesen sei, sondern etwas noch Persönlicheres. Für diese Behauptung ist nicht der geringste Beweis erbracht worden, außer der Aussage jenes merkwürdigen Zeugen Mr. Pettigrew. Mylords, Sie haben das Verhalten dieses Herrn auf der Zeugenbank gesehen, und Sie werden selbst beurteilen, welches Gewicht seinen Worten beizumessen ist, während wir von uns aus imstande waren zu beweisen, daß die Beschuldigung, die mein edler Klient gegen den Verstorbenen erhob, nur zu sehr durch die Tatsachen begründet war.

Cathcart stürmt also in den Garten hinaus. In strömendem Regen irrt er umher und sieht eine Zukunft vor sich, die plötzlich der Liebe, des Reichtums und der Ehre beraubt ist.

Inzwischen öffnet sich eine Zimmertür, jemand kommt vorsichtig die Treppe hinunter. Wir wissen nun, wer es ist, Mrs. Pettigrew-Robinson hat das Knarren der Tür wohl erkannt, es ist der Herzog von Denver. Das geben wir zu, aber von diesem Punkt an trennen wir uns von den Behauptungen unseres gelehrten Freundes von der Staatsanwaltschaft. Mylords, wir sollen glauben, der Herzog sei die Treppe hinuntergeschlichen, habe aus dem Schreibtisch im Arbeitszimmer einen Revolver geholt und sei in die stürmische Nacht hinausgegangen, um Cathcart zu suchen und ihn kaltblütig über den Haufen zu schießen?

Muß ich noch auf die Absurdität dieser Behauptung hinweisen? Was für einen vernünftigen Grund konnte der Herzog von Denver haben, kaltblütig einen Mann umzubringen, den er mit einem Wort auf immer und ewig ruinieren kann? Und wieder wurde behauptet, daß die Ursache des Streits nicht die angeführte gewesen sei, daß der Herzog etwas Schlimmes von Cathcart zu befürchten gehabt habe. Ich glaube, daß wir diese Behauptung bereits abgetan haben; mein gelehrter Freund kann sie auch durch keinen Beweis erhärten. Die vielen Mordmotive, die die Staatsanwaltschaft anführt, sind der beste Beweis für die Schwäche ihrer Behauptungen. Fieberhaft sucht sie nach irgendwelchen Erklärungen, um dieser absurden Anschuldigung Wahrscheinlichkeit zu verleihen.

Und nun bitte ich, Mylords, daß Sie Ihre Aufmerksamkeit der höchst wichtigen Aussage des Inspektors Parker im Hinblick auf das Fenster des Arbeitszimmers schenken. Er hat Ihnen gesagt, daß das Fenster von außen gewaltsam mittels eines Taschenmessers geöffnet worden sei. Hätte der Herzog von Denver, der um 23 Uhr 30 im Studierzimmer gewesen sein soll, es nötig gehabt, das Fenster gewaltsam zu öffnen? Er befand sich doch im Innern des Hauses. Da wir hingegen festgestellt haben, daß Cathcart ein Taschenmesser bei sich hatte, dessen Klinge Kratzer aufweist, die von der Berührung mit einem Metallriegel herrühren können, ist es zweifellos offenbar, daß nicht der Herzog, sondern Cathcart das Fenster erbrochen hat, daß Cathcart ins Zimmer geschlichen ist, um den Revolver zu holen, da er nicht wußte, daß die Wintergartentür für ihn offengelassen worden war.

Aber wir brauchen bei dieser Annahme nicht länger zu verweilen, wir wissen, daß Hauptmann Cathcart zu dieser Zeit im Arbeitszimmer gewesen ist, denn wir haben ja den Beweis dafür in Gestalt des Löschpapiers gesehen, mit dem er die Tinte auf seinem Brief an Simone Vonderaa getrocknet hatte.

Ferner möchte ich Ihre Aufmerksamkeit auf die Bedeutung eines

weiteren Beweises lenken. Der Herzog von Denver hat erklärt, daß er kurz vor dem verhängnisvollen Dreizehnten in Gegenwart von Cathcart den Revolver in seiner Schreibtischschublade liegen sah.«
Der Lord-Oberrichter: »Entschuldigen Sie, Sir Impey, so steht es aber nicht in meinen Akten.«
Sir Impey: »Ich bitte Eure Lordschaft um Entschuldigung.«
Der Lord-Oberrichter: »Ich werde Ihnen die betreffende Stelle vorlesen: ›Ich suchte eine Fotografie Marys, um sie Cathcart zu geben, und dabei sah ich den Revolver.‹ Da steht aber nichts davon, daß Cathcart dabei war.«
Sir Impey: »Wenn Eure Lordschaft den nächsten Satz lesen wollen . . .«
Der Lord-Oberrichter: »Bitte schön. Der nächste Satz lautet: ›Ich erinnere mich, daß ich sagte, der Revolver würde rostig werden.‹«
Sir Impey: »Und der nächste Satz?«
Der Lord-Oberrichter: »›Wem sagten Sie das?‹ Antwort: ›Das weiß ich nicht mehr genau, aber ich weiß bestimmt, daß ich es gesagt habe.‹«
Sir Impey: »Ich danke Eurer Lordschaft vielmals. Der edle Herzog machte diese Bemerkung, als er eine Fotografie suchte, die er Hauptmann Cathcart geben wollte. Ich glaube, man kann daraus logischerweise schließen, daß die Bemerkung in Gegenwart Cathcarts gemacht wurde.«
Der Lord-Oberrichter (zum Haus gewandt): »Mylords, ich überlasse es Ihnen, Ihre Schlüsse daraus zu ziehen.«
Sir Impey: »Wenn Sie, Mylords, annehmen, daß Denis Cathcart über die Existenz des Revolvers Bescheid wußte, ist der Zeitpunkt, an dem er es erfahren hat, unwichtig. Wie Sie gehört haben, steckte der Schlüssel immer an der Schublade. Cathcart kann also irgendwann den Revolver gesehen haben, als er einen Briefumschlag oder Siegellack oder sonst etwas suchte. Jedenfalls behaupte ich, daß die Person, die Oberst Marchbanks und seine Gemahlin am Mittwoch abend im Arbeitszimmer hörten, Denis Cathcart gewesen ist. Während Cathcart den Abschiedsbrief schrieb – vielleicht lag der Revolver dabei schon vor ihm auf dem Tisch –, kam der Herzog von Denver leise die Treppe hinunter und verließ durch die Wintergartentür das Haus. Hier können wir wieder das Unglaubliche der ganzen Angelegenheit erkennen: Wieder und wieder stoßen wir auf zwei Reihen von Ereignissen, die nichts miteinander zu tun haben, die aber zur gleichen Zeit geschahen und dadurch eine endlose Verwirrung verursachten.

Mylords, das ist der erste dieser verhängnisvollen Zufälle. Um 23 Uhr 30 geht der Herzog die Treppe hinunter und verläßt das Haus, und Cathcart dringt ins Arbeitszimmer ein. Der gelehrte Generalstaatsanwalt hat beim Kreuzverhör meines edlen Klienten mit Recht aus einem Widerspruch Kapital geschlagen: Der Zeuge hatte bei der Untersuchungsverhandlung behauptet, er habe das Haus erst um 2 Uhr 30 verlassen, und nun hat er ausgesagt, daß er bereits um 23 Uhr 30 fortgegangen sei. Mylords, was auch immer Sie daraus schließen, daß der edle Herzog diese widersprechenden Aussagen machte, ich muß Sie noch einmal daran erinnern, daß jedermann annahm, der Schuß sei um drei Uhr morgens abgegeben worden, und daß die falsche Aussage gänzlich unbedeutend ist, was das Alibi anbelangt.

Es wurde auch sehr großer Wert darauf gelegt, daß der edle Herzog für die Zeit von 23 Uhr 30 bis 3 Uhr kein Alibi angeben konnte. Aber, Mylord, wenn er die ganze Zeit über im Moor umherging, ohne einen Menschen zu treffen, was für ein Alibi konnte er beibringen? Er ist nicht verpflichtet, ein Motiv für alle seine Handlungen während vierundzwanzig Stunden zu geben. Kein schlagender Beweis konnte angeführt werden, der seine Aussage widerlegte. Und es ist völlig verständlich, daß er nach der Szene mit Cathcart einen Spaziergang machen wollte, um sich zu beruhigen.

Inzwischen hatte Cathcart seinen Brief beendet und ihn in den Postsack geworfen. Man kann sich keine größere Ironie des Schicksals vorstellen als diese Sache mit dem Brief. Während die Leiche des toten Mannes vor der Schwelle des Hauses lag und Detektive und Ärzte alles nach Spuren absuchten, lag dieser Brief, der die Lösung des ganzen Rätsels enthält, ruhig im Postsack, wurde zur Post gebracht und mußte unter ungeheuren Kosten, mit großer Verzögerung und unter Lebensgefahr zwei Monate später herbeigeschafft werden.

In ihrem Zimmer im ersten Stock packt Lady Mary Wimsey ihren Koffer und schreibt ihrer Familie einen Abschiedsbrief. Gleichzeitig setzt Cathcart seinen Namen unter seinen Brief, dann nimmt er den Revolver und eilt in den Garten, in das Dickicht. Dort geht er auf und ab, nur Gott kennt seine Gedanken, zweifellos läßt er sich seine Vergangenheit durch den Kopf gehen, Gewissensbisse plagen ihn, Erbitterung gegen die Frau, die ihn ruiniert hat, packt ihn. Er denkt auf einmal an das kleine Liebespfand, an die Brillantkatze, die ihm seine Mätresse geschenkt hat, damit sie ihm Glück beim Spiel bringe! Jedenfalls will er nicht mit diesem Amulett auf sei-

nem Herzen sterben. Wütend wirft er es von sich. Dann setzt er den Revolver an den Kopf.
Aber etwas hält ihn zurück. Nur das nicht! Nur das nicht! Er sieht im Geiste seinen greulich entstellten Kopf, das zerschmetterte Kinn, die herausgetretenen Augen, das verspritzte Blut und Hirn. Nein! Die Kugel soll sauber das Herz durchdringen. Selbst jetzt ist ihm der Gedanke unerträglich, nach seinem Tod grauenhaft auszusehen! Er setzt den Revolver auf die Brust und drückt ab. Mit einem Stöhnen bricht er zusammen. Die Waffe fällt ihm aus der Hand, seine Finger verkrampfen sich vor der Brust.
Der Jagdhüter, der den Schuß hörte, wundert sich, daß Wilddiebe sich so nah ans Haus heranwagten. Warum sind sie nicht im Moor? Dann denkt er an die Hasen in der Schonung. Er nimmt seine Laterne und sucht im strömenden Regen das Gelände ab. Er findet nichts und kehrt in sein warmes Bett zurück. Mitternacht geht vorüber, es wird ein Uhr.
Der Regen läßt nach. Was geschieht im Dickicht? Eine Bewegung. Der von der Kugel getroffene Mann bewegt sich, er stöhnt leise, richtet sich halb auf. Bis auf die Knochen durchfroren, vom Blutverlust geschwächt, vom Wundfieber geschüttelt, erinnert er sich nur dunkel an seine Absicht. Er betastet die Wunde in seiner Brust. Er zieht sein Taschentuch hervor und preßt es auf die Stelle. Dann schleppt er sich taumelnd vorwärts. Das Taschentuch fällt zu Boden und bleibt neben dem Revolver im Laub liegen.
Irgend etwas in seinem schmerzenden Hirn sagt ihm, daß er zum Haus kriechen muß. Er fühlt sich elend, er hat Schmerzen, kalte und heiße Schauer durchjagen ihn, er hat entsetzlichen Durst. Jemand wird ihn ins Haus hineinlassen, wird gut zu ihm sein, wird ihm etwas zu trinken geben. Taumelnd geht er voran, ab und zu sinkt er in die Knie, stützt sich mit den Händen auf den Boden, schleppt sich auf dem Bauch weiter, reißt sich wieder hoch auf seinem entsetzlichen Weg zum Haus. Nun geht er, nun kriecht er, schleppt seine schweren Glieder. Endlich die Wintergartentür! Hier wird ihm Hilfe zuteil werden. Und in dem Eimer neben dem Brunnen gibt es Wasser, um seinen furchtbaren Durst zu löschen. Auf Händen und Knien rutscht er hin, richtet sich mühsam auf. Das Atmen wird immer schwerer, ein schweres Gewicht scheint ihm die Brust einzudrücken. Er bäumt sich auf. Entsetzlicher Husten befällt ihn. Blut strömt ihm aus dem Mund. Er bricht zusammen. Es ist vorbei!
Wieder vergehen Stunden. Drei Uhr, die Stunde des ›Rendezvous‹ naht. Der junge Liebhaber klettert über den Zaun, eilt durch

das Dickicht, um seine Braut abzuholen. Es ist kalt, es regnet, aber sein Glücksgefühl läßt ihn alles vergessen. Er geht durch das Dickicht, er kommt zur Wintergartentür, durch die in wenigen Augenblicken seine Liebe, sein Glück zu ihm kommen wird. Er stolpert über etwas: die Leiche eines Mannes!

Furcht packt ihn. Er hört Schritte. Er hat jetzt nur einen Gedanken: diesem Grauen zu entfliehen! Er rennt ins Dickicht, gerade als der Herzog, wohl ein bißchen müde, aber beruhigt durch seinen kleinen Ausflug, forsch den Weg entlangkommt und die Braut erscheint, während er sich über den Leichnam ihres Verlobten beugt.

Mylords, der Rest ist klar. Lady Mary Wimsey, die voll Entsetzen annimmt, daß ihr Liebhaber den Mord verübt hat, will sofort verheimlichen, daß George Goyles zugegen gewesen war. Was für einen Mut sie dazu aufbringen mußte, wird jeder von uns Männern zu würdigen wissen. Aus dieser ihrer unüberlegten Handlung entstand große Verwirrung. Und doch, Mylords, da wir Ritterlichkeit zu schätzen wissen, wird keiner von uns ein Wort des Tadels gegen die tapfere Dame zu äußern wagen.

Ich glaube, Mylords, daß ich nichts weiter sagen muß. Ich überlasse Ihnen die erfreuliche, erhabene Aufgabe, den edlen Herzog, Ihren Gefährten, von dieser unrichtigen Anschuldigung zu befreien. Sie sind nur Menschen, Mylords, einige von Ihnen werden sich geärgert haben, andere gespottet haben über diese mittelalterliche Prachtentfaltung von Purpur und Hermelin, die so gar nicht in unser materielles Zeitalter paßt. Und doch, tagelang das Haupt einer der edelsten Familien Englands hier vor sich stehen zu sehen, aus Ihrem Kreis ausgeschlossen, seiner traditionellen Ehren beraubt, nur von der Gerechtigkeit seiner Sache geziert, das muß Ihr Mitleid wie Ihren Unmut erregt haben.

Mylords, es ist Ihr glückliches Privileg, dem Herzog von Denver die traditionellen Symbole seines erhabenen Ranges zurückzugeben. Wenn der Sekretär des Hauses Ihnen ernst und feierlich die Frage stellt: ›Finden Sie Gerald, Herzog von Denver, des grauenhaften Verbrechens des Mordes schuldig oder nicht schuldig?‹, wird jeder von Ihnen, ohne den geringsten Zweifel, die Hand aufs Herz legen und sagen: ›Nicht schuldig, auf meine Ehre!‹«

19

Während der Generalstaatsanwalt mit der undankbaren Aufgabe beschäftigt war, das zu verdunkeln, was jedem angenehm klar war, eilte Lord Peter mit Parker in ein Café gegenüber und hörte sich, über einen riesigen Teller mit Spiegeleiern und Speck gebeugt, einen kurzen Bericht über Mrs. Grimethorpes Flucht nach London und einen langen über Lady Marys Kreuzverhör an.

»Warum grinst du eigentlich?« fragte der Erzähler.

»Aus angeborener Dummheit«, antwortete Lord Peter. »Der arme Cathcart. Das war eine Frau! Das heißt, sie ist es ja noch. Ich weiß nicht, warum ich von ihr rede, als sei sie tot, nachdem ich sie nicht mehr vor Augen habe.«

»Du bist entsetzlich egozentrisch«, knurrte Parker.

Lord Peter stieß einen tiefen Seufzer aus. »Du hast ja recht, Charles«, sagte er, »aber ich wünschte, du würdest die Dinge nicht so hart aussprechen.«

Die Menge auf dem Parlamentsplatz wurde unruhig. Purpurroben hoben sich von dem grauen Gestein ab. Mr. Murbles Sekretär kam ins Café gestürmt und verkündete: »Es ist alles in Ordnung, Mylord. Freispruch! Einstimmig! Darf ich Sie bitten hinüberzukommen, Mylord?«

Sie eilten hinaus. Bei Lord Peters Erscheinen jubelten ihm einige der Umstehenden zu. Ein heftiger Wind, der plötzlich über den Platz fegte, blähte die Purpurroben der Pairs auf, die auf den Platz hinausströmten. Lord Peter zwängte sich zwischen ihnen durch zum Zentrum der Gruppe.

Auf einmal hörte er eine Stimme: »Darf ich mir gestatten, Euer Lordschaft?«

Es war Bunter. Bunter, der Wunderbare, der in seinen Armen eine purpurrote, hermelinbesetzte Robe trug und damit hastig den blauen Straßenanzug des Herzogs verdeckte, der bisher sein Schandmal gewesen war.

»Darf ich Mylord meinen respektvollen Glückwunsch aussprechen?«

»Bunter!« rief Lord Peter. »Um Gottes willen, sind Sie wahnsinnig geworden?« Dann schnauzte er einen Fotografen an: »Scheren Sie sich mit Ihrem verdammten Apparat weg!«

»Zu spät, Mylord«, entgegnete der Übeltäter und steckte strahlend seinen Apparat ins Futteral.

»Peter!« sagte der Herzog. »Ich danke dir!«

»Schon gut«, entgegnete Seine Lordschaft. »Es war eine lustige Reise mit allem Drum und Dran. Du siehst sehr gut aus. Ach, laß doch diese Händeschüttelei. Da haben wir's! Ich habe schon wieder das Klicken dieses verdammten Apparates gehört.«

Gemeinsam bahnten sie sich durch die wogende Menge den Weg zum Wagen. Die beiden Herzoginnen stiegen ein, gefolgt vom Herzog, als eine Kugel durch die Fensterscheibe krachte, die Denvers Kopf nur um ein paar Zentimeter verfehlte.

Ein Aufschrei ging durch die Menge. Ein großer, bärtiger Mann kämpfte einen Augenblick mit drei Polizisten, danach knallten einige Schüsse, die Menge stob auseinander und rannte dann wie eine Meute Jagdhunde am Parlamentsgebäude vorbei zur Westminsterbrücke. Gellende Schreie ertönten. Polizeipfeifen schrillten. Aus allen Ecken kamen Schutzleute gerannt.

Ein Taxichauffeur, der über die Brücke raste, sah auf einmal ein wildes Gesicht vor der Motorhaube seines Wagens auftauchen, er zog die Bremsen, die Finger des Wahnsinnigen drückten zum letztenmal den Revolver ab. Der Schuß und der Reifen knallten fast gleichzeitig, das Taxi schleuderte nach rechts, riß den Flüchtenden mit sich und fuhr mit lautem Krach in einen leeren Straßenbahnwagen.

»Ich kann nichts dafür«, schrie der Chauffeur, »er hat auf mich geschossen! Ich kann nichts dafür!«

Lord Peter und Parker kamen gleichzeitig angerannt.

»Herr Wachtmeister, ich kenne diesen Mann«, keuchte Seine Lordschaft. »Er hatte eine Wut auf meinen Bruder wegen einer Wilddiebsache in Yorkshire. Zu weiteren Auskünften stehe ich zur Verfügung.«

»Sehr wohl, Mylord.«

»Fotografieren Sie das nicht!« ermahnte Lord Peter den Fotografen, der plötzlich wieder neben ihm aufgetaucht war.

Der Mann schüttelte den Kopf. »Das möchten die Leute nicht sehen, wissen Sie, nichts Greuliches ...«

Ein Reporter eilte mit seinem Notizbuch herbei. »Wollen Sie die Geschichte hören?« fragte seine Lordschaft. »Ich erzähle sie Ihnen.«

Mit Mrs. Grimethorpe gab es nicht die geringste Schwierigkeit. Wohl selten hatte einer der herzoglichen Seitensprünge mit so geringen Unannehmlichkeiten geendet. Gerald wappnete sich tapfer auf eine unangenehme sentimentale Unterhaltung. Bei keiner seiner ziemlich stupiden Liebesaffären war er jemals einer Szene aus dem Weg gegangen, und er hatte sich nie vor einem Strom von Tränen mit den gängigen Worten »Also, ich werde jetzt gehen« zurückgezogen, die so viel Verzweiflung und Verbitterung zu stiften pflegen. Diesmal jedoch brauchte er nicht tapfer zu sein. Die Dame war nicht interessiert.

»Ich bin jetzt frei«, erklärte sie. »Ich gehe zu meiner Familie in Cornwall. Ich wünsche mir gar nichts mehr, jetzt, wo er tot ist.«

Lord Peter brachte Mrs. Grimethorpe in ein respektables kleines Hotel. Ihr gefielen die Taxifahrt, die großen glänzenden Schaufenster und die Lichtreklamen. Sie war überrascht, daß die Preise in den Kaufhäusern niedriger waren als in den Läden von Stapley.

»So ein blauer Schal würde mir gefallen«, sagte sie, »aber es wäre jetzt nicht passend für mich, da ich Witwe bin.«

»Sie können ihn jetzt kaufen und später tragen«, schlug Seine Lordschaft vor. »In Cornwall.«

»Ja . . .« Sie betrachtete ihr braunes Kleid. »Ob ich hier Trauerkleider kaufen kann? Ich brauche sie ja für die Beerdigung. Einfach ein Kleid und einen Hut und einen Mantel.«

»Das ist eine gute Idee.«

»Jetzt?«

»Warum nicht?«

»Ich habe Geld«, erklärte sie. »Ich habe es aus dem Schreibtisch genommen, es gehört doch jetzt mir.«

Sie trat in den Laden – eine unabhängige Frau.

In den frühen Morgenstunden kam Inspektor Sugg zufällig über den Parlamentsplatz und sah einen Taxichauffeur, der dem Denkmal von Lord Palmerston hitzige Ermahnungen zurief. Empört entdeckte Mr. Sugg beim Näherkommen, daß der Staatsmann seinen Sockel mit einem Herrn im Frack teilte, der sich mit einem Arm festklammerte, während er mit der andern Hand eine leere Champagnerflasche ans Auge hielt und die Gegend absuchte.

»Heda!« rief der Inspektor. »Was tun Sie denn da oben? Kommen Sie sofort runter!«

»Guten Morgen!« lallte der Herr, verlor unversehens das Gleichgewicht und stürzte, ohne sich Schaden zuzufügen, herunter. »Haben Sie meinen Freund gesehen? Es ist verdammt komisch. Sie werden doch wissen, wo Sie ihn finden können, wie? Im Zweifelsfall immer die Polizei fragen, nicht wahr? Ein lieber Freund von mir. Trägt einen besonders ehrwürdigen Zylinder. Freddy . . . lieber alter Freddy! Er hört auf den Namen Freddy . . . wie ein treuer alter

Hund!« Der Herr erhob sich und strahlte den Polizisten an.
»Oh, Sie sind es, Mylord«, sagte Inspektor Sugg, der Lord Peter von früher her kannte. »Sie sollten aber nach Hause gehen, Mylord. Es ist eine kalte Nacht, Sie werden sich eine Erkältung holen. Da steht ja Ihr Taxi, Sie brauchen nur einzusteigen.«
»Nein«, widersprach Lord Peter. »Nein! Das könnte ich nicht. Nicht ohne meinen Freund. Der gute alte Freddy! Ich verlasse einen Freund nicht! Ich verlasse Freddy nie!« Er wollte den einen Fuß in einer imponierenden Pose aufs Trittbrett stellen, verfehlte es aber und plumpste kopfüber in das Taxi. Mr. Sugg versuchte, seine Beine nachzuschieben und die Tür hinter ihm zu schließen, aber Seine Lordschaft vereitelte dieses Vorhaben mit erstaunlicher Behendigkeit und setzte sich aufs Trittbrett.
»Das ist nicht mein Taxi«, erklärte er feierlich. »Das ist Freddys Taxi! Es ist nicht recht, mit dem Taxi eines Freundes davonzufahren. Es ist zu komisch. Ich bin um die Ecke gegangen, um für Freddy ein Taxi zu holen. Freundschaft ist so etwas Schönes. Meinen Sie nicht auch? Ich kann einen Freund nicht verlassen! Ah, dort ist ja der liebe gute Parker!«
»Mr. Parker?« fragte der Inspektor unruhig. »Wo?«
»Pst!« machte Seine Lordschaft. »Man darf das Kind nicht wecken, es muß schlafen!«
Dem Blick seiner Lordschaft folgend, erkannte der entsetzte Sugg seinen Vorgesetzten, der mit einem verklärten Lächeln auf dem Gesicht schlafend an der anderen Seite des Denkmals lehnte. Mit einem entsetzten Ausruf beugte sich der Inspektor über ihn und schüttelte ihn sanft.
»Das ist grausam!« rief Lord Peter vorwurfsvoll. »Den armen Kerl zu stören. Den armen, schwer arbeitenden Polizisten zu stören. Eine Schande ist es, ich werde das in die Presse bringen!«
Mr. Sugg verschwendete keine Worte, sondern hob den schlummernden Parker hoch und brachte ihn ins Taxi.
»Ich verlasse ihn nie . . . nie . . .«, begann Lord Peter von neuem und weigerte sich, sein Trittbrett zu verlassen, als ein zweites Taxi herangefahren kam, aus dessen Fenster der Ehrenwerte Freddy Arbuthnot vergnügt schrie: »Oh, wer ist denn das! Der liebe alte Sugg! Wir wollen alle zusammen nach Hause fahren!«
»Das ist mein Taxi!« erklärte Seine Lordschaft würdevoll und ging taumelnd darauf zu. Die beiden umarmten einander, dann warf Seine Lordschaft den Ehrenwerten Freddy in die Arme des Inspektors, stieg mit einem zufriedenen Ausdruck ein, rief dem Chauffeur

zu: »Nach Hause!« und entschlummerte sofort.
Mr. Sugg gab dem Chauffeur Lord Peters Adresse und sah dem davonfahrenden Taxi nach. Dann beauftragte er den anderen Chauffeur, Mr. Parker nach Hause zu fahren.
»Bringen Sie mich heim!« schrie der Ehrenwerte Freddy, an die breite Brust des Inspektors gelehnt, und brach in Tränen aus. »Alle sind weg und haben mich im Stich gelassen!«
»Ich werde schon für Sie sorgen, Sir«, tröstete ihn der Inspektor. Er blickte an ihm vorbei auf das Parlamentsgebäude, aus dem gerade einige Unterhausabgeordnete von einer Nachtsitzung kamen. »Ausgerechnet Mr. Parker!« stöhnte Inspektor Sugg und fügte erleichtert hinzu: »Gott sei Dank, daß es keine Zeugen gibt.«

Leseprobe aus Scherz-classic-Krimi 485

DAS FEHLENDE GLIED IN DER KETTE

von Agatha Christie

»Wo haben Sie das gefunden?« fragte ich Poirot gespannt.
»Im Papierkorb. Erkennen Sie die Handschrift?«
»Ja, es ist Mrs. Inglethorps Schrift. Aber was soll das bedeuten?«
Poirot zuckte die Achseln.
»Schwer zu sagen, jedenfalls ist es ein Anhaltspunkt.«
Plötzlich fuhr mir ein toller Gedanke durch den Kopf. War Mrs. Inglethorp vielleicht nicht im Vollbesitz ihrer geistigen Kräfte gewesen? Litt sie unter Zwangsvorstellungen? Glaubte sie, vom Teufel besessen zu sein, und wäre es in diesem Fall nicht durchaus denkbar, daß sie sich das Leben genommen hatte?
Ich war im Begriff, Poirot meine Theorie auseinanderzusetzen, als er sagte: »So, und nun wollen wir die Kaffeetassen untersuchen.«
»Wozu denn das, mein lieber Poirot? Das erübrigt sich doch wohl, nachdem wir von dem Kakao wissen.«
»*Oh, là là!* Dieser unglückliche Kakao«, sagte Poirot ironisch.
Er schien sich sehr zu amüsieren; er lachte und reckte seine Arme in gespielter Verzweiflung zum Himmel empor. Ich fand sein Verhalten äußerst taktlos.
»Da Mrs. Inglethorp ihren Kaffee selbst mit hinaufnahm, weiß ich wirklich nicht, was Sie noch finden sollten«, meinte ich betont unfreundlich. »Aber vielleicht glauben Sie, daß wir ein Päckchen Strychnin auf dem Kaffeetablett entdecken werden.«
Poirot wurde sofort wieder ernst.
Er hakte mich unter und sagte: *»Ne vous fâchez pas, mon ami!*

Gestatten Sie mir, mich für die Kaffeetassen zu interessieren, dann werde ich Ihren Kakao respektieren. Abgemacht? Gut.«
Er war so lieb und drollig, daß ich gegen meinen Willen lachte. Dann gingen wir Arm in Arm ins Wohnzimmer, wo die Kaffeetassen und das Tablett noch ebenso dastanden, wie wir sie zuletzt gesehen hatten.
Poirot bat mich, die Geschehnisse des Vorabends zu rekapitulieren. Er hörte mir aufmerksam zu; er legte besonderen Wert darauf, nochmals festzustellen, wo die verschiedenen Tassen standen ...